U0840645

作者简介

刘震云，1958 年 5 月生，河南延津人。
北京大学中文系毕业。

曾创作长篇小说
《故乡天下黄花》《故乡相处流传》
《故乡面和花朵》（四卷）
《一腔废话》《手机》
《我叫刘跃进》《一句顶一万句》
《我不是潘金莲》等。

中短篇小说
《塔铺》《新兵连》
《单位》《一地鸡毛》
《温故一九四二》等。

其作品被翻译成英语、法语、德语、意大利语、西班牙语、瑞典语、荷兰语、俄语、匈牙利语、塞尔维亚语、阿拉伯语、日语、韩语、越南语等多种文字。

2011 年 8 月，《一句顶一万句》获得第八届茅盾文学奖。
2016 年 1 月，因阿拉伯语《一句顶一万句》《手机》《塔铺》等作品，获得“埃及文化最高荣誉奖”。

故乡天下黄花

刘震云　著

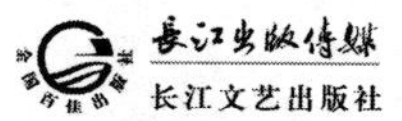

北京长江新世纪文化传媒有限公司
www.cjxinshiji.com
出品

目 录

第一部分

村长的谋杀　民国初年

一

腊月初四夜里，村长孙殿元被人勒死在村西一座土窑里。令人感到可气的是，凶手在勒死孙村长以后，还不慌不忙蹲在土窑里吃了一阵烤红薯。因为在孙村长尸首旁边，留着一堆红薯皮。副村长路黑小说：

“勒死人还吃红薯，不是土匪是什么！”

村丁冯尾巴说：

“不会是少东家想不开，自己上吊的吧？”

路黑小瞪了他一眼：

“土窑里能上吊？你上一个我看一看！现在土匪恁多，可是不敢大意！”

孙村长的父亲孙老元拄着拐棍来到土窑里，路黑小指着红薯皮说：

“老叔，看这红薯皮！”

孙老元一见儿子的尸首，泪登时就下来了，顿着拐棍说：

“我家人老几辈，没干过亏心事！”

孙村长有两个老婆。大老婆三十五岁，小老婆十八岁。大老婆一见尸首，扑上去就哭；小老婆一见尸首，扭身就往家跑，去收拾自己的包袱细软。平日大老婆表现不好，在家里摔盆打碗，小老婆见人先笑。现在一到关键时候，就把人考验出来了。孙老元又顿着拐棍说：

“还是老大好，还是老大好！”

孙村长享年三十二岁。

孙村长的尸首被抬回村以后，停放在他家西厢院里。这里是孙村长生前办公的地方，门口挂着“马村村公所”的牌子。村里办公一直没个正经地方，孙村长就在家挂牌办公。村里发生纠纷，原告、被告就到这所房子来说理。双方各出五斤白面，由村丁冯尾巴烙成热饼，村长、副村长、各姓族长吃了热饼再说理。烙饼的大锅，还在院子里支着。夏秋两季收田赋、过兵派夫派牲口、县上募丁，招待上头来的公差，也都在这所房子里。现在这里成了孙村长的灵堂。门上蒙着烧纸，院子里有两个木匠在“噼里啪啦”做棺材。

棺材做好以后，孙村长入了殓。他唯一的儿子孙屎根（八岁），头上勒条白布，身上穿着孝衣，跪在棺材前，族内后辈分跪在棺材两边，开始接受人们的吊唁。副村长路黑小头上也拴条白布，站在门口喊丧。吊丧的人一来，路黑小就扯着嗓子喊：

“有客奠了！”

“奏乐！”

“烧张纸！”

“送孝布一块！”

路黑小一喊，院外一桌响器就奏乐，棺材两旁的后辈就伏下身子哭，吊丧的人开始在棺材前跪拜，村丁冯尾巴马上跑到棺材前烧张纸。吊丧完毕，孙村长八岁的儿子孙屎根爬起来，走到门口，双腿跪下，头上举一个托盘，向奠客送上一块孝布。

村长死了，村里人都来吊唁。纸不断地烧，院子里烟气滚滚，像着了大火。

老掌柜孙老元也来吊唁儿子。他顿着拐棍来到院子里说：

“先死为大，殿元，我也给你磕个头吧！”

说着，趴到地上磕了一个头。

路黑小见老掌柜磕头，也撅着屁股磕了一个头。

村中另一个大户李老喜也来吊唁。李老喜一来，村中其他来吊唁的闲杂人等、娘儿们小孩纷纷后撤。李老喜头戴瓜皮帽，身穿黑布马褂，手里攥着一条毛巾；他家伙计抬着一个黑食盒子。食盒子打开，里边是八个祭菜，一篮子蒸馍。食盒子孙家伙计接过，将菜和蒸馍摆在灵前，纸烧上，孝子伏下身哭，响器奏乐，李老喜开始对着棺材行礼。他先举冠，撤右腿，跪下，左腿再跪下，一起一伏，规规矩矩磕了四个头；站起来，用手巾擦眼睛。退出屋，接过孙屎根献上的一块宽面孝布，转过身，对孙老元拱拱手：

“老元，没想到侄子……事情过去以后，到我家里去散散心！”

孙老元拱拱手，说了一句“老喜……”便哽咽着说不出话来。孙老元今年五十五岁，李老喜大他两岁。两人拱过手，李老喜由孙老元的本家侄子孙毛旦送到门外，又拱了一回手，带着自家伙计，骑上驴走了。

奠了两天，村里村外的奠客，都奠得差不多了。令人感到愤怒的是，孙村长两个老婆的娘家，都没有来奠。大老婆的娘家没来可以原谅，孙村长生前曾与她家闹过矛盾，有一年春节到她家串亲，因为一盅酒的喝法，打过老丈人一巴掌，两家断绝了来往；小老婆娘家是佃户，孙村长生前对她家多有照应，曾让人赶着大车到她家帮拉过盐，后来又帮他们开了个饭馆，现在人死了，连面都不照。孙村长的本家兄弟孙毛旦负责丧事的外围事情，就对孙老元说：

"小老婆她爹不通人性，老叔，你发一句话，我带两个村丁去开导开导他！"

孙老元说：

"毛旦，现在殿元停尸在地，发送没有发送，凶手没有下落，还开导他干什么！"

腊八这天，县上司法科来了三个人，调查孙村长被杀事件。为首一个姓马的股长，下边两个股员。老马过去在县竹业社破竹篾，去年他姐夫调到这个县当司法科科长，他便到司法科当股长。下边一个股员年龄大些，五十多岁；一个年纪轻些，二十多岁。三个人在孙村长家里吃过腊八粥，吸了几袋烟，便由孙毛旦陪同，察看了一下已经入殓的孙村长，又到村西察看了一下土窑，便又回到孙村长家吃酒。老马对坐在上首的孙老元说：

"老叔，已经查过了，孙村长真是被麻绳勒死的！"

孙毛旦性子急些，接上去说：

"勒死谁不知道是勒死的？问题是谁把我哥勒死的，老马，你得捉住他！"

老马看孙毛旦这么说话，心里有些不高兴，吸着水烟说：

"捉住是要捉住，但捉一个人是说话的？你兄弟本事大，我老马没来，不是你也没捉住他？"

这时陪客的副村长路黑小说：

"老马，要考虑就往土匪窝里考虑，看那窑里的红薯皮！"

老马又瞪了路黑小一眼：

"有红薯皮也不一定是土匪，有土匪也不一定非有红薯皮！"

然后将脸转向孙老元：

“老叔，我知道我本事不大，吃这碗饭有些勉强。但我劝老叔还是想一想，孙村长有哪些仇人。想出来，让人到县里告诉我，我就不信抓不住他！”

说完，不理别人，独自吸了两袋烟，就带着两个股员回去了。来时是孙老元派马车接他们，走时又用马车把他们送了回去。一人还送给他们几个夹肉蒸馍。老马这时倒有些不好意思，说：

“还拿蒸馍干什么，尽麻烦你们了！”

马车一开，孙毛旦骂道：

“这个鸡巴老马，接他来干什么！他就会拿蒸馍！”

腊月初十，孙村长出殡。出完殡，散了客人，已是晚上。副村长路黑小在院子里帮助伙夫收拾剩下的杂菜，大老婆在她房里搂着儿子孙屎根低声啼哭，这时老掌柜孙老元突然一阵心火上来，抖着身子咳嗽起来。本家侄子孙毛旦扶他到屋里躺下，这时家里喂牲口的老冯走进来，垂手站在地下。孙老元咳嗽完问地下：

“老冯，你怎么啦？”

老冯上前说：“老掌柜，你要保重身子！”

孙老元说：

“我知道了，你回去吧。”

老冯却没有回去，憋了半天又说：

“老掌柜，我有话说。”

孙老元说：

“你说吧。”

老冯说：

“本来这话不该我说，可去年我家小猴子得了大病，多亏老掌柜给他找先生，才捡了一条小命！”

孙老元说：

“老冯，有话你说吧！”

老冯说：

“依我看，这次少东家被害，都怪佃户老西！”

孙毛旦急忙问：

“怎么怪老西，你发现他通匪了吗？”

老冯说：

“他通匪不通匪我不知道，但上次村里来过土匪，少东家派他家烙二十张饼，他家只烙了十二张，把一帮土匪给得罪了。土匪还打了少东家一巴掌，说是回头算账，现在肯定是应到这上头了！”

孙老元和孙毛旦都想起来了，十一月村里是过过这么一帮土匪。这些人个头都很矮，操外路口音，为首的一个还掖着一把盒子。一到村里就让烙饼，孙村长派了饼，派到佃户老西家。老西家娘儿们不是东西，以为应付土匪像应付她家妯娌呢，能占些便宜就占些便宜，于是只烙了十二张，个头还特别小，把一帮矬子土匪给惹恼了，跳起来打了孙村长一巴掌，说回头算账。老冯走后，孙毛旦对孙老元说：

“叔，不是老冯提醒，我还真把这事给忘了，现在看来是了！这个鸡巴老西，贪图一把面，害了我哥！这帮土匪一时找不着，可老西跑不了。我带几个人，先去把老西和老西娘儿们吊起来！”

孙老元又咳嗽一阵，咳嗽完说：

“不要吊老西。不会是因为老西一把面。”

孙毛旦说：

“怎么不是老西？正是因为一把面才把那帮土匪惹恼了！”

孙老元说：

“也不会是那帮土匪，你想想，那帮土匪都操外地口音，会因为几张饼专门回来勒人吗？”

孙毛旦想了想，也泄了气：

“按说是不会。可不是这帮土匪，又是谁呢？碰上个鸡巴老马，又不会破案，我哥算是白死了！”

孙老元挥了挥手说：

“行了，你回去吧，去把屎根叫来。”

八岁的孙屎根头上仍勒着白布，身上仍穿着孝衣，被一个丫头领进来，见了孙老元叫了一声“爷爷”，就站在那里不动。孙老元问：

“屎根，你爹呢？”

孙屎根哭了几天，嗓子已经哭哑了，他哑着嗓子说：

“我爹死了！”

孙老元问：

“你爹怎么死的？”

孙屎根说：
“我爹被人勒死了！”
孙老元拍拍孙屎根的头说：
“好，好，去给你娘说，今晚跟爷爷睡吧！”
这天晚上，孙屎根就在孙老元脚头睡了。

二

半个月过去，大年初二串亲戚，小老婆她爹突然出现了。

小老婆她爹叫锅三，后脑勺绑着一根小辫。过去他是孙家的佃户，现在是镇上一个饭铺的铺主。他来到孙家，先将小毛驴拴到门外一棵槐树上，从驴鞍上卸下一个小吊袋，小吊袋里装着十几个烧饼；他抄着烧饼往里走，迎面碰上孙毛旦。孙毛旦戴着墨镜，手抄一根马鞭，正要骑马去串亲。他见到锅三，倒先吃一惊，用身子堵住他：

“咦，这不是锅三吗？”

锅三就怕孙毛旦。过去他给孙家当佃户时，孙毛旦到他家去收租，一马鞭下去，就抽死一只正跑的鸡。他双手垂下说：

“少东家！”

孙毛旦问：

“听说你现在开饭铺了，卖面条还是卖烧饼？”

锅三答：

“卖面条，也卖烧饼。”

孙毛旦问：

“面条多少钱一碗？”

锅三答：

“面条二百块一碗。”

孙毛旦问：

“烧饼呢?”

锅三答:

“烧饼一百五一个。”

孙毛旦说:

“不错不错，卖面条还卖烧饼，是个人物了，要不你架子大。今天你干什么来了?”

锅三答:

“我来看看老掌柜!”

孙毛旦用马鞭指着他:

“早干什么去了，我哥死时，你连个面都不照，藏到哪个鳖窝里去了?要不是我叔拦我，我早开导你去了!你等着吧，哪天我带几个人去吃面条，叫你发一笔大财!”

说完，蹬鞍上马，走了。锅三吓出一身汗，用袄袖去擦。接着抄烧饼往里走，被伙计领到正房，老掌柜孙老元对他还客气，让烟让水，这才缓过劲儿来。

锅三今年五十岁。过去他给孙家当佃户时，每到秋季，常到东家来送个瓜枣，有时还帮东家扬场。前年秋天，他把女儿锅小巧也带来了，让她给东家摘棉花。锅三虽然鼻涕流水的，女儿却出落得漂亮。棉花摘着摘着，就被少东家孙殿元看上了，要收她做小。锅三回家商量，一家人高兴得什么似的。锅小巧听说要到东家去，这不一下跳到福窝里了?一夜没有睡着。锅三娘儿们也很高兴，锅三不住地对娘儿们说:

“我说让小巧去摘棉花，你还不让去，看去值了不是!”

锅小巧说:

“爹，出嫁那天，你得给我打个镯子!”

锅三说:

“给你打个镯子!到那以后，人家是大户人家，不能像在咱家，要知老知少，不能乱吐唾沫!”

锅小巧有乱吐唾沫的毛病。

锅小巧嫁过来以后，多方面与少东家配合得不错，少东家孙殿元很喜欢她，夜夜在她房里。后来知道她有乱吐唾沫的习惯，也不怪她，倒说:

“吐，你吐，吐完扫扫不就完了!”

锅小巧就放心在家吐唾沫。两年之中，除了挨过大老婆几回打，被拧过一回屁股，其余时间锅小巧都兴高采烈的。锅三也跟着沾光。先是少东家派车帮他拉盐，后来又帮他在镇上开了个小饭铺。一家几口，也能吃上净米白面。春节锅小巧去串亲，锅三还给锅小巧买了一只烧鸡。倒是锅小巧说：

"烧鸡有啥稀罕的？还不如给我买碗凉皮呢。"

锅三就给锅小巧又去买了一碗凉皮。

少东家突然被人勒死，锅小巧锅三都哭了。锅三杀了一腔羊，准备到孙家好好祭奠祭奠。锅小巧也准备扑到孙殿元身上哭，披麻戴孝守灵，送棺材到坟上。但孙家的伙夫老得不让她这么做。

在孙家院子里，锅小巧与伙夫老得处得不错。有一回老得从厨上偷了一块肉，放到裤腰里准备往家拿，被喂牲口的老冯发现了。老冯告发后，孙毛旦就把老得吊起来，准备打一顿鞭子，开除他回家。锅小巧在孙殿元跟前说了几句好话，老得就没有挨打，只扣了他半年工钱，也没有开除他。从此老得对锅小巧十分感激。锅小巧到厨房去，老得常给她切牛肉吃。孙殿元死的那天，锅小巧正准备在屋里换孝衣，老得把她叫到厨房说：

"少奶奶，现在少东家死了，你准备怎么办？"

锅小巧哭着说：

"人都死了，我还能怎么办？我要到窑里去哭他，给他守灵，送他到坟上！"

老得说：

"少奶奶，依我说，你哭哭可以，但灵就别守了，坟也别送了，赶紧收拾收拾包袱回家吧！"

锅小巧说：

"老得，少东家死了，我怎么能回家？"

老得说：

"这话本来不该我说，可当初多亏少奶奶救我，我才给你说。按咱们这儿的风俗，主家一死，你要守灵，送他上坟，就证明你要守寡。少奶奶，这寡咱可守不得！"

锅小巧说：

"少东家待我恁好，我怎能不为他守寡？按你说的，是让人骂我。

你再这么说，我就对老掌柜说去！”

老得急得拍手：

“你看，你看，我知道你就不信我的话。少奶奶，我不是说你守不住寡，可你想一想，少东家一死，你守寡是在哪里守寡？是在孙家。孙家以后谁当家？大老婆当家！儿子是人家的儿子，你一个老二，大老婆的脾气你还不知道？以后瞔等着跟人家过日子了！有少东家在，她还敢拧你的屁股，没了少东家，她不把你给吃了！别的咱不知道，没看过戏？皇帝佬一死，正宫就把妃子的胳膊腿给剁了！你还想守灵送坟，你赶紧回娘家吧，你等着人家剁你的胳膊腿吗？”

老得这么一说，锅小巧害怕了。大老婆的厉害她知道。剁不剁胳膊腿她不知道，拧她打她的滋味她尝过。一次大老婆拧过她还说：

“别以为靠上硬主儿了，你等着，总有一天我用烙铁把你的×烙熟它！”

可锅小巧又说：

“我不怕，还有老掌柜呢！”

老得拍着巴掌说：

“说你糊涂，你真是糊涂，老掌柜五十多的人了，还能活几天？早晚是人家的天下，你快收拾包袱回家吧！”

锅小巧越听越怕，就照老得说的，只到土窑里看了孙村长一眼，就赶紧跑回来收拾包袱回了娘家。

回到娘家，给娘家一说，大家都唉声叹气一阵，就让女儿住下。孙村长出殡那天，锅三还准备带羊肉去祭奠，锅三老婆说：

“不祭他个龟孙也罢，人都死了，还祭他干什么！让他家剁俺闺女的胳膊腿吗？”

于是就没有来祭。可孙家哪里知道这些？当时孙毛旦还要带人去开导他呢。刚才见面，又要到他家饭铺去吃面条。锅三吓出一身汗。真是和大户人家不要结亲。倒是老掌柜孙老元态度依然温和，让锅三松了一口气。老掌柜吸着水烟说：

“亲家这一阵可忙？好长时间没见到你了！”

一说“好长时间没见到”，锅三又吓了一跳。老掌柜也记着那档子事呢。人家叫一句“亲家”，可锅三哪里敢以“亲家”自居，忙站起来答话说：

“忙什么忙，小门小户，忙也就是瞎忙。现在刚过罢年，我烤了一炉烧饼，给老掌柜送来尝尝鲜！”

孙老元说：

“烧饼我倒是爱吃，可现在老了，嚼不动了！”

等倒茶的伙计出来，屋里就剩他们两个人了。锅三又朝前靠靠小声说：

“老掌柜，今天我不是给你送烧饼来了！”

孙老元睁开眼睛：

“那你干什么来了？”

锅三说：

“老掌柜，我来向你报信，我知道是谁害死了少东家！”

“啊！”

孙老元霍地站了起来，逼到锅三跟前：

“你知道谁害死了殿元？”

锅三说：

“我知道！”

孙老元问：

“是谁？”

锅三说：

“是一个外路枪手！”

孙老元说：

“外路枪手？我家没得罪外路人哪！该不是那帮外路土匪吧？”

锅三说：

“不是土匪，是单个的，一个很高很高的大个，一脸疙瘩！”

孙老元问：

“你怎么知道的？”

锅三说：

“我也是碰巧遇上。那天晚上，我刚要上店门，来了一个外路人，让给他炒菜打酒喝。我让娘儿们给他炒菜，就到后边喂牲口去了。过了两个时辰，外边吵嚷起来。我赶忙披衣服到前面，原来那外路人喝醉了，在拍着桌子骂人。你知道他骂什么？他说马村的主家真不像话，一条人命，只给了三十块大洋，我不跟他拉倒……骂了一阵，忽然不骂了，推开店门走了。当时我没在意，可过后一想，马村的人命，这不是指少东家吗？你村最近又没有死什么人！我左思右想不对，得来向你报信。当初少东家在世时，对我家没少照应……”

孙老元打断他的话：

“哪个大个儿呢？”

锅三拍着手说：

“走了，当时我也没留意，让他走了！”

孙老元叹了一口气。停了一会儿，孙老元又问：

“你没听到他说，是谁雇的他？”

锅三说：

“没听到他说，只说是马村的主家，马村不就是你们村吗？老掌柜，我在你村可是不熟！”

孙老元摆摆手，不让锅三说话，自己坐在椅子上想。想了半天，突然拍了一下桌子。他一拍桌子不要紧，桌上的茶碗全翻了，茶汤流了一地。桌子上还卧着一个正在睡觉的老猫，老猫醒来，奓起毛要发怒，但看见孙老元也在发怒，它就不怒了，悄没声溜下桌子，跑了。

锅三问：

“老掌柜，你想起来了？”

孙老元说：

“必定是他！必定是他！”

锅三问：

“是谁个王八蛋，敢害死少东家？”

这时孙老元又坐在了椅子上，吸上了水烟。吸了半天，说：

“亲家，这事就到这里吧！事情过去快一个月了，咱们都别想它了！出了这个门，你就当没说过这话！”

锅三不明白孙老元的意思，但看着孙老元的脸色很可怕，也只好点点头。可锅三又说：

“毛旦少东家还想找我的事呢，说哪天去吃面条。他那个脾气，老掌柜你得劝劝他！”

孙老元说：

“好，我劝劝他。”

吃过午饭，锅三就骑着毛驴回去了。

晚上，孙毛旦也骑马串亲回来了。进正房给叔叔请安，看到孙老元在屋里正来回走，就提着马鞭站在屋门外没进去。等到孙老元看到他，孙老元停住脚步说：

“好，毛旦你回来了，毛旦你回来了，你小子是有种的人吗？”

孙毛旦不明白孙老元的意思，眨着眼问：

“叔，你怎么了？”

孙老元拍着巴掌说：

“毛旦毛旦，杀死殿元的人找到了！”

孙毛旦霍地进屋：

“找到了？是谁个王八蛋？告诉我，我带几个人去宰了他，我×他个活妈！”

孙老元瞪了他一眼：

“我知道你就是这一套！”

接着又说：

“你知道是谁吗？就是咱村的！”

孙毛旦问：

“咱村的，咱村谁？”

孙老元说：

“记得那天殿元停尸在地，谁抬着黑食盒子来给他吊孝啦？原来是他，他原来是黄鼠狼给鸡拜年，没安好心！我早就知道里头藏着仇，可没想到他下如此毒手！”

孙毛旦问：

“是李老喜？怎么会是他？”

孙老元瞪了孙毛旦一眼：

“还不都因为你们。去年他村长下台，我劝过你们，不要接他的村长，你们不听，你们非要当人物头，看看，当出人命了不是！从古到今，这人物头是好当的！”

孙毛旦说：

“我带几个人去把他吊起来！”

孙老元说：

“你就会吊人，人家户头不比你大？人家家丁不比你多？人家狼狗喂得比你少？你去吊吧，你有本事你去吊吧！”

孙毛旦想起李家大院，也不由得泄了气，不住地用马鞭抽着自己的裤腿：

"我×他活妈，我×他活妈！"

三

孙村长孙殿元真是李家大院雇人给勒死的。

李家在马村是个老户，据说这村子就是他家祖上开创的。一开始是刮盐土卖盐，后来是贩牲口置地，一点一点把家业发展起来的。孙家来得比李家晚，是孙老元太爷辈上才从外地搬迁过来的。据说初来乍到时候，孙老元的太爷还给李老喜的太爷当过佃户。但孙家后来也发展起来了，也是刮盐土卖盐、贩牲口置地发展起来的。但先发展起来的，看不起后发展起来的；后发展起来的，也觉得自己有些理亏，对不起先发展起来的。据说到了孙老元他爹辈上，他爹见了李老喜他爹，仍要按习惯哈下腰问：

"东家，吃了？"

李老喜他爹则随便叫着孙老元他爹的名字，答应一声就过去了。

但到了孙老元李老喜这一辈上，情形就有些不同了。大家的子弟都识些字了，孙家的家产已不比李家少了，何况孙家也结了几门大户亲戚，孙老元与李老喜又从小在一起玩过尿泥，等双方的爹爹死了以后，孙老元就觉得该和李老喜平等了。见面李老喜叫他"老元"，他就喊李老喜"老喜"。虽然孙老元觉得自己可以与李老喜平等了，但李老喜并不这么认为，他觉得孙老元家这么一个过去的佃户，靠刮盐土贩牲口起了家，也敢与人称名字，真是不知高低。虽然表面上李老喜也让孙老元称名字，但内心却极看不起他。一次两人在街上见面，相互称名字打招呼过去，李老喜指着孙老元的背影对儿子李文闹说：

"这鸡巴玩意他太爷，是个要饭的！"

只有在一个场合，孙老元不与李老喜称名字——这时李老喜可以喊孙老元的名字，孙老元却不敢喊李老喜的名字，那就是在村公所。自这个村子成了一个正经村子，有了村公所以来，李家就一直当着村长。李老喜他太爷当村长，他爷爷当村长，他爹当村长，到了李老喜，还是当村长。由于村子里一直没有个正经房子，李家一直在家挂牌办公，腾出一个后院，挂着“马村村公所”的牌子。村里断案、收田赋、过兵派夫派牲口等，都是在这个院子里。逢到村丁打锣，全村人都要到这院子里开会。如要收田赋，如果派夫派牲口，李村长就按花名册点名：

“张三田赋五斗！”

“李四该出牲口一头！”

张三李四马上站起来答：“知道了，村长！”

到了李老喜这一辈，仍是这么开会，这么喊。喊到孙老元头上，李老喜喊：

“孙老元田赋一石！”

“孙老元该出牲口一头！”

孙老元虽然与别的开会者不同，是大户人家，但收田赋派夫派牲口总免不了；别人回答“知道了，村长”，到他这，他也不好单独改一下称呼，说“知道了，老喜”，也只好和别人一样回答：

“知道了，村长！”

在别的村开会，一般村里都给大户人家安排到前排，放个凳子，沏个茶碗，但平时孙老元尽与李老喜称名字，李老喜故意不这么安排，不在前排放凳子，不沏茶，故意让孙老元和一帮衣不蔽体、浑身汗腥味的佃户杂坐在一起。然后李老喜自己沏碗茶，端着在前边台子上坐，隔桌子看下边杂坐的孙老元，看他那浑身不安、脸一白一红的窘迫样子。李老喜对儿子说：

“我就喜欢村里开会，一开会，我才觉得我是李老喜了！”

所以村里比以前开会见多。屁大一点的事，有时过兵派几张烙饼，本来随便派到哪个人家就完了，李老喜也让村丁打锣开会。孙老元就怕开会，一到开会，坐在一帮佃户中间，他就想起了自己祖上也是佃户。他对儿子孙殿元说：

“你还别小看这个村长，可真是了不得，咱们能惹李老喜，但不敢惹村长！这是个啥鸡巴理，我也弄不懂！”

儿子孙殿元说：

“到开会你别去！”

孙老元说：

“你去都不敢去，不更被人看不起了！”

儿子孙殿元、侄子孙毛旦，是两个爱抄马鞭、顾头不顾屁股的家伙，两人甩着马鞭说：

“这个鸡巴村长，他家做了百十年，还要做下去，也不改改日头了！”

孙老元听他们这么说，脸色都变了，忙截住说：

“以后别说这话，这话要惹祸。没看戏上怎么唱的？你成了财主，人家不管，就是个看不起，你要改日头，人家不吃了你！”

孙殿元孙毛旦两个当时没说话，事后有一天两人骑马去收租，路上孙殿元说：

“我爹也太胆小，一个鸡巴村长，有什么了不得！戏上怎么唱？都是宰了过去的皇帝，自己当皇帝，有朝一日，咱们也试试！”

说完，两人相视一笑，打马而去。

机会果然到了。民国了。革命了。但民国三年，县上乡上才革命，换了县长乡长。但村长仍没有换，仍是李老喜，仍是开会。新任乡长田小东，是个读过几年书的青年娃娃。他新官上任三把火，第二天就开各村村长会，会上大谈了一番孙中山的三民主义。他谈了半天，各村村长不知他谈的什么。他谈到一半问：

“听懂了吗？”

村长们答：

“听懂了！”

田小东问：

“三民主义是什么？”

村长们答：

“叫老百姓守规矩！”

青年娃娃田小东笑了，又接着谈。别的村长都硬着头皮在那里听，马村村长李老喜坐不住了。他村长当了几十年，乡长开会都是谈派款和抓兵，哪里见谈过这个？他有些看不起这青年娃娃，会开到一半，他趁出门解手，跨上马回家抽烟去了。这惹恼了新任乡长田小东，也是杀鸡给猴看的意思，他想撤掉马村村长李老喜，另换一个年轻的。他说：

"李老喜年纪太大了，该引退了，另换一个年轻的吧！"

消息传到李老喜耳朵里，李老喜只是一笑，这青年娃娃还太嫩，李家在马村坐了百十年，改掉江山是这么容易的？儿子李文闹说：

"爹，别让真撤了你，那就没脸面了，还是给田乡长送几布袋芝麻吧！"

李老喜一笑说：

"什么鸡巴田乡长，一个娃娃罢了！我就不信他能撤了我。他撤了我，这村里谁还能当村长呢？让他找找看吧！"

李文闹想一想，是想不出别人可以当村长，于是就放心了，但说：

"爹，那你也得给小田一个台阶！"

李老喜说：

"等事情过去，他啥时来咱村，给他捉几只狗烧烧不就完了！"

但李老喜想错了，田小东没有来吃他的烧狗，他真找到了接替他村长位置的人，那就是孙家少东家孙殿元。田小东曾派员到村里调查。村里撤了李老喜，是不好找新村长，因为村里就两个大户人家，除了李家，就是孙家，其他都是些到不了人跟前的佃户。原来派员担心孙家怕得罪李家，不敢干村长，没想到一找孙殿元，孙殿元一点不怕，还甩着马鞭兴高采烈的。派员一回去，孙殿元就和孙毛旦说：

"我说改朝换代到了吧，可不是到了！派员还担心咱不敢干，我就不信这马村只能李家当村长，咱当它一当，看谁能把咱的鸡巴咬下来！"

说完，两个人笑着打马，奔到乡上来找田小东，说要借"三民主义"看。田小东问：

"你俩识字吗？"

孙殿元说：

"怎么不识字，我们俩都上过私塾，'周吴郑王'都认识！"

田小东很高兴地说：

"那好，那好，那我就借给你们'三民主义'，看了它，就会当村长了！"

虽然以后"三民主义"都被孙殿元和孙毛旦揩了屁股，但村长是当上了。上任当天，孙殿元就让孙毛旦带着马夫老冯、伙夫老得去李老喜家摘"马村村公所"的牌子，自家腾出一个西厢院，将牌子挂在了那里。

听说儿子要当村长，老掌柜孙老元有些生气，极力劝阻：

“殿元毛旦，这村长咱们当不得，人家李家当了百十年，你们这不是找死吗？”

孙殿元说：

“爹你也太胆小，李家开会打锣你让人看不起，现在有人看起你了，让你当村长，你又害怕了！”

孙毛旦说：

“以后咱们打锣，也让他来开会！”

孙老元说：

“你们真是年轻气盛，爱充人物头，这村长不是好当的！”

孙毛旦甩着马鞭说：

“怎么不好当？我带人到李家去摘牌子，他家也没敢放个屁！”

孙老元唉着气说：

“真是年轻气盛，年轻气盛，出了事不要找我，我是老了，该入土了！”

孙老元没有拗过孙殿元孙毛旦，从此孙殿元当了村长。副村长没有变，仍是路黑小。路黑小是一个驴贩子，闲时给人打打短工。因为他会打锣召集开会，就没有换他。从此村里有人说理，孙殿元就在自己西厢院办公。也支了一口烙饼锅，让原告被告出面，让村丁冯尾巴烙饼，吃了热饼再说理。遇到收粮收款、派夫派牲口、募丁，也打锣召集开会。只是一到点名派差时，一点到李老喜，李老喜家从来没人。孙毛旦说：

“娘的，过去他开会，俺叔不敢不到；现在咱开会，他连个人影都不到，我带几个人去捆他来！”

孙殿元到底比孙毛旦稳重些，劝孙毛旦说：

“别理他，他不来，咱会也照样开！”

李家大院见孙殿元真的当了村长，开始断案说理打锣开会，一家人都气得了不得。李老喜也有几个虎背熊腰的儿子，其挥鞭打马的威风，并不比孙殿元孙毛旦差。大儿子李文闹说：

“爹，这两个穷要饭的，也果真当上村长了！爹，你说句话，我带几个人去开导开导他们！”

李老喜仍是一笑：

“开导什么，村长给咱撤了，还不让人家当了？”

李文闹说：

“这村长咱当了百十年！”

李老喜仍笑着说：

“大清皇帝的江山几百年呢，不也被老孙这个大炮给吹下台了，哪还差咱们！”

李文闹说：

“爹，这村长就让他当下去？”

这时李老喜不笑了，说：

“两个没脱胎毛的小鸡巴孩，让他当，他还能当到哪里去！你太年轻，遇事不该这么着急！”

孙殿元上任那天，孙毛旦带人来摘牌子，李文闹说：

“爹，孙毛旦来摘牌子！”

李老喜说：

“一个木牌牌，让他摘去！”

遇到开会，李文闹说：

“爹，他们打锣开会了！”

李老喜说：

“这个不能去！全家一个人不能去，让他开会！”

于是全家一个不去。李文闹背后对几个兄弟说：

“爹也太胆小。要不是爹，依我的脾气，早把两个姓孙的打成两半了，还他妈人模狗样呢！”

于是在街上骑马，李家几个兄弟与孙家两个兄弟相遇，大家都是怒目而视，然后各自用马鞭打自己的马，相互擦身而过。渐渐弄得两家的佃户也不说话。等人马走后，孙毛旦指着李家兄弟对孙殿元说：

“哥，你看，这几个刁民还不服管呢，还以为是他们的天下呢！”

孙殿元说：

“好，好，咱们找个机会，治他们一下！”

然后兄弟俩打马飞奔而去。

整治李家兄弟的机会来了。这年秋天，李家大少爷李文闹逼出一条人命。李文闹好色，家里已经有一大一小两个老婆，但他还和一个佃户赵小狗的老婆相好。本来两人是两厢情愿，李文闹与她好一次，送她一个脸盆大小的花生饼。赵小狗老婆很满意。赵小狗也知道这事，一来他惹不起少东家，二来看到脸盆大小的花生饼，可以时不时掰下一块哄孩子，也就睁只眼闭只眼当作不知道。有时他也拿一块花生饼，放到火上烤热吃，边吃边说：

“里头油还不少呢，看把我的手都浸了！”

本来李文闹和赵小狗老婆好，只是在晚上，但这天下午李文闹喝醉了酒，把下午当成了晚上，大白天到赵小狗家去找相好。赵小狗老婆正在厨房刷锅，李文闹扑上去就把她捺到了灶旁柴火上，往下拉裤子。赵小狗老婆一阵挣扎：

“大白天你干什么！”

但赵小狗老婆没有李文闹力量大，挣了几下就挣不动了，李文闹已经上了她的身，她只是在下边催：

“那你快一点，这是白天，让人撞见！”

说让人撞见，真让人撞见了。赵小狗不知道白天李文闹会来，带了几个人来家帮他劁猪。猪圈和厨房在一间屋子里，一进屋子就撞见这个场面。如果是赵小狗一个人，赵小狗还好找托词，现在后边跟了一帮人，他脸上就有些挂不住，喝了一声：

“日你娘，大白天来霸人了！”

扑上去便打。但他不敢打少东家，只敢打自己老婆，边打边说：

“你这浪货，大白天勾人在家！”

李文闹提上裤子就跑了。赵小狗老婆一边挨打，一边辩解不是勾引，是强迫。看到屋外站了一群人看热闹，觉得没法活，瞅空跑到堂屋，解下裤腰带就吊死了。

赵小狗老婆一死，赵小狗愤怒了，家里几个孩子嗷嗷叫着没人管呢！就去找李家说理。李文闹早骑马下乡收租子了！李文闹一个兄弟叫李文武的，也是个提鞭打马的家伙，一鞭子将赵小狗打了出去：

“你老婆死了，到这来号丧干什么！”

赵小狗挨了鞭子，就到村公所来告状。村长孙殿元、本家兄弟孙毛旦听了这状，心中十分高兴。孙殿元说：

“好，好，青天白日强奸民女，又逼出人命，他无法无天了！这是什么时候？这是民国！不抓他还等什么！”

就要派孙毛旦去抓人。这时老掌柜孙老元从后边转出来，说：

“一个村公所，衙门有多大？能管得了人命的案？乡有乡公所，县有县衙，案子问不了，可以往上转嘛！”

孙殿元一听忙点头：

“对，对，小狗，我这衙门太小，问不了你这人命大案，你到乡里县里去吧！”

赵小狗原没想到还有乡里县里会管此事，现一听说乡里县里还管自己的事，忽然觉得自己庞大许多，他说：

“好，少东家，等着吧，你问不了，我找乡里县里！”

赵小狗找到乡里县里。乡长田小东一听李家大少爷强奸民妇，逼死人命，大吃一惊，说：

“胆子忒大，胆子忒大！”

马上就派员来调查。派员来后，中午在村公所吃饭。吃着烙饼，派员便问孙殿元这次强奸逼死人命案的始末，孙毛旦在一边插嘴：

“派员，逼死的是一条，没逼死的，还不知有多少呢！”

派员连连叹息：

“真不像话，真不像话，他竟敢横行乡里啦！”

孙毛旦说：

“横行乡里算什么，还目无王法，见了我们哥俩，眼皮都不抬一下！”

派员回去向田小东报告，田小东便通知县上司法科，司法科派股长老马和两个股员来，一根绳索，就果真把李家大少爷李文闹给捆走了。虽然没过两个月，李家花费一些钱（包括付给佃户赵小狗家八斗红高粱），又把李文闹给弄回来了，但李家的威风，从此在村里减落不少。孙村长孙殿元、本家兄弟孙毛旦很高兴，说：

“这下把李家的威风给治了！治了也就治了，把他捆起来了，也没见把咱的鸡巴给揪下来！”

副村长路黑小过去给李老喜当副村长，现在给孙殿元当副村长，他对孙殿元说：

“村长，捆文闹那天，把我吓坏了！”

孙殿元说：

“不要怕黑小，你老怕他，这村子咱别弄了！”

从此孙家两兄弟意气昂扬，打马从村里跑过。遇事就让路黑小打锣开会。

李文闹被放回来以后，对李老喜和几个兄弟说：

“这事本来没事，就一个佃户老婆，大不了咱破点财，都是孙家那小子给折腾的！”

李老喜瞪了李文闹一眼：

“你是好的，大白天占人老婆，关一关你也好，看你以后还不规矩些！”

另一儿子李文武说：

“当然大哥有大哥的不是，可是爹，孙家小子也太猖狂了！当初你说让出村长没事，看现在人家当了村长，不就可以叫县上来捆人啦？这小子太不把咱们爷们儿放在眼里！爹，这小子不会当村长，找几个人开导开导他吧！”

李老喜这时长出一口气：

“开导我不想开导他？看到两个蛤蟆在那里蹦，我心里是味儿？只是不到时候，没个机会，再等一等吧，我就不信这朵花会老红！”

李老喜的机会终于到了。这年冬天，袁世凯在上边复辟，民国又不民国了。虽然袁世凯做皇帝比较短，但这次下边动作比当初民国时换人快得多，县长、乡长很快换了，乡长又换成过去的老乡绅老周，青年娃娃田小东被一个铺盖卷打发走了。得知这个消息，李老喜马上吩咐家里摆酒。李老喜在酒席上，又谈笑风生的。喝过酒，李老喜将李文闹李文武单独留下，问李文闹：

“文闹，当初把你关进大牢，那胳膊上的麻绳勒得疼不疼？”

李文闹说：

“怎么不疼！”

李老喜问：

“大狱里关着闷不闷得慌？”

李文闹说：

“闷得慌！”

李老喜问：

“是谁把你关进去的？”

李文闹说：

“还不是孙家小子！爹，你问这些败兴事干什么？”

李老喜说：

“干什么！当初你不总说要开导那小子吗？现在时候到了，去想法开导开导他吧！”

李文闹一听是这意思，立即高兴起来，说：

“我这就去拿马鞭！”

李老喜皱皱眉：

“不是让你们去打架！你们不要出面，找个外路人，不要怕花钱，神不知鬼不觉的，叫他去把他下腿弄废了。腿一废，他不能动了，村长不就当不成了？他村长当不成，乡里周乡绅又找谁当呢？”

李文闹李文武听了李老喜这番话，都觉得李老喜高明，说：

“爹，我明白了，咱们又要当村长了！”

李老喜说：

“去吧！”

李文闹李文武就去了。这时李老喜又说：

“记住不要弄死他，要留着他受点罪！”

李文闹李文武两人，遵照爹的指示，找了一个外路枪手，照爹的吩咐交代了。交代完李文闹突然又起了歹心，想报自己的私仇，就对枪手说：

“还是把他弄死吧！”

几天之后，枪手就在土窑里把村长孙殿元弄死了。李老喜听说把孙村长弄死了，对儿子大为不满：

“不是说让留着他，怎么弄死了？”

李文闹满不在乎地说：

“他还不该弄死？弄死他两回也该！”

李老喜用手指着儿子说：

“你是个蠢货，你是个蠢货，应该留着他！这事走漏风声了吗？”

李文武说：

“爹，放心，雇的外路人，一点风声没漏！”

李老喜说：

“好，好，赶紧给枪手五十块大洋，打发他走得远远的！以后任何时候不许提此事！”

李文闹就去付枪手大洋。临到付，他又起了私心，丢到自己口袋里二十块，只给了枪手三十块，惹得枪手很不满意地走了。

孙村长停尸西厢院时，李老喜吩咐厨子准备一个黑食盒子，带伙计前去祭奠。

孙村长死后两个月，李老喜派李文闹给乡里周乡绅送去两麻包棉花。过了两天周乡绅说：

“马村村长死了，村里不能长时间没个主事的，还是请老喜出山吧！”

于是李老喜又成了马村的村长。他上任那天，原准备让儿子李文闹带人去孙家摘牌子，没想到人还没动，孙家已经派人把牌子送了过来。

这倒叫李老喜吃了一惊。

四

副村长路黑小是个牲口贩子。不贩牲口时，帮李家或孙家打打短工。由于他是副村长，他打短工和别人不一样。别的短工得下地割豆割麦子，他可以留在伙房帮厨，或是挑个桶到地里送水。路黑小副村长当了十一年，前九年跟李老喜当，后两年跟孙殿元当。不论跟谁当，路黑小都是打锣召集开会，说理找人烙饼。不过打着锣从村里穿过，说理前和村长族长们坐在一起吃饼，路黑小也觉得不错。虽然他家的房子不比别的佃户好，他家娘儿们小孩吃的不比别的佃户强，但在大家眼里，他和别的佃户还是不一样。从街上走过，别人打招呼：

“黑小，吃了？”

路黑小说：

“吃什么吃，吃到一半，事找到头上了，得给人家去说理，得找人烙饼！”

路黑小的副村长，最初是李老喜给安上去的。在李老喜之前，村里不设副村长，就是李老喜他爹或李老喜他爷爷一个人。到了李老喜，李老喜说：

“咱们设个副村长。”

一开始大家不同意。人老几辈，从来没有副村长，现在为什么要设副村长？李家内部意见也不统一。但李老喜坚持要设。他说，看他爹他爷爷当村长那么个忙劲，整天尽给人家说理断案，打锣开会，太不自在，所以要设个副村长。设了副村长，不想去开的会，就可以让副村长去，会散了给他汇报；不想断的案，比如偷鸡摸狗的案子，就可以交给副村长去断。他这么说，他又是村长，大家拗不过他。但在副村长的人选上，大家又有看法。他一不选自家兄弟，二不选亲朋好友，选了个牲口贩子路黑小。他这人选不但自己人想不通，村里大众也看不惯，一个本来和自己平起平坐的牲口贩子，突然成了自己的副村长，太让人失望。但李老喜就是相中了路黑小，对自家几个弟兄说：

"你们懂个屁，选你们当副村长，还不如不设副村长！"

路黑小当时刚从外地贩驴回来，放下驴鞭听说自己成了副村长，直怀疑自己耳朵出了毛病。那时路黑小他爹还没死，他爹听说后，却不同意自己儿子当副村长，说：

"小子，不是说是个人就可以充人物头的，你驴都贩不好，还能当副村长？"

但当时路黑小年轻气盛，爱充人物头，就当了副村长。副村长当上以后，时间一长，大家都习惯了，反倒觉得村里该设副村长，对路黑小也看惯了，村长反正是个副的，觉得他本来就该当副村长。路黑小这人还有这点好处，当了副村长，还没有架子，开会打锣，说理找人烙饼，派夫派牲口具体落实到户，他跑前跑后，一点没有怨言。会还没开，他会场布置好了；理还没说，他饼烙好了，弄得村长李老喜满意，大家也满意。李老喜说：

"看看，怎么样，我选这个副村长！"

所以闲时，路黑小到李家打短工，李老喜说：

"黑小，你是副村长，和其他短工不一样，你不要下地割麦了，就在伙上帮帮厨，或到地送点水就行了！"

路黑小就不到地割麦子，在伙上帮厨，半晌挑桶到地里送水。过去没当副村长时，他可得和其他短工一样，下地割豆割麦子。路黑小觉得李老喜这个人真不错，觉得自己该当副村长。问题是他在李家打短工可以不下田割麦子，在伙上帮厨，再到孙家去打短工，孙家也只好以此类推，不让他割麦子，让他帮厨。有时一天厨帮下来，偷一块牛肉拿回家，送给他爹吃，还说：

"看看，怎么样，当初你还不让我当副村长！"

副村长当了九年，铜锣扇坏两面，烙饼的锅烧穿三只，路黑小没有遇到大的难题，反正就是跟着村长李老喜治理村子。村子治理得好坏，是李老喜的事；村子不管治理得好坏，他都跟着吃烙饼。路黑小整天倒是无忧无虑，有时打锣喊人开会，嘴里还唱着大戏。不过他会的戏文不多，只会这么几句：

我说是好的，
你说不是好的；
妹妹呀，
到头来你看看，
是不是好的！

翻来覆去地唱。渐渐变成了跟在他屁股后跑着看热闹的儿童的歌谣。儿童们一边捉人藏人，还一边唱：

我说是好的，
你说不是好的；
妹妹呀，
到头来你看看，
是不是好的！

但前年春天，副村长路黑小遇到了难题。他跟了九年的村长李老喜，被青年娃娃乡长田小东给撤了，村长换成了另一个财主孙殿元。路黑小听到这消息，当时就哭了，一头跑进李家正房，哭着对李老喜说：

"村长，你看这事，你让人撤了；你让人撤了，我这副村长不也当不成了！"

李老喜倒没有哭，笑着对路黑小说：

"黑小，坐下喝杯茶，这些年跟我跑不容易！现在时运不好，来了青年娃娃，咱们爷们儿让撤了，可你放心，河东不会老河东，河西不会老河西，我就不信，这天下就没有咱爷们儿翻身的时候了！"

可令路黑小没有想到的是，孙殿元上台以后，把他这副村长给留下了。这令路黑小又惊又喜，心里也十分矛盾。当吧，过去跟李老喜在一起，现在人家下台了，自己又跟孙殿元，有点对不起李老喜；可不当吧，铜锣就得交给别人，以后说理就吃不到烙饼，打短工就得下田割麦子。想来想去，觉得还是想当，就是怕对不住李老喜。后来还是当了，跟上了孙殿元，只是从此不敢见李老喜。有一次他正打锣召集开会，迎面李老喜骑马走来，路黑小赶忙躲，想折进一个巷子里，倒是李老喜把他喊住说：

“黑小，怎么见我就躲，老叔哪点得罪你了？”

路黑小赶忙站住，脸憋得通红说：

“老叔，你看，这锣，我可对不住你！”

李老喜倒“嘻嘻”笑了：

“黑小啊黑小，你真是个好孩子！老叔不当村长，没拉住你不让干公事！好啦，老叔不怪你，你打锣去吧！”

路黑小放下心来，说：

“谢谢老叔！”

就欢天喜地打锣去了。

倒是有一次在街上碰到少东家李文闹，李文闹不像老掌柜那么宽宏大量，看到路黑小打锣吆喝，在马上黑着脸说：

“黑小，你还打锣，你不要忘了，你以前可是吃李家饭的！”

路黑小脸又憋得通红，突然气鼓鼓地说：

“少东家，我老婆孩子一大堆，也得养活，你别再说那话，你以为我想打锣！”

李文闹倒是一怔，又瞪了他一眼，打马而去。

路黑小跟孙殿元当了一年多副村长，也渐渐习惯了。两个村长相比较，路黑小觉得李老喜宽宏大量，孙殿元脾气大，但李老喜吝啬，孙殿元大方。比如说理烙的热饼，过去吃不完，都是李老喜拿回家，现在孙殿元从来不拿，都归路黑小。时间一长，路黑小觉得跟着孙殿元也不差，就渐渐把李老喜给忘了。有时孙殿元还问：

“黑小，过去跟李老喜当副村长怎么样？”

路黑小还说：

“不怎么样，半张烙饼他也拿回家！”

孙殿元与孙毛旦相互一望，就“哈哈”笑了。

谁知跟孙殿元跟了两年，孙殿元被人杀害了。青年娃娃乡长一走，村长又换成了李老喜。这又让路黑小作了一次难。就好像寡妇改嫁一样，嫁过去，又得嫁回来。孙殿元刚死时，他还没想那么多，只顾跟人张罗办丧事。后来村长换了李老喜，他才觉得事情有些严重。路黑小感叹：这公事还真不是好弄的。白天想不明白，夜里就唉声叹气。老婆劝他：

“算了黑小，副村长也当了十来年了，当来当去没个完，除了跟人吃张饼，别的没见你发啥大财！咱安心贩牲口，不当也罢！”

路黑小上去踢了老婆一脚。踢过，又觉得老婆说得有道理，说：

“我也知道不当也行，可当了十来年，一下再不当，还过不惯哩！”

但能不能再当，路黑小做不了主，关键在李老喜。李老喜又成了村长。他不让路黑小当，路黑小想当也当不成；他让路黑小当，路黑小也不敢不当。这时他才觉得这个副村长当得真是窝囊。可他既不敢找过去的村长家属孙老元问他以后该不该当，又不敢去李老喜家问还让不让当，只好在家抓耳挠腮地等待，拿出办孙殿元丧事时偷掖回家的半瓶酒，一口一口地喝着浇愁。听到“马村村公所”的招牌已经又移到了李家，他更加着急。小女儿吃饭，不小心打破个饭碗，他跳上去掴了她一巴掌：

“×你祖娘，眼长到腚上了！”

可这天晚上，他正对着油灯着急，突然李家来了一个伙计，通知他马上到李家去商量事情。他一阵惊喜，好你个老喜，又让我当副村长。几天的忧愁烟消云散。跟伙计出了家门，看着满天星星，不再考虑许多，不像第一次改嫁那么别扭，既不想对得起对不起死去的村长孙殿元，也不想见了新任村长李老喜该不该不好意思，只是想：好，好，我老路又当了副村长。

第二天，路黑小又打锣从村里穿过，通知各姓族长到村公所去说事情，找人取面烙饼。

五

老掌柜孙老元的干儿许布袋被请到孙家大院来了。许布袋他爹，是十里外杨场一个大户人家，可惜家产后来被许布袋他爹的一杆烟枪给吹没了。在许家没有破落之前，孙老元与许布袋他爹是好朋友，赶集碰到一起，常蹲在一块吃牛肉。孙老元的三姑，曾嫁过去做许家的五婶。许布袋爷爷一死，许布袋他爹开始吸大烟，开始卖牲口卖地。地大部分卖给了孙老元。孙老元拿出洋钱说：

“兄弟，钱你拿着，这地我不能要，只要你今后别吸烟！”

许布袋他爹说：

“老哥，谁想吸烟？我也不想吸！可要叫我不吸烟，除非你把我打死！”

孙老元只好收下他的地。因为他不收地，许布袋他爹就把地贱价卖给了别人。孙老元叹息说：

“地算我的吧，我价钱还可出得高些！”

地、牲口卖完，许布袋他爹又开始卖房子。这时一伙土匪又趁火打劫，大白天到他家抢过一回。东西抢完，土匪找许布袋他爹，许布袋他爹已经一根绳子吊死在梁上。那年许布袋十三岁，孙老元就把他领到了马村，收他做干儿。

许布袋从小调皮成性。个子长得高，不像他爹的萎缩样子；但是没有他爹白，浑身污泥一般黑，只有头发是黄的。孙老元送他到私塾和孙殿元一块念书，他不是在课堂捣乱，就是上房顶蹲着拉屎。一边拉屎一边喊：

“快接快接，天上下元宝了！”

孙老元用板子教训过两回，他拉着板子说：

“干爹，打死我我也不念书了，让我贩牲口去吧！”

孙老元拗不过他，只好让他杂在村里一群佃户中，跟人到外边贩牲口。牲口贩了几年，有一天，他把大家贩的牲口全偷走了，自己卖掉，拿上钱，不知跑到哪里去了。副村长路黑小一帮牲口贩子，回来找孙老元哭诉：

"老掌柜，我们一群是没法活了，牲口都让布袋给偷走了！"

孙老元叹息：

"真是孽种，真是孽种！"

孙老元自己拿钱贴给一群牲口贩子，才了结此事。

又过了五年，二十岁的许布袋，突然从外边回来了。他又长高了，一脸疙瘩，穿着一身破军装，腰里穿着一圈洋钱。据他说，他偷了牲口钱去到处转着玩。钱花光，就当了兵。原想当兵有人发饷，谁知参加的是革命军。革命失败，他腰缠一圈银洋就回来了。更令孙老元吃惊的是，他说着说着，还从腰里摸出一支盒子，放到了桌子上。他说，是临来那天晚上偷排长的。孙殿元孙毛旦见他偷枪很高兴，便约他第二天骑马打兔子。庄稼棵里放马跑了一阵，蹚出一只兔子，他"啪啪"放了几枪，还真把那只翻飞的兔子给打死了。

孙殿元、孙毛旦拾起兔子说：

"布袋，说你会打枪，还真把兔子给打死了！"

许布袋挺内行地吹着冒烟的枪筒：

"这算什么，人咱也杀过几个了！"

孙殿元、孙毛旦对他很佩服，说：

"不简单，不简单，哪天把枪也借给咱玩玩！"

许布袋当下就把枪扔给他们：

"玩吧，什么稀罕东西，别让撞针走火就行！"

孙殿元、孙毛旦也"当当"放了两枪，枪子落在脚下土里，震得耳朵疼，两人笑着说：

"一下子不熟，这盒子还认生！"

许布袋回来以后，孙老元准备让他在孙家当监工和护院，谁知许布袋说：

"干爹，我长大了，不在你家待了，我要回杨场。我爹还给我留下两间房子！"

孙老元说：

"你要回杨场，就回杨场!"

孙老元以为干儿在外边转了几年，长了志气，就送他回杨场，还将过去买他爹的地，又送回他五十亩。谁知许布袋回杨场是为了不受干爹管束，第二天就把五十亩地卖了，拿钱下了钱场赌钱。赌赢了，就下饭铺喝酒吃肉；赌输了，就躺在屋子里受饿挨冻。后来听说他还帮荒甸子上一帮土匪串过线，绑过两回人票。孙老元叹息：

"这个布袋，像他爹一样，是长不成了!"

但许布袋有这点好处，不管是赢是输，不再来打扰干爹。据说有次饿了三天，也没到干爹这里来吃饭。倒是孙老元听说后，有些佩服，说：

"这个布袋孬是孬，但不粘连人!"

于是派人送去两篮子馒头。

孙殿元孙毛旦两个，有时想到杨场勾引他回来打兔，被孙老元喝斥道：

"你看他已经快混成了土匪，还勾他干什么?还想让他把咱家的家产，也拿到赌场上去吗?"

于是孙殿元孙毛旦不敢勾他，他也不过孙家来。孙殿元当了村长被人勒死后，他也没有过来祭奠。后来孙老元得知凶手是李老喜，与侄子孙毛旦商量报仇时，孙老元突然想起这个许布袋。一开始孙老元没有想起许布袋，想起了县司法科老马。孙毛旦也说：

"既然知道是老喜害了我哥，我去叫司法科老马!"

孙老元想了想又止住孙毛旦：

"知道是老喜，也不能叫老马!"

孙毛旦问：

"怎么不能叫老马?"

孙老元说：

"你想想，他让人杀你哥时，你又没在跟前，现在枪手又跑得无影无踪，就凭锅三两句话，老马能抓他?"

孙毛旦想了想，也傻了眼。

孙老元又说：

"就是老马把老喜抓起来，也给你哥报不了仇!"

孙毛旦问：

"怎么报不了仇?"

孙老元说：

“上次他大儿逼死人命，老马给抓走了，可人家花了些东西，他大儿不住了两天就出来了？老马那里，也就那么回事！”

孙毛旦说：

“那我哥的仇不能报了？”

孙老元说：

“看来他走的是暗道，找的是枪手，咱也得找枪手！”

这时想起了干儿许布袋，知道他与土匪有联系，想通过他找个枪手。于是让孙毛旦在夜里骑马去叫他。

半夜，许布袋来了，身上仍是那身破军装，已经一缕一缕的了！黄头发很乱。孙老元看了有些心酸，说：

“布袋，这两年干爹没有照顾你！”

许布袋愣愣地说：

“干爹，你不是派人送过去两篮子蒸馍吗！”

两篮子蒸馍他还记得，孙老元有些感动。孙老元叫孙毛旦拿衣服给许布袋换，许布袋换了。这时孙老元问：

“布袋，知道你换这衣服是谁的？”

许布袋只觉得新换的衣服有点小，不知道是谁的，这时孙毛旦说：

“是咱殿元哥的！”

孙老元问：

“知道殿元怎么了？”

许布袋这个知道，说：

“听说叫人弄死了！”

孙老元问：

“知道是谁弄的？”

许布袋说：

“不知道！”

孙老元说：

“你不知道，干爹我知道。他被仇人用麻绳勒死了！”

说完就掩面哭了。又说：

“可怜我已五十多岁的人了，他被人勒死了！布袋，干爹不是惹事的人，可儿子都给你弄死了，你一声不响，也让人笑话。布袋，干爹以前没照顾你，现在找你来是向你求事，想求你找几个朋友帮忙，帮干爹报了这个仇！”

说完，向许布袋作了一个揖。

这时许布袋火了：

“干爹，你不用向我作揖，光作揖有什么用，我一天没吃饭了，弄点牛肉我吃吃吧！”

这时孙老元倒禁不住“扑哧”笑了，说：

“干爹大意了，干爹大意了！”

于是吩咐孙毛旦把伙夫老得叫起来，切牛肉捅火做饭。

等许布袋吃饱，说：

“干爹，我回去了！”

孙毛旦上前拉住他：

“布袋，你怎么能走，给殿元哥报仇的事还没商量呢！”

许布袋倒愣住：

“不是刚才干爹都说了吗？”

孙毛旦说：

“你能找到朋友？”

许布袋说：

“杀一个屌人，找什么朋友，找我就够了！哪天合适，找人叫我，指出凶手是谁，保他活不到明天！”

这时孙老元倒佩服许布袋，说：

“好，好，干儿还是干儿！”

又让孙毛旦给许布袋拿了几十块光洋。许布袋也没推辞，接过光洋就走了。

许布袋走后，孙毛旦说：

“叔，有了布袋，这下李老喜活不成了！”

这时孙老元倒又叹息一声：

“谁知道呢！别找人找错了，我咋看布袋有些冒失！”

孙毛旦说：

“什么冒失，那天打兔子，他一枪就撂倒了！”

孙老元说：

“那是兔子，这是人！”

又说：

“既然给他说了，不能再换人了，就是得再给他找两个帮手！”

孙毛旦说：

“叔，我去吧！”

孙老元瞪了他一眼：

“你能去？这事能明火执仗？等我再想个人吧！”

转眼到了阴历二月二，按惯例，这天孙家请长工客。因为二月二，龙抬头，大地动了，过节后就该下田弄地了。请客一般请吃肉包，用大锅蒸上几笼肉包，掀开，热腾腾地端上来，请大家吃。孙老元待长工从来不吝啬，包子里一兜肉，还捣蒜汁滴香油，让人来蘸。二月三北山有庙会，孙老元还专门套个马车，拉长工去赶会。他里里外外地喊：

“赶会了，赶会了，车都套好了，不去赶会在家干什么！”

今年二月二，孙家仍请长工吃肉包。吃完肉包，已是上灯时候。长工们又吸了几袋烟，各自回家睡觉，准备明天坐车赶庙会。马夫老冯、伙夫老得回去得晚些，因为老冯还得给马添草，老得得收拾蒸笼碗筷。老冯正在添草，老得正在洗笼布，孙毛旦过来说：

“老冯，老得，先不要干了，我叔叫你们！”

一听说孙老元叫他们，两人都吓了一跳，忙停下手中的活计，擦着手来到正房。不过他们不怕孙老元，孙老元待人好。老冯家孩子有病，孙老元找先生给他看好；老得偷肉，孙老元也没有撵他走。他们怕的是孙毛旦，因为他手里常提马鞭。

来到正房，孙老元正坐着吸烟。孙老元指着墙边的条凳说：

“坐吧。见你们两个回去得晚，跟你们说会话！”

老冯、老得都点头，但没有坐下。

孙老元说：

“今天的包子我吃了一个，好吃，馅拌得不错！”

老得很高兴，说：

“就这还差小茴香，老冯赶车到集上去，让他捎小茴香，他给忘了！”

老冯不好意思“嘿嘿”笑了，说：

“到集上老觉得有事，可就是想不出来，赶车回来，一到村边，就想起来了！”

孙老元说：

"没有小茴香，蒸得也好吃！"
又问老冯：
"明天去庙会套哪一挂牲口？"
老冯说：
"套那匹小儿马，前头两匹骡子。小儿马长成了，该试套了！"
孙老元说：
"把上口也给它戴上，别惊了车！"
老冯说：
"咱家的牲口，还没惊过哩。上次老李家的牲口惊了，还不是请咱给制服的？"
孙老元说：
"知道了。"
接着不再闲聊，指着墙角两布袋粮食说：
"老得，把那两布袋粮食扛过来！"
老得把那粮食扛过来。
孙老元指着说：
"这是两布袋核豆，春天日子长，扛回家让孩子们吃吧！"
老冯、老得一下弄得挺感动，说：
"老掌柜……"
就说不下去了。
孙老元说：
"一把核豆，不是啥好东西。停些日子，我还有事找你们帮忙呢！"
老冯、老得坚决地说：
"老掌柜，你用得着我们的地方就说话！"
孙老元说：
"知道了。今天天不早了，把粮食扛回去早点歇吧。到用你们的时候，我让毛旦喊你们！"
老冯老得点头说：
"是啦老掌柜！"
一人扛起一袋粮食，就回家去了。第二天两人碰面，在一起嘀咕：
"老冯，你说老掌柜让咱们干什么？"
老冯也搔着头：

“我也一夜没睡着。不会让咱俩去贩马吧？”

老得说：

“大概不会。咱俩没有贩过马。”

这天孙毛旦转到厨房要牛肉吃，老得给他切了一块牛肉筋，顺便笑着问：

“少东家，听老掌柜说，要分派给我和老冯一个事，不知这事是个啥？”

孙毛旦嚼着牛肉筋说：

“到时候你们就知道了！”

老得说：

“你先给我透个信儿，我有个准备！”

孙毛旦说：

“也就是让你们跑跑腿，跟人借个东西。”

老得大为感动：

“老掌柜可真是，咱本来就是他的伙计，让到谁家借东西，让去就是了，还给了一布袋核豆！”

老得回头给老冯说了，老冯也很感动。老冯说：

“人心都是肉长的，到死，咱不能忘老掌柜的大德！”

老得说：

“不能忘，不能忘！”

说完，老冯感动地去喂马，老得感动地去做饭。

六

端午节到了，大家吃油饼，唱戏。今年戏班子转到了十五里以外的牛市屯。是屯就比村子大，牛市屯的屯长说，乡下村子唱三天，咱唱五天。而且请的是“玻璃脆”的戏班子。“玻璃脆”是当地一个有名的旦角，扮相好，声音脆，据说项城县袁世凯他爹祝寿，请的就是“玻璃脆”。牛市屯的人个个都很高兴，觉得自己身份也提高了不少，早三天就开始搭戏台子，接着纷纷到外村请自家的亲戚听戏，说：

“去听戏吧，‘玻璃脆’的戏！”

李老喜的女儿家是牛市屯的。婆家也是一个大户人家，既有牲口有地，又开了一个油坊卖香油。开戏的前一天，女儿家派轿车来接李老喜。女儿带小孩亲自来了，女儿说：

“爹，小孩他爷爷说，让你去听戏！”

小孩也扑上去说：

“姥爷，听戏那天，你给我买个梨糕！”

李老喜本来不大爱听戏。一帮戏子又拉又唱，他听不出有什么意思。但女儿坐车来了，小孩又叫他买梨糕，他也不由笑了：

“好，好，姥爷给你买梨糕吃！”

接着又对女儿说：

“其实我不去也罢，村子里这一阵子挺忙，过几天乡里还让派夫去修路！”

大儿子李文闹说：

“爹，巧珍来接你，你该去听戏就去听戏，村里还有路黑小，派夫修路，又不是什么大事！”

李老喜想了想，说：

“好吧，我去听戏！”

李老喜村长已经又当了三个月了。几个月来，平安无事。刚当村长时，孙殿元刚死，他有些提心吊胆。当初他提出“开导”孙殿元，没想到李文闹让人把他“开导”死了。李老喜担心这是祸根，说不定哪天就要爆发。所以几个月来他特别谨慎，吩咐两个儿子加紧护院，夜里不要出门，天擦黑把狼狗放开。大儿子李文闹感到爹的做法有些好笑，说：

“爹，一个穷要饭的后代，弄死也就弄死了，看把你吓的！”

李老喜说：

“你蠢么，话是那么说，他家现在不是不要饭了！他家也人马一大帮呢！我当初错用了你，种下个祸根，那枪手的嘴严不严？要万一叫人家知道了，这祸根就该发作了！”

李文闹说：

“爹，放心，那枪手是外路人，在几百里之外，人家怎么会知道？我听路黑小说，孙家一直在怀疑是土匪干的呢！”

李老喜说：

“那就好，那就好，这事就到这里。以后见了孙家的人，该说话就说话，别露出来。杀了人家儿子，可不是小事，这和你弄死个佃户老婆可不一样！”

李文闹虽然感到爹有些好笑，但还是按爹说的办了。李老喜有时在街上碰到孙老元，还故意没话找话说上两句。他见孙老元对他的态度如旧，没有大改变，心里才略略放心。后来见孙家主动把村公所的招牌送回来，心里也有些感动。有时村里开会，点名派夫派牲口，点到孙老元头上，见孙老元不像以前那样逢会必到，也不怪罪，翻过这一页，也就过去了。

三个月没事，李老喜心里放下许多。女儿来叫看戏，第二天一早，他抱着外孙，和女儿坐着轿车到牛市屯听戏去了。他轿车一出村，孙老元就知道了，孙老元当下趴到地上磕了个头：

“殿元，你闭闭眼吧孩子。老喜呀老喜，你听戏去了，你可活到头了！”

当天晚上，就派孙毛旦请许布袋去了。自从知道孙殿元是李老喜害的以后，孙老元没有一夜不是睁眼睡的。孙毛旦有些着急，说：

“叔，仇人找到了，布袋也找到了，让两边一对号，把事情办了不就完了！”

孙老元说：

“说得跟玩儿似的，怎么办？你以为是小孩过家家呢！要人家的人头，不是去给人家送钱，到人家就办了！他家儿子伙计一大帮，还有几条狼狗，你要有能耐，你去办一办？保证你还没办人家，就让人家把你办了！总得等个机会！”

就这样，孙老元在等机会。可一天和一天都一样，李老喜就在家办公，一到天黑也不出门，把个孙老元也等急了。孙毛旦说：

“叔，再等我心里就长毛了！索性联系一帮土匪，白天把他家平了算了！”

孙老元叹息一声：

“你又说得容易，可咱家的家产，能养活起一帮土匪？你明火执仗把人家平了，也跑不了你的官司！当初李家是怎么害的你哥？还不是人不知鬼不觉，就拿些光洋暗地请了个枪手！咱呀，咱也得向人家老喜学学！”

倒是马夫老冯、伙夫老得有些纳闷，凑到一起说：

“老掌柜给咱们一布袋核豆，说是让咱跟人去借东西，可核豆都吃完了，也没见让咱去借！”

老得说：

“别是老掌柜给忘了！”

一次孙老元到马棚去看马，老冯瞅个机会问：

“老掌柜，你不是说派我跟老得去干个事？怎么不让我们去了？”

孙老元长出一口气：

“不要着急，不要着急！”

老冯说：

“老掌柜，该派事的时候，你得说话，我们不能白吃你的核豆！”

孙老元说：

“你们跟我这么多年，一布袋核豆，不派事，还吃不得了！”

老冯有些感动，说：

“话是这么说，可这核豆我们吃得不踏实，老掌柜，事儿该派还得派！”

孙老元说：

“我知道了。”

就踱出了马棚。

一听说李老喜要到牛市屯女儿家听戏，孙老元高兴得心尖子发颤，机会来了。李老喜一挪老窝，到了外边，就可以动手了。可他知道李老喜不爱听戏，又担心李老喜不去。他要不去，机会又失去了，不知又要等到何时。直到听说李老喜坐女儿家的轿车出了村，孙老元心上一块石头才落了地，当时趴到地上磕了一个响头。磕完头，立即叫老得找孙毛旦。孙毛旦找来，孙老元叫老得出去，然后跟孙毛旦说：

“知道李老喜到哪儿去了吗？”

孙毛旦昨夜摸了一夜牌，睡了一天刚起来，昏头昏脑地说：

“他不还在家待着吗？”

孙老元照地上吐了一口唾沫：

“瞧你那个头脑，还想着给殿元报仇呢！指望你报仇，殿元的骨头早沤烂了！告诉你，李老喜出村了，到牛市屯听戏去了！”

说完，激动得在屋里乱转，拐棍也不要了。

孙毛旦一听这消息也很高兴，当下瞌睡就醒了，说：

“好，好，他听戏去了，他挪老窝了，我明白了，这下可以办事了！这个蠢货，他怎么就出村了呢？”

孙老元说：

“还不是听我的话，咱们没有露出来？他以为咱们不知道殿元是谁害的呢，他光记着摘牌子当村长了！”

孙毛旦一边将披着的衣裳穿上，一边匆忙就往外走：

“我骑马去叫布袋！”

孙老元喝住他：

“站住，谁要你白天骑马去，夜里就不能去了？”

孙毛旦说：

“对，对，夜里夜里。见面就是一顿骂，把我给骂晕了！”

当夜三更，孙毛旦将许布袋从十里外的杨场请来。孙毛旦一更就到了杨场，可到处找不到许布袋，把孙毛旦急了一头汗。找来找去，原来许布袋并没有走远，只是他没有睡正房，睡在牛圈一铺草堆里。孙毛旦将他从草堆里扒出来，不禁笑了：

“真是一个土匪！”

接着喊他：

“起来起来，干爹叫你呢！”

两人骑马上了路。路上星星满天，风一吹有些冷。孙毛旦穿得厚，不觉得有风；许布袋破衣烂衫，浑身上下打战。许布袋不满意地说：

“黑更半夜，又叫我干什么？”

孙毛旦说：

“上次你干爹给你说的事你忘了？现在时候到了，你可以给殿元哥报仇了！”

许布袋这才明白叫他的意思，忙拨转马说：

“那我得回去！”

孙毛旦急了：

“怎么了布袋，你又变卦了？上次你干爹还给你几十块光洋呢！”

许布袋瞪了孙毛旦一眼：

“都怪你不早点说，以为又让我去喝酒。既然这次是真的，我家伙忘到家里了！”

孙毛旦笑了：

“我以为你变卦了呢！”

也拨转马头，陪许布袋回去。

到了许布袋家，许布袋把两个屋子找遍，没有找到他的家伙。最后在猪圈食槽子下找到了，原来是一把生锈的杀猪刀。孙毛旦“扑哧”又笑了：

“我以为什么好家伙，原来是个生锈的杀猪刀，还不如我送你一个小攮子呢！你的那把盒子呢？”

许布袋闷着头说：

“上次卖给老邱了！”

孙毛旦也不知老邱是谁，两个又骑马上路了。路上许布袋问：“要我去杀谁？现在可以告诉我了吗？我认识不认识他？”

孙毛旦说：

“怎么不认识，就是李老喜！就是他雇人把殿元哥给勒死了！前些时候他老不出村，没地方下手，昨天他去他闺女家听戏，出村了，你干爹就让叫你来了！”

许布袋一听是李老喜，又勒住马，说：

“要杀李老喜？李老喜这人我可觉得不错！”

孙毛旦问：

“他怎么不错？”

许布袋说：

“小时候我到他家偷枣，一次被他家狼狗缠住，他喝退狼狗，也没有打我！”

孙毛旦又有些着急：

“那是小时候，现在他可把咱哥给杀了！”

许布袋想了想，叹口气说：

“那就杀了他吧！”

这样到了孙家。孙老元已经在家摆了一桌酒，两人一到，就让入座。酒过三巡，孙老元问：

“路上毛旦都跟你说了？”

许布袋说：

“说了，什么时候动手？”

孙老元说：“这都五更了，他昨天去的，昨天听了一天戏，今天还要听一天，今天晚上吧！”

许布袋说：

“那怎么现在给我叫过来了？”

孙老元说：

“一会儿天就明了，白天你睡上一天，养养精神！”

许布袋说：

“养什么精神，我还跟毛旦去打兔吧！”

孙毛旦很高兴，但孙老元说：

“不能打，不能打，这事还得保密，你得藏着，不能让人发现！”

孙老元又说：

“布袋，这事一定要小心，牛市屯人多嘴杂，动手要在后半夜。他女儿家的地形，我已经打听好了，到今天晚上再告诉你！去时我还给你准备了两个帮手，让他们在村外接应！”

许布袋不高兴：

“干爹，你干事还是这么啰唆，我要单独行动，我不要帮手！”

孙老元说：

“我的儿，这是杀人头点地的事，冒失不得。去两个人在村外给你牵马，你万一出了事，跑起来也快！”

许布袋噘着嘴问：

“是两个什么人？”

孙老元说：

“实靠得很，就是咱家的老冯和老得。为了保密，现在不能告诉他们，就说跟你去借东西。等到了路上，你再告诉他们吧！”

当下商量完毕，孙老元就让孙毛旦带许布袋去西厢院睡觉。这天许布袋倒很老实，一觉睡到太阳偏西，才起来吃晚饭。

七

李老喜已经在女儿家听了两天戏。头一天听的是《秦雪梅吊孝》，第二天听的是《王宝钏守寒窑》。但他不懂戏文，也就是坐到椅子上听。听来听去，没听出个什么意思。亲家老关在旁边陪他，一会儿说“‘玻璃脆’出来了”，一会儿说“‘玻璃脆’出来了”，他也没听出“玻璃脆”唱得好到哪里去。这次亲家对他不错，专门宰了一只羊，杀了几只鸡。虽然马村不算大，但李老喜大小也是个村长，看戏往前边放椅子，众人都让，都说：

“马村村长来了，马村村长来了。”

牛市屯屯长姓牛，坐在戏台下最前排，这天扭头发现了他，也笑着向他拱手：

“哟，李村长来了，给敝屯增光！”

李老喜也笑着拱手：

“屯长客气了。哪天有空，到小村去玩儿玩儿。”

牛屯长说：

“一定去，一定去。台上打板了，咱们先看戏！”

戏一散，亲家老关就关心地问他：

“怎么样亲家，戏唱得怎么样？”

李老喜说：

“不错，唱得不错。就是这戏老哭哭啼啼的，让人败兴！”

老关说：

“那是唱戏，唱戏哪有不哭的？‘玻璃脆’最拿手的，就是唱苦戏！”

女儿外孙对他也不错，看戏坐在他身后，给他递瓜子嗑。这天戏还没开锣，外孙缠他：

“姥爷，你不是说给我买梨糕吗？”

李老喜突然想起，笑着说：

“姥爷倒把这事给忘了！”

就从口袋摸出一块光洋，递给外孙让他买。亲家在一旁看到，呵斥孙子：

“在家怎么给你说的？又让你姥爷破费！”

李老喜笑说：

“小孩子家，何必说他！”

看完戏，回到家，已是三星偏西。亲家还要让家人烫壶酒，与他共饮，然后才安歇。照顾如此周到，倒让李老喜过意不去。人家到自己家来过几次，半夜哪让喝过酒？于是不安地说：

“亲家，我这一来听戏不要紧，把你打扰得不轻！”

亲家老关说：

“亲家，你说到哪里去了？知你当着村长，平时公务繁忙，请都请不到，这次请来了，还什么打扰不打扰！”

李老喜只好安心听戏。只有一件不好，李老喜初到这里，有些水土不服，头一天晚上，半夜就起来拉了两回肚子。第二天一早女儿来送洗脸水，李老喜说：

“妮儿，戏我也听了一场了，家里还有事，让我今天回去吧！”

女儿不放，问：

“爹，你住在这，有什么不合适的地方？”

李老喜也不好对女儿说自己跑肚子，只好说：

“怎么不合适，看到你婆家忙前忙后，我心里不过意！”

女儿说：

“这有什么不过意，那年他家开油坊，还借过咱家十石米呢！”

李老喜倒笑了：

“还是从小的脾气，说话不懂事！在人家老人面前，可不许这么说话！”

于是就安心住下。如果李老喜第二天果真回去，也就躲过了杀身之祸；他被亲家和女儿留下，就该他倒霉。第二天晚上，他正由亲家陪着听“泪洒相思地”，许布袋和老冯老得三个，已经骑着马上路了。

直到来时，马夫老冯、伙夫老得并不知道来干什么。孙老元只交代他们，跟干儿许布袋去借件东西。老冯、老得自从吃了孙老元的核豆，一心想给老掌柜办事，现在听说事情来了，都很高兴。但听说事情是夜里不是白天，又有些纳闷，说：

“老掌柜，借什么东西，白天不去借，还得趁着晚上！”

孙毛旦在一旁说：

“白天怕人家家里没人，夜里去才找得着。”

老冯老得一听也有道理，又问孙毛旦：

“少东家，到底是借什么，得去三个人？”

孙毛旦说：

“去三个人，证明借的东西不轻，得三个人才抬得动，路上布袋告诉你们！”

到了夜里，老冯老得就跟许布袋骑马出了村。临行时，老掌柜又把许布袋拉到旁边交代：

“没机会就不干，也不要出了事情！”

许布袋说：

“干爹，放心去睡觉吧！”

三个人出了村。一开始大家不说话，等出了村，上了路，打马跑开，三个人才开始说话。老得说：

“老冯，夜里没骑马走过路，谁知比白天出路！”

老冯说：

“可不！我那年赶马车拉豆饼，一夜走了一百二，放到白天，把马打死也走不脱！”

老得又说：

“这借个东西，老掌柜憋了半年！”

老冯说：

“也不知借个什么！”

老得问许布袋：

“少东家，咱们去哪村借东西？”

许布袋说：

“去牛市屯！”

老冯说：

“借个啥，用得着三个人？”

许布袋说：

“借个人头！”

老得笑了：

“少东家就会说笑话，黑更半夜，借什么人头！借谁的人头？”

许布袋说：

“借李老喜的。他把殿元给勒死了，咱们今天去杀了他！”

老冯老得都严肃了：

“真的？”

许布袋“嗖”地从后背衣裳里抽出那把杀猪刀：

“看这把刀！”

一说看刀不要紧，老冯老得吓了一跳，老得当时吓得软瘫了，“咕咚”一声就从马背上栽了下来。

许布袋和老冯都停住马，起来拉他，他瘫在地上不起来，说：

“老掌柜也不说清楚，光说借东西，谁知是借人头！吓死我了，我是不敢去了，我没杀过人，我不杀人！”

许布袋上去抽了他一马鞭：

“起来！不是让你去杀人，杀人的是我，让你们俩在村外牵马等我！”

老得说：

“牵马我也不去，我一步动不得了，要去你们俩去，我要回去！”

许布袋说：

“你去不去？你不去我先杀了你！”

说着真用刀去砍他。吓得老得一骨碌爬起来：

“你别杀，我去，我去！”

三个人又骑马走。老得几次又想从马上瘫下来，但看着许布袋手中的刀，抱着鞍在马上哆嗦。这时老冯说：

“少东家，看老得这样子，是真难去杀人。”

许布袋说：

“要搁我在队伍上的脾气，早把他枪毙了！杀人我一个人去，你俩在村外牵马！”

老冯赶紧说：

“好，好，我们在村外牵马！”

到了牛市屯村外，许布袋果真让三人下马，把自己马的缰绳交给老冯：

"你俩牵马到麦稞里等着，我进去杀他!"

老冯老得慌忙说：

"好，好，我们在麦稞里等着!"

许布袋又往老得脸上亮了亮刀，转身一溜小跑就不见了。吓得老得又瘫在地上，说：

"老冯，老掌柜说让借东西，谁知是借人头，吓死我了！知道这，说啥我也不来了!"

老冯这时倒英勇了，说：

"原来少东家是让李老喜勒死的，那李老喜也该杀！老掌柜也没有让咱去杀人，就让在村外牵牵马，杀人用的是人家干儿，我看老掌柜够仗义的!"

老得说：

"我也知道仗义，只是头一回干这事情，当不住腿的家!"

说着，两人牵马隐到了麦稞里。到麦稞里等了一会儿，老得又问：

"不知要等多长时候?"

老冯挺内行地说：

"杀人倒快，就是找人慢。等着吧，反正布袋不回来，咱不能回去，不然见了老掌柜怎么说?"

老得说：

"愿他杀得快些吧!"

老冯、老得说话时间，许布袋已经到了牛市屯的戏台前。戏台上吊着两盏汽灯，亮得晃眼。

这时"玻璃脆"正唱到小寡妇哭丈夫，戏台下许多人都哭了。许布袋把刀藏好，也挤在人群中听，顺便还在小摊上买了十几个梨糕糖。听了一会儿戏，吃了两个梨糕糖，将坐在前边的李老喜给瞄上了。既然瞄上了，许布袋就不再着急，安心听戏。

等戏散场，大家呼喊着搬凳子回家，许布袋就远远跟上了李老喜和他的亲家。李老喜和亲家走在前边，女儿抱着睡熟的孩子走在后边，再后边是搬凳子的两个伙计。等一干人回到家，许布袋也绕道上了他家的瓦屋顶。许布袋伏在瓦屋顶上，以为他家很快就灭灯睡觉，可以动手了，谁知李老喜亲家老关又在正房摆上了酒，和李老喜喝了起来。看着窗户纸上透出的两个对饮的人影，许布袋生了气：

“本来不想杀他，谁知他还喝酒，这下得杀了他！”

好在两人喝的时间不长，伙计提个灯笼，就把李老喜送到了后院安歇。许布袋也从瓦房上檐儿到后院。原以为这下安生了，谁知道李老喜睡下也不安生，屋里的灯一会儿灭了，一会儿又亮了，他一会儿睡下，一会儿又起来了。原来李老喜又跑肚子，睡下一会儿，就得起床到屋外厕所去解手。一直折腾到后半夜，把许布袋气得直吐唾沫，骂道：

“今天算是倒霉，看他那个磨蹭劲儿！”

好不容易李老喜睡下了。屋里不再亮灯。许布袋拍了一下巴掌：

“你也会老实！”

就顺着房墙下去。谁知屋后有个狗窝，一个狼狗“呼”的一声扑了上来，把许布袋吓了一跳。许布袋正有气没地方出。一把攥住扑过来的狗脖子，生生地把个大狼狗给攥死了。大狼狗一声没吭，先是腿乱踢蹬，渐渐身子就变成了烂泥。许布袋把狼狗扔掉。绕到房前，到李老喜睡的房子，便去拨门。谁知刚一拨，门就开了，原来是虚掩着的。许布袋心想：

“他倒胆子大，睡觉不插门。”

进屋以后，悄悄摸到床前，从后衣裳里抽出杀猪刀，估摸出睡觉人头的地方，一刀就下去了。谁知一刀砍了个空，把个枕头给砍烂了，床上也没动静。许布袋吓了一跳，张眼往床上看，床是空的，只有翻起的一团被窝。原来在许布袋和狼狗搏斗时，李老喜刚睡着又拉肚子，这次来得比较急，灯也没点就提着裤子出去了。许布袋只好蹲在床脚下等，心里说：

“原想等他睡着送他走，他也不知疼，谁知他没这福气，还得醒着杀！”

心里正说着，门响了，李老喜提着裤子走了进来。许布袋不再等待，一个箭步就冲了上去。

李老喜正一脚门里一脚门外，突然见有人影黑乎乎扑上来，知道不妙，扭身就往外跳，跳出屋就跑。可他一时着急，吓得也忘了喊。许布袋见他跑了，心里也着了急，端着刀子就追。李老喜跑到院子没处躲，就一头钻进了磨房磨道里。许布袋也跟到磨道里。两人在磨道里转了两圈，人还没杀上。这时老关的马夫后半夜起来喂马，听到磨房有动静，就过来喊：

“谁?”

听到有人声，李老喜才想起自己也有嘴，便大声嚷嚷：

“快来人吧，快来人吧，有人杀我!”

说完，一头栽倒在磨道里。

马夫吓了一跳，接着在院子里乱跳：

“东家，快起来吧，我是不管了，有人杀李村长!”

他这么一喊，各屋纷纷亮了灯，人们提着裤子跑出来。许布袋见事不妙，只好收起刀，趁乱又攀上瓦屋顶跑了。

老冯、老得仍在麦稞里等着，看看东方发白，天都快亮了，两人不禁有些着急。老得说：

“布袋怎么还不来？说话天都亮了，天一亮，咱们还牵着马藏在麦稞里，被人看到算什么!”

老冯说：

“再等一等吧，杀个人哪那么容易!”

正说着，许布袋来了，跑得气咻咻的。跑到跟前，跨上马就跑。老冯、老得也急忙上马跟他跑。等跑出五六里路，三匹马才渐渐慢下来。这时老得问：

“怎么样布袋，把李老喜杀了吗?”

许布袋也不言声，又打起马。老冯悄悄对老得说：

“看他不言声，肯定是杀了!”

这样到了孙家。孙老元孙毛旦一夜没睡，都在等着，见他们回来，忙将他们引到正房。孙老元急忙问：

“怎么这么长时间，把我急坏了，怎么样布袋，得手了吗?”

这时许布袋已经镇静下来，先喝了一瓢水，然后说：

“干爹，这次不顺，李老喜光拉肚子，一夜没睡，没个下手处。后来好不容易把他挤到磨道里，谁知又惊起了人，我只好跑了!”

孙老元孙毛旦吃了一惊。老冯老得也吃了一惊。孙老元问：

“这么说他没死?”

许布袋说：

“没杀到他，他还活着！等明天晚上吧!”

孙老元摇头叹息：

“你呀布袋，错失良机，错失良机。你今天没杀到他，他明天晚上还能在那等着你吗？”

等许布袋、老冯、老得下去歇息，孙老元在屋里急得来回转圈，拍着巴掌对孙毛旦说：

“我说布袋有些冒失，看冒失不冒失。这么好的机会，让他错过了！唉，也是命该如此，老喜不该死！”

孙毛旦说：

“当初还不如让我去！”

这样焦急到天明，突然马夫老冯又回来了，进屋就叫：

“老掌柜，老掌柜，我报告你一个喜信！”

孙老元说：

“这时还有什么喜信！”

老冯说：

“我听街上人说，李老喜死了！”

孙老元孙毛旦吃了一惊：

“什么，他死了，不是布袋没杀着他吗？”

老冯说：

“布袋是没杀着他，但把他挤到磨道里转了两圈，把他给吓死了！刚才有人见李文闹李文武急急忙忙去牛市屯奔丧呢！”

孙老元一听这话，“扑通”一声心放回了肚里，接着又趴到地上磕了一个响头：

“老天，这就不怪我了，他命该如此，命该如此！”

八

李文闹、李文武赶去奔丧，一下马，扑到磨道里就哭了，“爹呀”“爹呀”地叫。女儿巧珍跺着脚哭：

“都怪我了，昨天爹说要回去，我没让他走；要昨天让他走了，不就没这事了！”

李老喜夜里睡觉的地方，是亲家老关他舅爷以前住的房子，李老喜来听戏，老关让他舅爷先搬到前院。老舅爷听说在自己房里杀了人，登时也吓瘫了，说：

“如果亲家不来听戏，那不就该杀着我了！”

一群人在磨道里哭罢，伙计把李老喜的尸体抬到了正房。接着张罗给他买棺材。亲家老关见到李文闹李文武，感到很不好意思，红着脸摊着手说：

“亲家哥，我请亲家来看戏，谁知在咱家出了这事，亲家哥，我是没法说话了！”

李文闹李文武这时倒冷静，作揖说：

“大爷，这不能怪你，还是俺爹的仇人。就是俺爹停尸在你家，给你添了麻烦！”

老关见李文闹李文武这样通情达理，心中倒十分感动，拍着手说：

“亲家人都死了，还说什么麻烦不麻烦！我尽我的能力罢了！”

到了正午，老关家伙计拉回来一口柏木大棺材，给李老喜买回来内外几身新衣。当时换了衣服，儿子女儿看着入了殓。然后老关派马车拉上棺木，女儿外孙坐在车上抱着棺木，李文闹李文武骑马在两边护着，由牛市屯起灵回马村。刚出牛市屯，碰到牛市屯屯长老牛，刚到村外送“玻璃脆”戏班子回来，见到李老喜的灵车，急忙下马，对李老喜的灵车行了个礼，说：

“李村长为人随和，想不到也有仇人！”

李文闹李文武也急忙下马，双双跪到地上，给牛屯长磕了个头。

李老喜的灵车拉回村，李家开始在门上蒙白布，搭灵棚，举办丧事。村里人见又死了一个村长，都有些害怕，说：

“咱这村盛不住村长！”

但也纷纷来送烧纸。副村长路黑小又赶来当执事，站在门口喊丧。孙殿元被勒死，李老喜又当村长，路黑小担心自己的副村长当不成，谁知李老喜又让他当副村长，他对李老喜也有些感激。据说当时为让不让他当副村长，李家还有一番争执。

李文闹说：

“路黑小纯粹一个见风倒，过去咱当村长，他跟了咱十来年；后来孙家一上台，他又跟了孙家；现在咱又上台了，再不能用他，看他还见风倒不倒！”

李老喜说：

“什么见风倒，谁不是见风倒？过去光绪当皇帝，咱跟着喊万岁，现在成了民国，咱不也跟大总统！关键是自己有没有本事上台，别怪老百姓见风倒！”

于是又让路黑小当了副村长。路黑小当了副村长以后，也尽心敲锣开会，说理找人烙饼。现在李老喜突然又一死，路黑小心里也有些害怕，但念着李老喜对自己的情分，也赶过来当执事喊丧。有人来送烧纸，他便喊：

“有客奠了！”

“奏乐！”

“烧张纸！”

“送孝布一块！”

喊了一天丧回来，老婆孩子都睡了。路黑小脱光衣服钻到被窝，老婆突然爬到他跟前。路黑小以为老婆来找快乐，便说：

“快睡吧，我喊了一天丧，身子软瘫个球了！”

老婆便爬了回去。可路黑小快睡着时，老婆又爬了过来。路黑小有些恼怒，想爬起来打她，这时老婆说：

“黑小，我跟你说个事！”

路黑小伸回手：

“什么事，你说！”

老婆说：

“我知道是谁杀了老喜！”

路黑小“呼”地一下坐起来，睡意全无。问：

“你知道？你一个娘儿们家，怎么会知道？是谁？你说！”

老婆说：

“我前天夜里下地偷麦，正偷着，路上响起马蹄，我以为是来抓我，就赶紧伏到麦棵里不动了。谁知过来三个人，你猜是谁？是孙老元的干儿许布袋，还有他家的伙计老冯和老得！”

路黑小说：

“你碰到人家，也不能说是人家杀了老喜！”

老婆说：

“一开始我也不知他们干什么，但他们在路上说话，被我听见了。老冯说去借东西，布袋说去杀老喜，老得还软瘫得掉下马呢！”

路黑小说：

“后来呢？”

老婆说：

“后来他们又骑马走了。当天夜里，老喜不是被人杀了？”

路黑小不说话了，慢慢将身子躺了回去。接着浑身打起了哆嗦。李老喜一死，他就觉得有些蹊跷，现在听老婆一说，他明白两个大户人家起了仇杀。仇杀为了什么？路黑小也明白了，为了一个村长，谁能打锣召集开会。他们杀来杀去不要紧，自己都跟他们当过副村长，给他们打过锣，别到头来把自己也挤到中间，被人给害了。这样思来想去，一夜没睡着。第二天一早又得爬起来去当执事。这执事就当得心神不定，无精打采。有两次把丧的次序都喊错了，还没有喊“烧纸”，就让孝子送“孝布”。惹得门外一班吹响器的轻声笑了。偏偏中午时候，又来了一帮奠客。这奠客不是别人，正是孙家老掌柜孙老元。前边有几个孙家的伙计，抬着一个大黑食盒子。和去年孙殿元死时，李老喜去奠一个架势。当李家伙计接过食盒子，把它摆到灵前，孙老元要上前祭奠，先与路黑小作揖，路黑小一看孙老元的眼睛，登时就瘫在地上昏了过去。只好被李家伙计架了下去，另换了一个执事。

丧事办了两天了，奠客渐渐少了。晚上，客人散了，李家兄弟和闺女巧珍一边跪在李老喜棺材前守灵，一边商量爹到底是被谁害的。李文闹对姐姐巧珍说：

“爹是在你家被害的。你公公家也废物，凶手都杀到了家里，硬是没捉住他，让他跑了！”

李文武替姐姐开脱说：

“枪手都会飞檐走壁，怎么能抓住？”

巧珍半天没说话。突然又问：

“只是不知是谁雇的枪手？”

这时李文武说：

“必定是孙家！”

李文闹问：

“怎么料定是他家？”

李文武说：

“你想吗！咱家别的还有什么仇人？必定是你上次弄死了人家儿子，被人家知道，现在发作了！”

李文闹说：

“他儿子关我大狱，我该弄死他，可他怎么敢弄死咱爹！”

说着站起来：

“我这就带几个人，去平了他家得了！看他也敢杀我！”

李文武说：

“哥，说你不通情理，你可真不通情理，你还没个证实，咱也只是猜疑，怎么好杀人家！”

李文闹只好又坐下。

这时巧珍说：

“要证实也容易，我看只找一个人就够了！”

李文闹说：

“找谁？”

巧珍说：

“就找路黑小！我前天哭灵时发现，路黑小在前边喊丧神色不对，有好几次喊都喊错了。后来孙家来祭，他又晕倒了，这里边必定有蹊跷。要不就是他杀了咱爹，要不就是他知道是谁杀的。不然神色不会这个样子！”

李文武、李文闹说：

“这话有理，这话有理。”

接着李文闹就喊伙计：

“去把路黑小叫来！”

李文武补上一句：

“就说叫他过来商量后天出殡的事！”

伙计走后，李文闹问：

“他来了怎么问他？”

李文武说：

“这是你的事啦。停会儿我跟姐姐下去，你来问他！”

路黑小那天中午晕倒，被人抬到家里，直到下午才缓过劲来，嘴里还嘟囔个不停：

“吓死我了，吓死我了！”

老婆给他做了一碗酸辣疙瘩汤，喝下去，心里才缓过来。老婆瞪他一眼：

“知你这么胆小，当初我就不该告诉你！”

路黑小说：

“那天晚上你就不该偷麦子！”

又自言自语说：

“村长死了，又得换村长，这回我是说啥也不当那个副村长了！”

老婆说：

“不当也好，当这个副村长，也没见你挣回万贯家产，好好贩你的牲口，好好种地，咱过个安生日子！”

路黑小连连点头，决心跟老婆过普通百姓的安生日子。晚上老婆做饭，他就到灶下烧火。老婆也很喜欢。一家人早早吃完饭，就脱衣裳安歇。这时李老喜家的伙计来了，在窗外喊：

“路村长，少东家喊你去！”

路黑小拍着手说：

“看看，看看，你不想当，还跑不了你哩！”

路黑小问：

“找我什么事？”

伙计说：

“商量老掌柜后天出殡的事！”

路黑小才略略放心。穿衣服起来，跟伙计去了。来到李家，到处没人，进了灵堂，就李文闹一个，路黑小还有些怪异，问：

“文闹，后天才出殡，怎么今天就没人守灵了？”

李文闹在棺木前黑着脸说：

“这个灵不守了，找到杀俺爹的凶手了，先报了仇，再埋俺爹不迟！”

路黑小登时脸吓得就白了，哆哆嗦嗦问：

“你们把凶手找到了？是谁？”

这时李文闹“唰”地扯出一把杀猪刀，用刀指着路黑小说：

“就是你！”

劈胸揪过路黑小，又对棺材说：

“爹，杀你的凶手找到了，我这里给你报仇，你闭闭眼吧！”

然后就要往路黑小胸膛里扎，把路黑小吓得魂都没了，他连声叫：

“少东家饶命，少东家饶命，老掌柜不是我杀的！”

李文闹说：

“怎么不是你杀的，有人看见你了，孙家伙计来报告，说看见你杀的！”

路黑小急了：

“他这才是恶人先告状，我不告发他，他还告发我！”

李文闹又将刀逼了逼：

“那你说清楚是谁杀的，说不清楚就是你，我还是先杀了你再说吧！”

又把刀子往里扎了扎，已经刺破了一层小棉袄，挨到了皮肉。

路黑小眼前一阵黑，说：

“饶了我，饶了我，我说，我说！”

就把老婆告诉他的话说了。

说完，李文闹放了他。这时李文武和巧珍也出来了。李文武扶起路黑小：

“老路，我哥性子急，错怪了你，看在我爹面上，你担待着点！”

路黑小这才知道李文闹使的是计策，但也只是擦汗说：

“吓死我了，吓死我了！”

巧珍这时哭了：

“文闹文武，凶手是找到了，就看你们两个的了！”

又扑到棺材前哭：

“爹，你死得好惨，你让人给吓死了！”

这时李文闹对路黑小说：

“你回去吧，出门一个字不要说！”

又比了比自己的杀猪刀。

路黑小忙说：

“我不说，我不说！”

然后退了出去，撒腿就往家跑。刚跑到家，又晕过去了。等醒来，老婆晃他的头：

“你怎么了，叫你去说些什么？”

路黑小跳起扇了老婆一巴掌：

"×你妈，都怨你了！以后再不要夜里偷东西了！"

路黑小走了以后，巧珍去睡了，李文闹和李文武在一起商量报仇。李文闹说：

"怎么办吧，爹死了，就剩咱们俩！"

李文武说：

"还能怎么办？人家把咱爹都杀了，等送爹入土，就想法报仇呗！"

李文闹说：

"咱这次找一个高手，把他家灭了算了，省得以后再来找麻烦！"

李文武叹口气说：

"哥，灭不了，这次不光是姓孙的，还有许布袋，还有马夫老冯，厨子老得，牵涉的面挺大！"

李文闹说：

"管他大不大，牵涉到谁，就杀了谁！"

李文武说：

"那得雇多少土匪！一下杀几口人，动静也太大！他们人都是分散的，又不聚到一起等你杀，如何动手？这次比上次杀孙殿元复杂。那就是一个人，这次人家人多不说，说不定还防着呢！"

李文闹急了：

"依你这么说，咱不杀他们算了！"

李文武想了想说：

"也不能不杀，也不能全杀，得杀主要的，想一个马夫，一个厨子，也不敢动手杀咱爹，无非给许布袋打打下手罢了，杀他们也没意思。要杀，许布袋一个，孙老元一个！"

李文闹说：

"孙毛旦也不能留着，那家伙在街上骑马，见了我，正眼都没看过一个！"

李文武说：

"那只能放到以后，口不能开得太大，还是先杀许布袋和孙老元！"

李文闹说：

"好，等丧事办完，我就去雇人！还找上次那个枪手，勒死孙殿元，他活做得挺利索。就是少给他二十块光洋，看上去有些不高兴！这次给他补上算了！"

李文武又说：

“哥，依我说，先不要雇人。以前咱走这条道杀了孙殿元，他家也走这条道杀了咱爹，这条道不能走了，不然杀来杀去没个完！”

李文闹说：

“不找枪手，谁还能替咱报仇？”

李文武说：

“咱找县司法科老马！”

李文闹从鼻孔里喷出一股气：

“县司法科老马？亏你想得出，看他那个样子！再说，与他不沾亲不带故，他能帮咱？他倒是关过我几个月！”

李文武说：

“他为什么关你？是因为你逼死了佃户老婆，人赃俱在！这次许布袋他们杀了咱爹，咱也有人证，何不用老马？他就是吃这碗饭的，咱是冤主，又有人证，他说什么也得把许布袋和老冯老得抓起来。咱先借他的手杀了许布袋再说！除了这个孽障，咱再对付孙老元！说不定到大狱里他们三个一交代，把老元扯进去，把老元也解决了！咱不费吹灰之力，就把人解决了，有何不好？再说，咱借老马杀了仇人，人就是老马杀的，不是咱杀的，咱只是一个冤主，以后孙家就不会把仇气对住咱；咱雇人杀了他们，咱又成了凶手，他们又把咱当仇人了！这样杀来杀去没个完。能用老马，还是用老马！”

李文闹已经听得分不清李文武在说些什么，他倒是偏着头看着李文武：

“老弟，什么时候，你肚子里添了这么些道道了！”

李文武说：

“哥，咱爹死了，以后就靠咱俩，咱遇事不能莽撞。那样，三弄两弄，把咱也弄进去了！”

李文闹说：

“你说了这么半天，先按你的试试吧！试不成，我再去雇人不迟。反正一个许布袋，一个孙老元，跑不了他！”

九

老马来了，仍带着他的两个股员。这次的老马，不比以前的老马，腰里新添了一架盒子，与人说话，动不动就拍拍它。李文武前去告状，派马车去接他，老马说：

"真是穷山恶水出刁民，你村尽出些人命案！我看司法科不要设到县里，设到你村算了！"

李文武赶紧趴到地上磕了个头：

"马股长，小民冤情太大，爹被人杀了，马股长不去，凶手难以惩办，求马股长给小民做主！"

这时旁边一个股员说：

"老马，咱们去吧，这个案子好破，凶手在那明明白白摆着，到那绑人就完了！"

老马瞪了股员一眼：

"你本事大你去吧，看你能把人绑回来！"

李文武怪股员插嘴，忙又磕了一个头：

"马股长不去，凶手肯定难以服法。请马股长念小民的冤情，亲自动身去一趟。要是股长不去，小民也不活了！"

老马见一个财主一个劲儿给他磕头，这才缓过劲儿来说：

"你起来吧。杀人偿命，民告状官不能不究，这是自古的王法，何况咱们民国了！我这两天本来心口疼，不能乱跑，念你爹被人杀了，我去一趟吧！想他两个佃户，一个地痞，杀了人就能没事儿了！"

这样，老马和两个股员，被李文武接到马村来了。一进马村，李文武说：

"请股长先到舍下用饭！"

老马当下把盒子抽出来：

“少东家，我公务在身，还是先办了公事，再去你家打扰不迟！”

接着指挥两个股员：

“先去把老冯、老得、许布袋给我绑了！”

接着又对李文武说：

“你是不懂啊！我们先去你家吃饭，凶手知道我们来，不早跑了！先绑了凶手，再到你家吃饭，我心里，你心里，不都踏实了？”

李文武这时倒佩服老马，连连点头：

“股长英明，股长英明！那我回家准备去了！”

老马带着两个股员，就去了孙老元家。孙老元正在屋里吸烟，孙毛旦在旁边站着，忽然见老马端着盒子进来，后边还跟着两个股员，两人吓了一跳，孙老元赶快迎出来：

“哟，老马来了，毛旦，赶紧叫人倒茶！”

老马板着脸说：

“倒茶不倒茶，老掌柜，我公务在身，今天来打扰你，你多担待吧！”

说着，将盒子炮拍到了桌子上。

孙老元孙毛旦一听老马的口气，知道事情坏了，孙毛旦当时就有些筛糠，孙老元到底老练些，仍笑着说：

“老马是县上的官员，平时请都请不到，哪里能说打扰！”

老马坐到椅子上说：

“老掌柜，咱长话短说吧，事情发了，你家干儿许布袋、马夫老冯、伙夫老得，合伙谋杀李村长，被人告了！我今天来，是来拿人犯了！”

孙老元摊着手说：

“老马，冤枉啊！李村长近日死了不假，可并不是我家人害的！老马你是明白人，孙李两家，历来有仇，这是栽赃陷害呀！”

老马笑了笑：

“老掌柜，瞒不住了。据李家说，这事是有人证的，贵村副村长路黑小他老婆，那天晚上到地里偷麦子，你家三人去牛市屯害李村长，路上的话，都被她听到了！要我把路黑小和他老婆传来吗？”

孙老元孙毛旦一听这话，眼前都一黑，张张嘴，都说不出话，老马又一笑，命令两个股员：

“下手，抓老冯、老得和许布袋！”

两个股员当下就拿着绳子下去了。这时孙老元缓过劲来，向孙毛旦使眼色。孙毛旦会意，溜出屋子，扒墙到后院，又绕道出村，也顾不上骑马，斜踏着庄稼地就往杨场奔去，给许布袋报信儿。

屋里剩下孙老元和老马。这时孙老元说：

“马股长，这事是瞒不过你。可你明白，李老喜确实不是三个孩子给杀的！当初我儿孙殿元，可是李老喜给杀的！”

老马说：

“当初是当初，现在是现在，当初为了殿元，我不也来过？让你有信儿去报告我，你没有报告，我就不知道是谁杀的了；这回人家报了案，我就说这回吧！”

孙老元急着说：

“当初殿元确实是被李家雇枪手勒死的。我也一直想报告股长，可几个孩子不懂事，想吓唬一下李老喜，趁他去听戏，就吓唬了他一下，谁知一吓就吓死了，确实并没有杀他！”

老马说：

“杀他没杀他，到县里过过堂再说吧！”

这时孙老元赶紧到里屋拿出几十块袁大头，往老马手里塞：

“马股长，都怪几个孩子不懂事，也是我管教无方，早依我报告马股长，殿元的仇也报了，也不会出现这事。可李老喜确实是被吓死的，不是杀死的，马股长明镜高悬吧！”

老马推着袁大头说：

“老掌柜，这是何必，我又不缺钱花，叫别人看见，倒是我老马爱财了！”

孙老元将袁大头直接装到老马口袋：

“知你不缺钱花，可你的钱是你的，这是我老头的一点心意！”

老马这时叹口气说：

“老掌柜，我尽力而为吧，可这是人命案，怕也有些不好办呀！”

正说着，老冯、老得已五花大绑被两个股员推进来。老冯正在喂马，老得正在和面，突然被人五花大绑绑了，吓得魂早飞了。见了孙老元，才会说话，一个劲儿叫：

“老掌柜，老掌柜，快让他们放了我们！”

可老掌柜也只是搓手叹气。老马端起盒子说：

“绑了还不老实，再说话我崩了你们！”

老冯老得这才瘫到地上，不敢再说话。老马问：

“许布袋呢？”

两个股员说：

“听说他不住在这里，住在老家杨场！”

老马跺着脚说：

“那还等在这里干什么！还不赶紧骑马去绑他！”

一个股员就赶紧去马棚拉马，骑上就朝杨场跑。这时老马向孙老元拱拱手说：

“老掌柜，你歇着，我告辞了，两个人犯我先带走。回头通知他们家属，把铺盖送到大牢里去吧！”

说完，就和另一个股员带着老冯老得，去了李文武家。李文武李文闹早在门口等着。因过去老马曾绑过李文闹，关过他几个月，李文闹见老马有些不自然；老马却不在意，见他该怎么打招呼，还怎么打招呼。李文武李文闹见老马果真绑了老冯老得，心里也很高兴；可一见没有许布袋，急忙问：

“许布袋呢？”

老马说：

“放心，已经派人到杨场绑去了！”

然后让股员把老冯老得脸对脸绑到一棵大树上，进李家去吃酒。酒吃到一半儿，另一个股员回来了，报告：

“老马，许布袋跑了！”

李文闹李文武大吃一惊，急得跺脚：

“咦，怎么让他跑了？跑到哪里去了？”

股员说：

“我骑马赶到，听邻居说，早跑了一个时辰了！”

这时老马倒不着急，说：

“跑了怕什么，跑了和尚跑不了寺，等会儿你再去一趟，把门给他封了！”

李文闹说：

“封门管屁用，得把人抓住呀！”

老马一听这话不高兴，把酒杯放下说：

“谁不想抓人？他不是跑了嘛！封门不管用，停会儿不要封了！”

李文武见老马发了火，急忙解释：

“马股长，我哥不是这个意思。我想许布袋能早一个时辰跑，必是有人给他通风报信。这通风报信还能有谁呢？必是孙家的人！”

李文闹说：

“必是孙毛旦那个家伙！孙老元、孙毛旦都不是好东西，害我爹必是他们出的主意！许布袋跑了，索性把孙老元、孙毛旦两个抓起来抵上算了！”

老马一听李文闹的话，又不高兴：

“大少爷说这话，就是不懂官司上的事了！办案抓凶手，没听说抓人家一家！我这是办公事，不是替你报私仇来了！我还听说，令尊还不一定是被人杀的呢，还可能是他自己吓死的呢！”

李文闹瞪着眼：

“吓死和杀死，有什么区别？”

老马见他顶嘴，心里更不高兴，拍了拍身上的盒子炮说：

“照你说，我现在开一枪，把你吓死，我还是凶手了！”

李文武怪哥哥不会说话，又赔笑脸对老马说：

“股长今天来，能抓住两个凶手，也算不错。许布袋那里，烦股长再操些心，哪天堵住给抓了也就算了！”

老马仍咕哝着嘴说：

“我怎么不想堵，该堵我自然会派人去堵了！就是令兄太不会说话，当初他不也因人命关过大牢！最后是怎么放出来的？”

李文武说：

“都是多亏老马，都是多亏老马！”

就给老马上酒。

李文闹见老马真要开了脾气，也过来说：

“老马，我心粗嘴笨，不会说个话，你多担待吧！”

老马心里这才舒坦些。

酒喝到下午，老马、两个股员要带着老冯老得回去了。临上车，突然老马又说：

“对啦，还有两个人，也得绑起来解到县里！”

李文武问：

“还有两个人？还有谁？”

李文闹问：

“该不是孙老元和孙毛旦吧！”

老马说：

“一个是路黑小，一个是路黑小老婆！”

李文武忙说：

“老马，他们不用绑，他们并不是人犯，他们只是个证人！”

老马说：

“对啦，就是要这个证人，到大堂上好对质呀！”

听老马这么说，李文闹、李文武也没话说。老马就叫两个股员下去，到路黑小家，把路黑小和他老婆给绑来了。副村长路黑小仍失魂落魄的，见人来绑他，就让绑，没说什么；倒是路黑小老婆大叫大闹，见了老马还叫：

“老马，你这断的是哪门子案，我在麦地偷听了两句话，犯王法了！”

李文武给她解释：

“黑妮，不是说你犯法，是让你到县里对质！”

路黑小老婆说：

“对质？我和黑小到县里对质，家里七个孩子谁管？老马，你索性连我七个孩子也绑走得了！”

老马听她这么说，倒不说话。这时李文武说：

“老马，七个孩子是个事，我看，也别往县里绑了，就在这里对对算了！”

老马想了想，说：

“这个老娘儿们，她倒难缠了！”

于是就在这对质。对完质，签了字，画了押，就把路黑小和他老婆放了。路黑小老婆见自己一番话起了作用，倒挺神气，一边回家一边说：

“说绑人就绑人了？吓唬不住谁！当是这阵势我没见过哩！”

路黑小跟在老婆后头，仍是无精打采的。偏偏在胡同口又碰上孙老元。孙老元急得像热锅上的蚂蚁，出来探听消息，见了路黑小，顿着拐棍说：

“黑小黑小，咱爷儿们在一起不错，你怎么这么坑害俺呢？”

路黑小这时哭了，揪着自己的衣裳襟说：

“老掌柜，我也是没办法，李文闹的小攮子逼到我胸口！”

接着又用巴掌扇自己的耳光：

“谁让你爱当这个副村长，谁让你爱充人物头！老掌柜，这回我可改了，以后打死我，我也不充人物头了！”

这边老马、股员带着人犯坐马车走了。老冯和老得，分别被绑在马车两边的大辕上。马车上了路，气氛有些缓和，老马、两个股员都解开了衣服，开始说笑。股员说：

“老马，今天还算不错，三个人犯抓住两个，还怎么了？以前还没这样过哩！回去你给科长说说！”

老马说：

“说说是要说说，就是李文闹那个家伙不会说话，跟我还犯贱哩！当初不是我，能从大狱里给他放出来？”

这时老冯插话说：

“老马，这回不会杀了我们吧？”

老得说：

“老马，我们哥俩啥都没干，人是布袋吓死的，我们也就是在麦棵里看个马！”

老马拿出烟袋，照他们俩人头上一人来了一下，接着吸着烟说：

“杀你们不杀你们，不是我老马能做得了主的，得回禀科长县长，看他们怎么定吧！按说事情是不大，也就看个马，可你们这俩人比较可恼！你们一个喂马的，一个做饭的，不好好喂马做饭，掺和到人家事里干什么？仇气是人家李家孙家的仇气。人家为啥有仇气？争村长哩！你们在里边忙乎什么？你们把李老喜杀了，村长就轮到你们了？你们不还是做饭喂马？你们跟着人家跑什么？说你们傻，你们就是傻；说你们是刁民，也不为过。依我的脾气，还是杀了你们好！省得以后再跟人瞎掺和！”

老冯老得忙说：

“老马饶命，老马饶命，这次饶了我们，以后再不掺和了！”

老马说：

“就是，安安生生做个良民，比什么不好，管他谁当村长哩？谁当村长，都安安生生做饭喂马，保证我不抓你！”

老冯老得连连点头：

“是哩，是哩！”

这样把老冯老得解到县里，下了大牢。第二天，孙老元又让人给老马家里送过来一布袋芝麻。老马收下芝麻，就去给司法科长汇报情况。司法科长是他姐夫。案情简单说过，老马说：

“姐夫，两个刁民，没有大事情，也就看个马，放了他们吧！”

姐夫打个哈欠说：

“我知道了，看县长怎么说吧！”

第二天，科长回禀县长。谁知县长这两天心情不好。这一段县里土匪四起，社会秩序不稳，上峰责备下来，县长正想抓两个土匪杀了，镇一镇地面，可土匪哪里是好抓的？现在见送来两个刁民，就想将他们充数，于是说：

“什么看马？看马和杀人是一样的！没人看马，另一个凶手也不敢杀人！这样的刁民，简直就是土匪！杀了他们！将他俩的人头挂到城门楼子上！”

于是，可怜马夫老冯、伙夫老得就被杀了，人头被挂到了城门楼子上。由于天越来越热，哄了许多苍蝇。三天以后，头就有些发黑发臭了。

消息传到马村，苦主李文闹、李文武十分不满意，李文武说：

“杀错了，杀错了，让杀许布袋，谁知竟杀了老冯和老得，倒让许布袋给跑了！”

李文闹跺着脚埋怨弟弟：

“我说不该找老马，你非要找老马，看看事情办的！老冯老得他杀了，真正的凶手还留着，等于仇一点没报！”

李文武也有些后悔，说：

“当初不该找老马，当初不该找老马！”

李文闹说：

“你说仇咱还报不报了？要报，不还得去找土匪，真是脱裤子放屁，多费二回事！”

李文武叹息：

“是我把事情办坏了，老马依靠不得！”

又劝哥哥：

“就是找土匪，也只好再等一等了，刚杀了老冯老得，动静别一下弄得太大！”

李文闹说：

“看这事情办的！”

孙老元听说老冯老得被杀，也吓了一跳，埋怨老马不仗义，白拿了人家的袁大头和芝麻。想到老冯老得对他的忠心，也有些伤心，落了几滴眼泪，连说：

“是我害了他们，是我害了他们！”

忙让孙毛旦给两个人家送去些粮食和布匹，让他们好好办两人的丧事。两人的家属倒不错，都没有找孙老元来闹，都说：

“县里要杀他，有什么办法？”

又对孙老元有些感激：

“老冯老得都死了，不在他那干了，还送粮食和布匹！”

孙毛旦见事情渐渐平息，骑马到大荒甸子上给许布袋送了个信儿。许布袋听说没事了，也渐渐从大荒甸子里走出，又到杨场和马村活动。有人看见他们，有天天快黑了，两人在一起骑马打兔子。

附记

李老喜死后，马村一时又没了村长。孙毛旦对孙老元说：

“叔，上次殿元哥死，村长被人家抢去了；现在李老喜死，村长又该轮到咱家了吧！”

孙老元急忙摆手说：

“快不要说那个村长，快不要说那个村长，为个村长，我已经丢了一个殿元，丢了两个伙计，你不要再给我惹事！”

孙毛旦听孙老元这么说，心里悻悻的。可他仍不死心，仍想到乡里活动活动，当这个村长，也打锣让人开会，断案给人说理。可没到他活动，李家大少爷李文闹已经提了两瓦罐香油去了乡上，乡长仍是那个老乡绅老周，过去与李老喜不错；现在见李老喜死了，李老喜儿子又提着香油来看他，子承父业，也是应该的，于是就同意李文闹继任村长。

李文闹当村长以后，仍打锣召集开会，仍给人断案说理。村公所的牌子，仍挂在他家门口。副村长仍用的是路黑小。本来路黑小说啥也不干这小副村长，说：

“大少爷，你除非打死我，我不干这个副村长！”

李文闹说：

“那我就打死你！”

就真扬鞭子要打。路黑小无奈，只好又当上了，在村里打锣。不过他这锣打得无精打采，声音也变老了，有气无力。逢到断案说理，找人烙的饼也是一边凉一边热。李文闹发了火，问：

“黑小，你这副村长是怎么当的？怎么没过去当得有劲？”

路黑小也急了，急出一眼泪：

“大少爷，我不想有劲？可劲已经让吓回去了，我有什么办法？”

李文闹见他发了火，也对他没办法。

李文闹的村长当了半年，突然想起一件事，即还要给父亲李老喜报仇。因为这天他在街上，影影绰绰看到了许布袋。于是与李文武商量，去雇土匪。没想到没等他去雇土匪，土匪来找他了。来找他的土匪，就是上次他杀孙殿元时雇的那个枪手。上次勒死孙殿元，该付给人家五十块光洋，李文闹克扣下二十块，惹得那枪手很不满意，还在锅三的饭铺喝醉了。没想几年之后，这个枪手发了，由单帮一个人，发展到十来个人，七八条枪，成了一支小队伍的司令。这天这支小队伍半夜从马村路过，司令突然想起旧事，就带队伍闯到李文闹家，把赤条条的李文闹给勒死了。李文闹一开始还认为是孙家雇的人呢，后悔自己下手晚了，后来认出司令，知道是为那二十块光洋的事，忙说：

“大哥，我还你二十块光洋就是了！”

这司令只是笑笑，摆摆手，就让部下把李文闹给勒死了。接着将李家的光洋敛到一块，也不多拿，只拿了二百块，说：

“以一当十。”

将光洋装到一个布袋里，让一个小土匪背着，就带着队伍走了。

李文闹一死，村中大乱。李文武忙着张罗给哥哥办丧事。这时孙毛旦趁乱把村公所的招牌，扛到了自己家。许布袋也来了，两个人便合计着来当这个村长。孙老元又劝他们：

“孩子，为了一个村长，死了多少人，过个安生日子吧，别让人家再杀了你们！”

这时许布袋说：

"干爹，我有一个办法，咱就当得了这个村长！"

孙老元问：

"你有什么办法？"

许布袋说：

"看着谁想杀咱，咱判他个谋反，先动手杀了他！"

孙毛旦说：

"对，对，先杀了他！"

两个人不顾老掌柜的劝告，到乡上活动活动，花费一些，真当起了村长。许布袋当正的，孙毛旦当副的，把路黑小的副村长给辞了。路黑小听说这一任不让他当副村长，当下趴到地上给许布袋孙毛旦磕了两个响头。

用许布袋的办法，两人真把这个村长给当住了。两人一口气当了许多年。许多年中，以谋反为由，杀了一个李小闹（李文闹的长子，长到十六岁那年），杀了一个周罗恩（一个无法无天的地痞），打残了一个路片锣（一个又臭又硬的佃户）。该杀杀该打打，就把村民给镇住了。

一次许布袋问孙老元：

"怎么样干爹，我在队伍上干过，知道这一套，对付这帮刁民，就得用这个办法！"

孙老元直摇头：

"我是老了，我是老了。"

许布袋从此就长住在孙家的西厢院。那里既是村公所，又是他的宿舍。后来孙毛旦做媒，又把孙殿元的前任小老婆、镇上饭铺老板锅三的女儿锅小巧嫁给了他。从此也成家立业。一年后，生下一个女孩，取名许锅妮。

孙殿元的儿子孙屎根，也渐渐长大了。到鬼子兵来到中国时，他已是二十多岁的小伙子了。

他们这一茬人，都已经长大了。

第二部分

鬼子来了　一九四〇年

一

孙毛旦头戴战斗帽，骑一辆东洋车回来了。村里人没见过东洋车，听见铃响，都跑出来看。一些娘儿们小孩，跟在他车后跑。边跑边喊：

“毛旦会骑洋车了！毛旦会骑洋车了！”

孙毛旦为了让大家看清楚些，又骑着车在打麦场转了一圈。转完圈回到家，孙毛旦先到正房趴到叔父孙老元的遗像前磕了四个头，然后到西厢院，与干哥村长许布袋说话。

许布袋正在家给老婆上火罐。老婆锅小巧当年坐月子时织了两匹布，落下一个腰疼的毛病。现在女儿许锅妮已经十七岁了，腰疼的毛病还没退下，一遇阴天就犯，要许布袋给上火罐。孙毛旦挑帘子进来，见许布袋正骑在锅小巧身上上火罐，猛地一拍身上的盒子炮：

“捉奸捉奸，青天白日，两个人鬼鬼祟祟干什么！”

把床上两个人吓了一跳。等看清是孙毛旦，锅小巧说：

“毛旦，下次可不敢一惊一乍的，别把我苦胆给吓破了！”

孙毛旦“哈哈”笑了。许布袋上好火罐，从床上跳下来，就去抽屉里摸烟袋。孙毛旦说：

“不要摸烟袋了，我这有省事儿的！”

从口袋掏出一包东洋烟，递给许布袋一支。两人燃着。吸了两口，许布袋又将纸烟扔到了窗户外边，说：

“这鸡巴日本人，弄得烟叶都变了味儿！”

又去摸烟袋。

孙毛旦说：

“那是你吸不惯！吸惯纸烟，还嫌本地烟有土腥气呢！”

锅小巧在床上说：

“毛旦，下次回来，给我捎两贴膏药吧！”

孙毛旦说：

“我给你弄两贴洋膏药，保你一贴上去，连病根揭下来！”

锅小巧说：

“那洋膏药也不知有没有毒？”

孙毛旦拍着巴掌说：

“给你弄膏药，你说有毒，要不说你是土包子！洋药不比火罐管用，人家还生产洋药干什么？多生产些土罐就行了！上次警备队一个新兵，被八路军打伤了胳膊，人家日本军医要给他上洋药，他哭闹着不让上，怕洋药有毒；谁知一上去，三天就能抬胳膊了！”

接着将自己的战斗帽摘下来，递给许布袋说：

“布袋，你看看这战斗帽，也是人家弄的，别看后边缀了几个布条条，那是海绵，子弹都打不透！”

许布袋接过去摸了摸，将帽子扔到炕上：

“鸡巴一块软布，子弹会打不透？一会儿我打一枪试试！”

孙毛旦又急得红了脸：

“试试就试试，我们试过几回了，说打不透，就打不透！”

锅小巧拾起帽子摸了摸，说：

“打透打不透，戴上这帽子不冷！”

孙毛旦噘着嘴说：

“是不冷呀！日本人一人一顶，警备队小队长以上才发哩！”

许布袋朝孙毛旦身上打量一下，最后目光落到他的盒子枪上：

“毛旦，你上次来时背的是快枪，这次怎么换盒子了？”

说到快枪换盒子，孙毛旦又高兴了，忙把盒子从木头枪匣子里抽出来，递给许布袋说：

“你看看这盒子怎么样？”

许布袋上下拨弄了一会儿，说：

“不错，这枪不老，正好使的时候。发给你的？”

孙毛旦这时不好意思地说：

“发倒是还没有发，这是临时借塌鼻子的！”

许布袋也知道塌鼻子，是警备队的队长，说：

“咱们到地里打几枪去？”

孙毛旦这时有些为难：

“枪里的子弹不多了！”

许布袋生气了，将枪扔给孙毛旦：

“你这混的是什么！有名跟了日本人，谁知连个枪都不让打，不是白落了一个‘汉奸’！”

这时孙毛旦涨红了脸，说：

“什么不让打，主要是今天子弹带得不多，哪天你到县城去，看子弹管够你！今天枪里子弹一共八发，你打三发算了！”

许布袋将火罐从老婆身上拔下来，就跟孙毛旦一块到地里去打枪。孙毛旦说让他打三发，许布袋偏偏打了一个连发，扣住指头不动，五发出去了，急得孙毛旦直跺脚：

“布袋，你瞎闹什么，我晚上还要回去，子弹打完，剩下一空身枪，路上碰到中央和八路怎么办？”

许布袋这时“嘻嘻”笑了：

“有把握，还给你剩了三发！”

打完枪，两个人回家。这时伙夫小得已经把饭做好了。主食是烙饼，菜是一个腌萝卜条，一个辣子鸡。小得就是过去伙夫老得的儿子，老得在民国初年被县里正法后，老得老婆就把小得送来，渐渐长大，也学着到伙上做饭。饭做到现在，已经能够做出个味道。孙毛旦吃了一块辣子鸡，连连称赞：

“鸡做得有味，鸡做得有味！”

正好小得端着托盘来上汤，孙毛旦说：

“小得，几天不见，你出息多了，饭越来越会做了！”

小得垂手站在那里：

“少东家别笑话我！”

孙毛旦摸出一支洋烟，递给小得说：

“停几天我领日本人来，你也做个辣子鸡给他们吃！”

小得接过烟说：

“那我可不敢，别做出来不合日本人的口味，他们打我！”

孙毛旦说：

“不怕，有我呢！”

小得退出去，许布袋问：

“怎么，停几天你要带日本人来？”

孙毛旦拍了一下脑袋：

“看，光顾吃鸡，把正事儿忘了。布袋，我这次可不是回来玩儿的，是有正事。日本人要一车白面，两头猪，这次派到了咱村，让我来下通知！”

许布袋一听要白面和猪，便把筷子扔到了桌子上：

“毛旦，咱村的佃户们可成天煮槐树叶，哪里还有粮食？”

孙毛旦说：

“槐树叶谁不知道？可粮款是挨村派，轮到咱村，我有啥办法？就这还是我来下通知，要换一个人，假公济私，把白面说成两车，把猪说成四头，你不也没办法！”

许布袋叹口气：

“一个月不出，来了几拨，中央军来收过一次粮款，土匪还来要过一次东西，现在又轮到了你们！”

孙毛旦说：

“这里是日本人的天下，其他军队来收粮，都是非法的！”

许布袋说：

“这个鸡巴村长是没法当了，一急，我也到大荒洼入土匪去！”

孙毛旦摇着手说：

“别入土匪，别入土匪，要想出来混事，也跟我到城里当警备队得了！”

许布袋说：

“我才不当警备队，当了警备队还得借枪使！”

孙毛旦脸又红了，噘着嘴说：

“就借了一回枪，你可说个没完了！”

这时许布袋的女儿许锅妮走了进来。许锅妮已经十七岁。许布袋虽然长得黑乎乎的，一头黄头发，女儿却像锅小巧，长得十分漂亮，一根大黑辫子拖到屁股蛋子上。前些年许锅妮一直在上学，先在村里上私塾，后来跟干哥孙屎根到开封一高读过两年。后来日本人来了，学校转移，她没跟着转移，就回家里来了。许锅妮小的时候，与孙毛旦有些不大对付。出生几个月，别人抱她可以，孙毛旦一抱她就哭，气得孙毛旦拍着巴掌说：

“你小小年纪，倒跟我是仇人啦！”

后来长到四五岁，她总是从她家撵孙毛旦，不让他在她家吃饭，弄得孙毛旦挺尴尬，孙毛旦说：

“早知这样，我给你爹做媒干什么！”

等许锅妮长到五六岁，懂事了，才不撵孙毛旦。这时孙毛旦倒抓住她的辫子拔萝卜，拔得她直哭。见一次面拔一次，弄得她怕见孙毛旦。孙毛旦说：

“这就对了，小时候我怕你，现在让你怕我！”

许布袋锅小巧见他们两个在那里逗，也不管他们。

许锅妮长大以后，与孙毛旦关系很好。孙毛旦在村里当个副村长，整天没事干，也就是遛猫斗狗打兔子；玩儿的时候，都带着许锅妮。后来该上学了，锅小巧不让她上学，让她在家学纺棉花，许布袋那时迷上了牌不管事，也是孙毛旦决定让她上的私塾。孙毛旦对锅小巧说：

“纺什么花，我就讨厌纺花！不要纺花了，让她上学！”

锅小巧过去是孙殿元的小老婆，知道孙毛旦手抄马鞭的厉害，孙毛旦决定让上学，许锅妮就上了学。后来许锅妮到开封上一高，孙毛旦让她从开封捎过一次烟土，她也给捎了。许锅妮一高转移回了家，孙毛旦已经跟塌鼻子勾上，到县城当了警备队小队长。许锅妮虽然知道那叫“汉奸”，但他是跟自己玩惯了的叔叔，也就恨不起来，见面还打闹。只是许锅妮在一高时跟干哥孙屎根也很好，现在孙屎根当了八路军，与孙毛旦成了两支队伍，这让许锅妮心里有些别扭。但别扭归别扭，她见了谁仍跟谁玩。现在进屋看到孙毛旦，瞪着眼睛说：

“毛旦叔，你还在这喝酒呢，你的东洋车，早让几个孩子给玩零散了！”

孙毛旦一听东洋车让人玩了，顾不上再喝酒，忙起身骂道：

“这帮小崽子，看我不宰了他们，车子玩坏了，待会儿我怎么回去！”

背上盒子就跑了出去。可等他来到正院，根本没人玩东洋车，东洋车在墙根稳稳当当放着呢。孙毛旦松了一口气，知道是许锅妮骗他，骂了一句：

“这丫头片子！”

也不再回西厢院去喝酒，回到了东院自己家。家里老婆不在，到河边捶布去了。倒是他的堂嫂、已故村长孙殿元的大老婆孙荆氏在院子里站着，在那里看蚂蚁上树。孙荆氏年轻时是个刁钻泼辣的人，锅小巧给孙殿元当小老婆时，曾被她拧过屁股。但自从孙殿元被人勒死以后，孙李两家又杀来杀去，特别是她唯一的儿子孙屎根长大，又当了八路军，到战场上去厮杀以后，她突然吃斋念佛了。也许是上了年纪，现在看上去，像一个慈眉善目的老太太，竟一点看不出她年轻时是个泼妇。要饭的来要饭，别的人家都是掰给一嘴馍，她总是给一个囫囵个的。至于孙毛旦，孙荆氏看不起他。当年男人不是与他勾连在一起，充人物头当那个村长，也不至于被杀。男人被杀后，他又把男人的小老婆嫁给了许布袋，这更乱了套，成了腌臜菜家。现在又当了警备队，跟人家日本人跑来跑去，这不是"汉奸"是什么！倒是她跟孙毛旦的老婆，还能说得来。孙毛旦的老婆是个过日子的女人，除了嘴上不饶人，心眼还不错。所以孙荆氏常到这院来串门，有人就跟人说话，没人就看蚂蚁上树。因为看不起孙毛旦，见孙毛旦进来，她也没理他，仍旧看蚂蚁。倒是孙毛旦看见孙荆氏，忙上前说：

"嫂子在这呢！"

又问：

"最近屎根有信来吗？听说他当连长了！"

一说儿子当连长，孙荆氏有些高兴，但说：

"连长不连长，你们不是冤家对头吗？"

这让孙毛旦抓住了话头，拍着巴掌说：

"当初我说什么来着？屎根不懂事，要当兵什么兵不能当，偏要当个八路军，跟一群泥腿子混到一起！八路军是干什么的？整天尽想着吃大户。咱们家就是大户，他当了八路军，这不是自己跟自己过不去么！"

当初孙屎根当八路军，孙荆氏也不赞成，但现在听孙毛旦批评孙屎根，孙荆氏又有些不高兴，说：

"光吃大户了，听说还打日本哩！"

孙毛旦脸又红了，但也愤怒了，拍着盒子枪说：

"日本日本，你们这个也说日本，那个也说日本，好像跟了日本就跟偷了汉子一样！日本是那么好打的？看人家那枪，那炮，日本一来，中央军和八路军不也跟兔子一样跑得没影了？早晚，中国是人家日本人的天下！跟了日本不光荣，将来都成了日本的臣民，看你们还说什么！我听塌鼻子说，清朝也是外邦人，慈禧太后也不是汉人，咱爹咱爷爷不也山呼万岁？关键看最后谁坐了天下！等着吧，等日本坐了天下，我封了大官，才叫你们沾光呢！”

这时孙荆氏倒笑了：

“你在日本，屎根在八路军，不管谁赢了，咱家都有大官，不是更好！”

孙毛旦说：

“别提八路军，就是日本赢不了，也轮不到八路军，集合一帮泥腿子，能干些什么？那也是人家中央军的天下！要不我说当初屎根走岔了道，你不跟日本，也别跟八路军呀，你跟中央军，也比跟八路军好一些。这他就没人家李家李小武有见识了！人家也是连长，中央军的，听说有一次回来，骑着白马，戴着白手套，后头还有护兵。屎根来能骑马吗？屁股后边跟几个高粱花子！”

说到这里，他又咂了一下嘴说：

“不过我倒佩服屎根，八路军生活恁苦，他倒挺得住！”

说到这里，孙毛旦的老婆捶布回来了。孙毛旦老婆见孙毛旦回来后不先回家，先跑到许布袋家吃喝，心上有些不高兴，噘着嘴不理他。孙荆氏见人家老婆回来，就告辞回家。孙毛旦老婆留她吃饭，她吃素，不留，拿着一树枝蚂蚁回去了。孙毛旦和老婆进了屋，孙毛旦从裤子口袋里掏出两个金戒指递给老婆，老婆才转过脸色来。说了一阵子话，孙毛旦又哄老婆，说哪天来接她进城去玩儿，把老婆哄高兴了，太阳也快落山了，孙毛旦才推上东洋车回县城。推上东洋车又问老婆：

“小冯呢？那个喂马的小冯呢？这次回来怎么没见他？”

小冯就是已故马夫老冯的儿子。民国初年老冯在县里被正法后，他也顶替爹到孙家来打工，长大后仍旧是喂马。

老婆说：

“他不在家了，跑出去当兵了！”

孙毛旦说：

“跑出去当兵了？我怎么不知道？跑到哪里当兵了？”

老婆说：

“上次屎根回来，跟他咕咕哝哝谈了一夜，第二天，他就跟屎根当兵去了！”

孙毛旦骂道：

“他妈的，他倒会抓壮丁。家里一个人当八路军还不够，又拉走一个马夫！”

骂完，也没太放在心上，又推车来到西院，告诉许布袋阴历十五那天领日本人来拉白面和猪，然后骑上东洋车，一路打着铃，出村回了县城。

二

鸡叫头遍，伙夫小得起来喂马。

小得是和小冯一块到孙家来的。两人一开始是喂猪放羊，长大成人后，小冯开始学喂马，小得开始学做饭。两人又像两人的爹一样，开始在一起搭伙计。白天各人干各人的活，夜里到下院睡一个房子。小冯性格野，小得性格肉；小冯夜里躺在床上说，整天喂个马不是个事，多咱咱也出去闯荡闯荡；小得却觉得自己做饭就不错，伙上做饭，有什么好东西，自己不可以尝一尝？果然，后来小冯在家里待不住，跑出去跟少东家孙屎根当兵去了。

记得那天孙屎根来家，还带着一个八路军战士。小冯一开始是与那个战士往一块凑，上去摸人家的枪。那个战士看上去也是庄稼老粗出身，满手的硬茧，会干庄稼活。先是扫院子，后是起马圈里的粪，还帮小冯喂马。小冯与他谈了半天，晚上少东家孙屎根又把他叫去，在上房咕咕唧唧谈了半夜。等他回来睡觉，他一拳将睡熟的小得打醒了，说：

“小得，从明天起，我就不喂马了！”

小得说：

“你不喂马，喂什么？”

小冯说：

“我跟少东家说好了，明天跟他去当兵！”

小得吓了一跳，上去拉住他：

“你胆子可真大，要去当兵，你娘知道吗？”

小冯说：

"我娘知道不知道，反正也不是让她去当兵！"

小冯又问小得去不去，小得说：

"你想去你去吧，我是不去。当兵就得打仗，不是闹着玩儿的！"

小冯当时笑了，用拳头凿了一下他的头：

"你胆子还没兔子大！你呀，我看也就是做一辈子饭了。"

第二天，小冯就跟少东家走了。

小冯走了以后，孙家又找来一个老头子来喂马。老头子来了，也与小得睡一个房子。老头子年纪大了，夜里睡不着，在床上摸摸索索地不停，弄得小得也跟着睡不着。这时小得倒挺怀念小冯的，不知他跟着队伍开到哪里去了。老头子喂马喂了一个月，一天不小心，突然被马咬了腿，被人抬回家养伤，这样就剩下他一个人。小得白天做饭，夜里还得起来喂马。这时小得又对小冯不满意，他当兵拔腿走了，把两个人的活留给了他一个人。以前小得没有半夜起床的习惯，现在夜里睡得正香，突然得起来喂马，这让小得感到特别气恼。往往他一边喂马，一边骂小冯。一开始就是埋怨，后来骂习惯了，什么都骂。这天半夜起来，一边给马拌料，一边又骂上了。骂：

"小冯，你个王八羔子！"

"小冯，你一当兵好清闲，一个人吃饱全家不饥，可苦了我小得，半夜得起来替你个龟孙喂马……"

突然身后闪进一个人，将一个硬家伙顶到他腰眼上：

"不准动，把手举起来！"

小得吓得心里"怦怦"乱跳，知道碰上了土匪，忙将手举了起来，腿接着就哆嗦了。边哆嗦边说：

"大爷，饶了我吧，我是喂马的，东家住在前院！"

身后的人说：

"今天不找东家，就找你！"

小得急着说：

"大爷，我啥也没有，要不你把我的褂子脱走吧！"

身后的人说：

"我不要褂子，要票子！"

小得说：

“大爷，我一个穷喂马的，哪里会有票子？”

身后的人说：

“你敢说你没票子？你睡觉的床下有个小泥罐，里头藏的是什么？”

小得知道碰到了本地土匪，不然情况咋会知道得这么清楚？于是垂头丧气地说：

“大爷既然知道了，我领你去拿，里头也就几十块联合票！”

身后人揪住他脖领子说：

“不忙，还有个事得说清楚，刚才你嘴里骂什么？”

小得说：

“大爷，我刚才可不是骂你老人家，我是骂一个叫小冯的家伙！”

这时身后那个人劈头给了他一巴掌，接着“哧哧”笑了，说：

“小得，你个王八蛋，你看看我是谁？”

小得扭头一看，身后拿枪的，正是小冯。小得松了一口气，浑身都软了，也不好意思地笑了：

“小冯原来是你，可把我吓坏了！”

接着打量小冯。小冯变样了，穿着一身粗布军装，扎着皮带，手里提着一根独撅枪。小冯说：

“好小子，敢背后骂我！”

小得说：

“好你个小冯，还说呢，你这一当兵，家里什么活都落到我身上，我不骂你骂谁？”

两人说说笑笑，搂着膀子，又回到两人以前睡觉的下房。点上灯，小冯递给小得一支烟卷。小得说：

“就是混得不赖，都抽上烟卷了！”

两人就着油灯吸着烟，小得问：

“怎么，你不当兵了，你偷着跑回来了？”

小冯不满地瞪他一眼：

“什么叫偷着跑回来了？我这是有任务。明天少东家要回来，我这是打前站来了，也顺便回来看看俺娘！”

两人又说了一阵子话，小冯就回家看他娘去了。

果然，第二天上午，少东家孙屎根，骑着一匹马，带着几个八路军战士回来了。

孙屎根一米七八的个头，穿着军装，扎着皮带，腰里别着盒子，很英俊的样子。其实孙屎根所在的部队，不是八路军的正规军，只是这个县的县大队。大队里的战士，都是刚从各村募来的民兵，虽然换了军装，有的走路还是种庄稼的步子，根本不像个兵。本来开封一高转移，八路军去募军官时，是把孙屎根派到正规军去的；一年多以后，这里要开辟根据地，说他对这一块地方熟，就又派他回来到县大队当了个中队长，和连长是平级的。但县大队对外仍称自己是正规军。孙屎根每次回来，也都借头牲口骑着，带着几个在县大队待的时间长一些的战士。本来孙屎根在开封一高转移时，并不想加入八路军，他想入中央军。中央军军容整齐，官有个官的样子，兵有个兵的样子，像个正规部队。只是因为仇人的儿子李小武入了中央军，他不愿意跟他在一起，才入了八路军。到八路军待了两个月，孙屎根开始后悔，觉得自己不该入八路。生活艰苦不说，整天还尽讲发动群众、减租减息、联合抗日的一套，枯燥极了。和满身虱子的佃户挨在一起，孙屎根也弄得满身虱子。他手下的兵，没有一个不长虱子的。这时“西安事变”刚过，正讲国共合作，孙屎根到友军中央军的军营去参观，发现人家才像个部队的样子，营房是营房，兵们天天操练，当官的在旁边穿着马靴，戴着白手套。参观中，正好碰到开封一高的同学李小武，自己一身虱子在爬，人家一双马靴，一副白手套，领口上还别着上尉军衔。一方面因为是仇人，一方面为自己的一身衣服感到惭愧，孙屎根就没有上去与人家打招呼。倒是人家大度，上来与孙屎根笑着握手：

“孙同学来了，欢迎到敝连指导！”

这时孙屎根就特别后悔，后悔自己不该为个人意气，误入了部队，误了大事，现在想改正都来不及了。

这样一年多过去，孙屎根一直情绪低落。一直到这个团新调来一个政委，是燕京大学的毕业生，蹲点到了他这个连，与他谈了几次话，他才如梦方醒，知道八路军有前途，怪以前自己眼圈子太短。这个政委姓文，家里也是财主出身，但人家就不讲究表面的东西，不讲究虱子，人家一眼就能看穿世界的前途。他说：别看现在八路军小，穿戴破烂，却比中央军有前途。为什么这样说呢？他说道理很简单，正因为八路军穿得破烂，他一破烂，和老百姓一样破烂，帮助老百姓减租减息，老百姓就拥护他。在部队内部呢，当兵的穿得破烂，当官的穿得也破烂，同甘共苦，当兵的就拥护当官的；上下一心，这部队就能打胜仗，就有发展前途。中央军呢，表面看军容整齐，能穿马靴戴白手套，但那是短暂的。一是它看不起穷人，而天下穷人是大多数，大多数穷人被他看不起，穷人就不会拥护他，失民心者失天下。在部队内部呢，当官的享福，当兵的受罪，从上到下，大家都吃兵饷，喝兵血，一团烂污，这样的军队，虽有飞机大炮，到头来没有个不失败的。至于日本呢，日本现在看起来强大，但也是没有前途的。一是它国太小，中国太大，占不过来，像个蚂蚁吃大象，虽然上了身，却吃不过来。二是它得罪人太多，连美国、英国、苏联都得罪了，大家群起而攻之，它没有不败的道理；失败是肯定的，只是个时间早晚的问题。至于山野荒滩上的一帮帮土匪呢，都是小猫小狗，不足为论。所以，将来的天下，必定是共产党和八路军的！这样一番高论，使孙屎根如醍醐灌顶，如大梦初醒，怪自己以前只看到眼皮前的几只蚂蚱，没看到远处有骆驼，眼眶子太浅了！人家文政委到底是燕京大学的毕业生，谈起话来，像诸葛亮论天下，比自己一个偏僻小隅的开封一高毕业生强多了。在人家面前，自己简直等于不识字。于是真心佩服地说：

"政委，你讲得好，讲得太好了！开了我的大窍！"

从此以后孙屎根像换了一个人。不再看不起虱子，不再看不起穷人，每到一地，也像战士们一样给佃户们挑水扫地，帮助他们减租减息。后来这里开辟根据地，文政委派他到县大队，他二话没说，背着背包就回来了，到县大队当中队长。到了县大队，兵们都是刚抽调上来的民兵，比八路军更不正规，动不动还是村里那一套，你给他一条枪，他拿起来像粪叉，或者拄到地上当拐棍使，但孙屎根不急不躁，慢慢调理他们。一次与日本鬼子偶然遭遇，混战之中，他这个中队虽然死了三个人，但竟还打死一个鬼子，受到大队政委的表扬。只是他每当回自己村时，还想摆一摆威风，借个牲口，挑几个战士。县大队政委也是文政委的同学，知道谁还没个小毛病，也不怪他，只是一笑了之，有时还把自己的一身新军装借给他。这次孙屎根回来，穿的就是大队政委的衣服。

孙屎根骑马进村以后，许多人看到，都跑出来与他打招呼。孙屎根下了马，也笑着与他们打招呼。这时几个战士也自动走成一行，整齐地迈步，很像个样子。大家便看那几个八路军战士走步。到了孙屎根家门口，两个战士便上去站岗。孙屎根摆摆手说：

“也没有敌人，站什么岗，进屋喝水去吧！”

这时孙屎根的娘孙荆氏迎了出来。老太太说：

“当兵当兵，回来就中！”

虽然她自己吃素，却吩咐伙计们杀鸡，给孙屎根和战士们改善生活。这时小冯也从家里迎出来，将孙屎根的马牵到了马圈里。洗过脸，喝过水，孙屎根留在家和老太太叙话，其他几个战士，便分头到村里的人家扫地打水。村里人都很高兴，说：

“屎根训练的队伍就是秋毫不犯！”

“八路军没有架子！”

也有人看这军队的人没有架子，反倒看不起这军队的。一问当兵们的出身，也都和自己差不多，几个月前还是庄稼老粗，反倒觉得他们给自己扫院子是应该，有的上去就摸人家的米袋子。

孙屎根正在家里枣树下和老太太叙话，突然一个战士跑进来，说：

“报告队长，村子西头，有人在吊打人！”

孙屎根一听有人吊打人，以为是来了土匪，当下拔出枪说：

“集合队伍，过去看看！”

倒把孙荆氏吓了一跳，说：

“屎根，你这是怎么了？”

孙屎根说：

“娘，咱这队伍是老百姓的队伍，有人吊打老百姓，咱不能不管！”

就带了战士们过去。原来在村西一个叫宋胡闹的佃户家，村长许布袋带着几个村丁，正在树下吊打他。自从那天县警备队小队长孙毛旦布置下日本人的任务后，许布袋正在执行这任务：收集一马车白面，两头猪。这里是日本人的天下，一到阴历十五就要来兵取面，哪里敢不收集？只是村里人被几路军队刮来刮去，整天都煮槐树叶，哪里还有白面？收集了一上午，才收集到两口袋，许布袋就有些发急。收集到宋胡闹家，宋胡闹是个犟脾气，蹲在门口黑着脸说：

“村长，这次隔过这个门吧！俺小妞病了一春天，还吃槐树叶，你们倒想吃白面了？要白面也可以，你们先把我打死吧！”

许布袋是个吃软不吃硬的家伙，你好好说话，一切可以商量；你犯横，非治下这横不可，不然以后这村子还弄不弄了？于是就说：

“我还没厉害，你倒厉害了？你以为这白面是我吃了，是给日本人的！打死就打死，把这鸡巴玩意吊起来！”

宋胡闹扑过来就要拼命，早被许布袋一脚踢翻，几个村丁便将他吊在树上打。打了几鞭，宋胡闹号叫得像猪，渐渐就认熊了。这时又见外边突然进来几个兵，认为是来捉他，忙在树上对许布袋说：

“大爷，别让兵捉我，都怪我年轻不懂事，不会说话。我交白面，我交白面。牛圈石槽下面小瓦罐里，还有半瓦罐麦种哩，我给你去磨磨！”

这时孙屎根已经到了跟前，几个战士上去就用枪逼住了许布袋和几个村丁，小冯上去把宋胡闹解了下来。宋胡闹这时才知道兵们是来救他，才知道是孙屎根领的八路军，突然又感到委屈，蹲在地上呜呜哭了起来。许布袋一看孙屎根的兵敢逼自己，本来想上去扇孙屎根一耳光，但看孙屎根皱着眉头，手里提着盒子，盒子的大机头都张着，也只好瞪了孙屎根一眼，带着村丁回去了。

中午孙屎根和许布袋在一起吃午饭。孙屎根说：

“大爷，你给日本人干事，倒还积极了，为了收白面，把人都吊了！”

许布袋瞪了他一眼：

“你说得轻巧，好人谁不会做，你吊人，我也会去解。你解下人拍拍屁股走了，等到十五日本人来收白面，可是要来找我。我没有白面，日本人不吊我？你们八路军本事大，等到十五那天，你带人来跟日本人说说，让他们把白面免了吧！这里是日本人的天下，你们回来不也是偷偷摸摸？你有名当了八路军连长，怎么不骑马去县城逛逛？不是你们也怕日本人？再说，你们知道老百姓苦，你们的队伍不也给老百姓派粮食？告诉你，上次给你们敛粮食，我也吊打过人！不吊打哪有粮食，家家户户吃槐叶！”

说到这里，许布袋不说了，只是用眼睛瞪人。弄得孙屎根也无言以对，便起身给许布袋倒了一杯酒。

喝过几杯酒，许布袋的气消了。这时许布袋说：

“大爷年轻时候，也当过兵！可惜现在五十的人了！”

又说：

“老了老了，被你们挤在中间！”

孙屎根与许布袋在这边谈话，小冯与小得在伙房谈话。小得给小冯专门做了一碗炒馍，小冯吃了。小得提出想要小冯一颗手榴弹，说夜里喂牲口带着不害怕。小冯感到有些为难，但还是从腰带上解下一颗，悄悄给了他，说：

“可别让走了火！”

小得说：

“我根本不玩它，夜里喂牲口才带。”

就把手榴弹放到了床头的小泥罐里。

到了晚上，孙屎根领着几个兵归队。这天已经是阴历初十，走到半路，月亮上来了。孙屎根骑在马上走，几个战士仍在议论十五那天日本兵要来收白面和猪。孙屎根听着，突然灵机一动，猛地用鞭子打开了马。马一跑，几个战士也跟着跑。这样跑了七八里，战士们都累坏了，纷纷说：

“队长，别跑了，你骑着马！”

等到了县大队驻地，已是第二天早上。孙屎根马上去找政委，提出一个建议，说十五那天日本兵要去马村收粮，他可以带着自己的中队去消灭他们。一来那里是自己的家乡，地形比较熟，打仗有把握。二来日本兵不防备，可以打他个措手不及。三来县大队成立以来，没敢跟日本兵正面打过仗。虽然上次和日本兵有过一次遭遇战，但被人家打得跑，死了三个人，才换人家一个。这次弄得好，不用死一个，就可以干掉他们三个。这一仗打好，既可以鼓舞士气，又可以扩大八路军的影响。四来日本兵武器精良，突然袭击消灭他们，武器缴过来可以补充大队。政委听了他的“四来”，也十分高兴，当下就批准了他的计划。孙屎根得到批准，当即就回到中队驻地，让战士们操练准备。接着又把小冯派了回去，让他到村里去侦察情况，阴历十五接应部队进村。同时交代他，嘴不要乱说，要注意保守军事秘密。

孙屎根考虑打仗这个计划，还有三点没有给政委谈出来。一来是他刚到县大队，想打一个漂亮仗露露脸；二来这个大队没有大队长，只有一个大队副，又是病秧子，他想借这一个胜仗，升到大队长；三来这仗是在家门口，如果打胜了，自己也在家门口显显威风。

三

李小武也骑马挎枪，带着护兵回来了。

七月十三是李家祭祖，李小武赶回来祭祖。中央军在魏隗府驻了一个团，李小武在那个团当连长。李小武一米七七的个子，像他爹李文武一样，长得眉清目秀，只是眉毛中间有一条伤疤，是小时候吃饭不小心跌倒，摔破碗扎的。李小武自幼读书用功，在私塾时，别人捉弄老师，他一人在教室读书，琅琅出声。他有一个堂兄叫李小闹，是已故村长李文闹的大儿子，自幼调皮，不爱读书，爱玩弄牲口，常要拉他一起去玩，多次被他拒绝，一个人在家里练毛笔字。所以他写得一手漂亮的毛笔字。堂兄李小闹长到十六岁，知道爷爷是被现任村长许布袋吓死的，爹爹是被土匪杀死的，便嚷嚷着要去当土匪，等拉起一支队伍，再打回村报仇。消息传到许布袋孙毛旦耳朵里，两人便布置人，趁李小闹一次骑驴到镇上斗鸡，把李小闹闷死在大荒洼桑柳趟子里。消息传到李家，李家将李小闹的尸体抬回来，一家人围着乱哭。唯独李小武仍在后院不出来，闭门琅琅读书。这时大家便说李小武半点不懂事，堂兄被人害了，连哭都不来哭。唯有他父亲李文武说：

“看这孩子样子，也许是胸有大志！”

弄得他的嫂嫂、李小闹的母亲很不满意，说李文武护着自己的儿子，不顾杀死的侄儿。为此大声哭道：

“小闹，你爹死了，没人替你做主！”

后来李小武私塾读完，考学考到了开封一高。在开封一高，他学习也好，次次考试名列前茅。同村在开封一高读书的，还有孙家儿子孙屎根，许布袋女儿许锅妮。因为有世仇，李小武孙屎根两人不说话。李许两家也有仇，但许锅妮一个女孩子家，看李小武上进，次次名列前茅，却暗暗佩服他，见他倒脸带笑容。李小武见人家是个姑娘家，不必计算在世仇之内，也与许锅妮说话。一次礼拜天从开封回村，孙屎根有事不回，两人还悄悄在铁塔集合，一块做伴回家。路上有条小河，李小武还将许锅妮背了过去。只是因为家有世仇，离村子三里，两人就分了手。后来日本人打了过来，开封一高要转移到洛水县，中央军来到学校募军官。李小武与招募军官的人谈了一次，便给家中父亲打回来一封信，说明自己的去处，就换军装加入了中央军。临入军队那天，他还看到许锅妮在一群欢送的同学中看他。后来他也听说，孙屎根加入了八路军，他也不说什么。只是在中央军努力求上进。两年以后，就挂上了上尉军衔，领了一个连，有了勤务兵。平时李小武不回来，李家每年祭几回祖，只是到了祭祖，他才带几个勤务兵回来。回来祭过祖，当天也就回去了。每次回来，很少给家里带东西。与家里人也不多说话，只与父亲在一起谈谈。谈谈也不说家务，只谈些天下形势。弄得一家人对他不满意。李小闹的母亲当着李文武的面说：

“都说上学好，咱家省吃俭用，供应小武上学，现在上出来了，当了队伍的连长，家里沾他什么光了？不沾他光就不说了，他把咱家的几辈冤仇给忘了？他爷爷是被谁害的？小闹他爹是被谁害的？小闹是被谁闷死的？他手里有队伍，怎么不把孙、许两家给平了？我看这小武，是指望不上了。以后祭祖，他也别来了！”

李文武也觉得嫂子说得有道理。在一次祭祖之后，李文武就将嫂嫂的意思委婉地转述给儿子。谁知李小武一听，只是淡淡一笑，说：

“爹，我平时不爱说话，但心中并不傻。我不知道爷爷是被谁杀的？我不知道大伯是被谁杀的？我不知道堂兄是被谁杀的？说要现在报仇，倒也容易，我派几个兵，就可以统统把仇人给崩了。只是，爹，不能这么做！”

李文武张大眼问：

“为什么？”

李小武说：

“我崩人容易。只是我崩了人，抬身走了，咱们全家还在村里。我不能把全家带到队伍上，我还只是个连长，没那个权力。我一走，你们待在村里，就会有人回过头来杀你们。不要忘了，孙家也有两个人在队伍上，一个孙毛旦，跟着日本人，一个孙屎根，跟着八路军。爹，这种形势，我能鲁莽去报仇吗？”

李文武听了儿子一番话，连连点头，说：

“是哩，是哩！”

佩服儿子比自己和嫂子有见识，事情考虑得周全，事情考虑得长远。但他埋怨：

“这道理你为什么不早说？你不说，大家以为你忘了呢！”

李小武也只是淡淡一笑：

“爹，该做就做，不做时不要乱说。事情还没做，何必去说？”

李文武又点头。但他又问：

“照你这么说，看得长想得远，这仇就永远不能报了？”

李小武又一笑：

“不是。爹你再往长想一想。现在是谁家的天下，是日本人的天下。但可以肯定，日本人是长不了的。我读过世界史，没有一个民族可以长期霸着另一个民族的。将来日本人是要失败的。日本人一失败，天下是谁的？就是中央军和国民党的。八路军虽然有一些兵，但都是乌合之众，用减租减息哄几个穷人，成不了大气候。等中央军坐了天下，就是我们坐了天下。等我们坐了天下，那时想杀谁还不容易吗？”

李文武听了这番话，更是连连拍手，说：

“是哩，是哩，我儿在外没有白闯荡，比爹有见识，事事能说出个理！”

从此对李小武十分尊重。李小武每次回家来，仍和从前一样，祭完祖就走，不多说话。李文武对他十分理解。只是有一次他听说儿子回来，在村口碰上许锅妮，下马与她说了一阵话，心中感到很困惑，又把儿子叫来问道：

“小武，这话本来不该当爹的说。我知道你与许家的姑娘在开封是同学。你说现在不报仇，等中央军坐了天下再报仇我相信，可咱们也不该与仇家的女儿勾连，那样，就是把祖宗给忘了！”

这时李小武倒是有些尴尬，脸红着说：

“爹既然这样说，我以后不理她也就是了。”

以后再见面，倒真不理她。李文武才放心。

七月十三这天，李小武带护兵回来祭祖，一进村又碰上了许锅妮。许锅妮扤着一篮子衣裳，拿着一根棒槌，从河边洗完衣裳正要回家。李小武在马上看了看她，她在地上看了看李小武，四目相对，李小武又像前几次那样，拨转马头就进了村。倒弄得许锅妮挓篮子站在那里，愣了半天神。后来，眼泪就扑簌簌下来了。

李小武带护兵回到家，家里祭祖已经开始，四村里还来了几家亲戚。众人见他回来，忙给他让开了道。几个护兵忙在祖宗遗像前摆了几碟子干果，让李小武祭祖。说是祭祖，其实也就是磕四个头。李小武磕过头，爬起来与亲戚们打了打招呼，便像往常一样，转到后院去与父亲说话。护兵中早有一个在门口站了岗。其中有一个班长姓吴，来过几次，在村里比较熟，没事到村里街上转去了。

李小武在后院与父亲坐下，家里有伙计端上茶，两人在一起随便聊些闲话。聊着聊着，李小武发现父亲老是叹气，打不起精神。李小武问：

“爹，你是不是身体不舒服？下次回来，我带回一个军医给你看一看吧！”

李文武这时说：

“身体倒没什么，就是老有人欺负，让人心里不痛快！”

李小武问：

“谁欺负你了？”

李文武说：

“还不是孙许两家！小武，你在外闯荡，学问比我大，见识比我广，上次你说的道理，我不是不懂，也不是不赞成，我懂，也赞成，我照着去做，暂时不与孙许两家生事。可现在人家当着村长，咱们不与他生事，人家可与咱生事，处处与咱为难。长此以往，人家不像捏猴一样把咱给捏死了？”

李小武问：

“他最近又怎么捏咱了？”

李文武说：

“最近日本人派下面了，每人十斤。十斤也就十斤吧，日本人派下的，谁也不敢不给。只是一人十斤面，咱家也就二百来斤吧，可许布袋假公济私，一下给咱派了四百斤，这不是明明欺负人吗？”

李小武问：

“给他了？”

李文武说：

“人家带着村丁，敢不给吗？许布袋年轻时杀咱家的人欺负咱，现在还捏着咱不放！我不想这些事不生气，一想这些事，简直就无法当人活了！”

李小武听了父亲的话，也觉得许布袋做得有点过分，欺负人不该这么欺负，不看僧面看佛面，起码李小武也在外边领兵打仗混事呢！这时他带来护兵中的那个吴班长，已从街上转了回来，站在李小武的身后听。听到这里，早憋不住了，说：

“连长，这老家伙不懂事，该开导了！我带几个弟兄去把他开导开导吧！”

李小武用手止住他说：

“开导倒不必开导，只是这多出来的二百斤白面，到底是怎么出的，应该问清楚。老吴，你带两个人去，不要发火，不要打人，只是去问问这白面是怎么出的，回来告诉我！”

吴班长立正说：

“是！”

转身带上两个护兵，出门到许布袋家去了。李文武见儿子派兵去问事，心里也舒坦一些，说话有些喜欢起来。

李小武交代吴班长“不要发火”，但吴班长带着两个兵到了许布袋家，还没问话就发了火，用马鞭指着许布袋说：

“你就是村长？”

许布袋这时正坐在枣树下吸烟，他一辈子都是用马鞭指人家，哪里见过人家用马鞭指自己？但他年轻时当过兵，知道当兵们的厉害，何况来了三个人，都背着快枪，于是见人家用马鞭指自己，也只好赔着笑脸说：

“什么村长，也就是为老总们支支差罢了。请问老总是哪一部分的？”

说着就将烟袋往上递，被吴班长一马鞭给打飞了：

“少跟我啰唆，我们是村西李少爷李连长的部下，今天来开导开导你！”

许布袋这才知道是李小武带来的兵，但见烟袋被打飞了，也不敢发火，只是说：

“我可没有得罪李连长的地方！”

吴班长说：

“你没有得罪李连长，你得罪李连长他爹了！我只问你，给日本人派面，别人家都是一人派十斤，怎么给李连长家派那么多？”

许布袋这才知道事情的原委，拾起烟袋说：

“老总们误会了，这次派面原来是按人头派的，但面总收不齐；收不齐面，日本人来了就要打我，只好改成按地亩派了。李连长家地亩多，白面就多了些。可这不光是他一家，孙家、宋家、晋家、俺家地亩多，也都交得多，不信老总们可以查对账簿！”

吴班长挥着马鞭说：

“我不管你按不按地亩，也没工夫查你的账簿，反正李连长家不该出那么多！你给日本人办事那么积极，不是汉奸是什么？你把多收的二百斤白面给我背回去，我今天饶了你；若说半个不字，我先用马鞭教训教训你！”

许布袋见一个小当兵的如此不讲理，还老在自己脸前舞鞭子，心中就有些发火，说：

“你当一个兵，也要讲理，不能动不动就背面；你一背面，日本人过来岂不打我？”

吴班长见许布袋与他顶嘴，马上生了气：

“你怕日本人打你，就不怕我打你？我先打你这老汉奸两鞭，看你怕日本人还是怕我！”

说着就要下鞭子。这时从马圈跑出一个军人说：

“住手，不能打人！”

吴班长与两个护兵吃了一惊，扭头一看，原来是个八路军。这八路军便是小冯，是孙屎根派他回村来侦察情况的。回到村里，整天也没什么情况可以侦察，反正也就是日本人十五要来拉面罢了。所以整天待在马圈和小得一起玩。这天正在玩，看到来了几个中央军，要打孙屎根家里的人，便跑出来制止。

吴班长见跑出来一个八路军，也只好暂时不打许布袋，过来用马鞭指小冯：

“你跑出来了，你是干什么的？”

小冯倒也胆大，手摸着自己的独撅子说：

“我是八路军，是我们孙队长的部下！”

吴班长看他穿着粗布军装，还没脱土头土脑的样子，便有些看不起，说：

“我不管你是谁的部下，我在这教训汉奸，碍着你什么了？”

小冯说：

“他不是汉奸！”

吴班长说：

“替日本人收面，怎么不是汉奸？他将面给我背回去，我不打他；他不背，我就打他！”

小冯说：

“这面不能背，打他不打他是小事；一背面，就破坏了我们的军事计划！”

吴班长这时倒笑了：

“你们几个穷八路，还能有什么军事计划！你们的军事计划，就是保护给日本人收面吗？可见你们八路也通日本，是个汉奸！不打他也行，我先把你这个汉奸给捆起来！弟兄们，将这个八路汉奸给我捆起来！”

小冯见人家要来捆他，就从屁股后抽枪；但毕竟吴班长人多，还没等枪抽出来，三个人早将他捆了个猪肚。接着就将他押回了李家大院。吴班长先进后院报告：

“连长，抓到一个八路汉奸！”

李小武倒吃了一惊：

“什么？抓到一个八路汉奸？怎么抓住的？我让你去问那件事，你倒办了这个！”

吴班长得意地说：

“这是孙屎根的一个部下，正好在家里，替老王八蛋说话，让我捆住了！”

接着就把小冯给推了进来。小冯这人李小武认识，记得以前在孙家喂马；小冯一见李小武，看人家穿戴整齐，戴着白手套，身后站着几个兵，这时倒害怕了，害怕李小武下命令把他杀了，头上冒着汗说：

“李连长，这是误会，这是误会，我是八路军，不是汉奸，你不能杀我！”

这时吴班长说：

“那我们让背白面，你不让背，说是破坏你们的军事计划，你们不是向着日本人吗？”

这话倒引起了李小武的注意，问：

“军事计划，什么军事计划？小冯，你告诉我，我马上放了你！”

小冯这时想起了孙屎根的交代，不能暴露军事秘密，就不再说话。

吴班长见他不说话，上去踢了他一脚：

“×你妈，怎么不说话？我们连长问你呢，看我不用鞭子抽你！”

李小武止住吴班长，到小冯跟前，亲自将绳子给他解开，说：

“小冯，别怕，告诉我，现在是国共合作，共同抗日，咱们是一事了。你告诉我，我不告诉别人还不行吗？我知道八路军个个都是好汉，不是汉奸，你们不会替日本人收面，说不定倒是想打日本人哩，是不是？”

小冯见李小武说话很知己，一个连长，又亲自给他解绳子，于是就瞪了吴班长一眼说：

“可不是，我们八路军向着老百姓，怎么会替日本人做事？我们正是想打日本哩。他们十五那天来收面，看我们不揍他孙子！你们这时把面背回来，没有面哄日本人，可不是破坏我们的军事计划！”

李小武把手放到额头上，想了半天，突然笑着说：

“我明白了，我明白了，怪我们不知道，这面不能背回来。好啦，这事就到这里，你回去吧，那面也不背了！”

就把小冯给放了。惹得吴班长和几个护兵不高兴。小冯见自己说住了李小武一帮人，不但不再背白面，还放了自己，倒很高兴，高兴自己有本领，说住了他们，还没破坏自己这边的军事计划。

小冯一走，李小武就向爹告辞。倒把李文武和几个护兵弄蒙了，几个人说：

“天还早着哩！”

李小武说：

“团长来时说了，晚上还要开会，得急着赶回去。”

又对李文武说：

“爹，那二百斤白面，就不要说了。别因为一把面，把事情弄大！”

说完，出门就跨上了马。把个李文武弄得不知事情头绪。到了路上，几个护兵也埋怨，本来今天胜利了，咱们人又多，谁知怕上人家一个八路军了！李小武也不理他们，只顾打马。

到了部队驻地，已是晚上，屋里都点上了灯。李小武一下马，连部的勤务兵就去给李小武打洗脸水。洗脸水打来，李小武却不见了。他已经顾不上洗脸，跑到团部去了。团长正在家跟太太一块玩儿猫。李小武喊了个“报告”，没等回答，就进去了。这位团长便是当年到开封一高招募军官的人，上过黄埔军校十三期，对李小武一直很喜爱。见他闯进来，也不怪他。倒是他太太突然见闯进一个兵，破坏了玩儿猫，有些不高兴，噘着嘴抱着猫出去了。李小武感到很抱歉，团长倒不介意，笑着说：

“你有什么事？”

李小武便到团长身边，小声说了一通话。团长听后摸着秃头想了想说：

“也可以吧，你带十几个人去试一试。我也讨厌共产党，尽干些不明不白、调三窝四的事。不过要小心，见机行事，别打不着狐狸惹一身臊！”

李小武立正答了个“是”，便退了出来。回到连里，马上对连副说：

“明天挑一个排，准备十五打仗！”

四

土匪头目路小秃，这两天正在发疟疾。别人发疟疾都是躺在床上睡觉，这个路小秃不发疟疾爱睡觉，一发疟疾就要四处活动。他手下的土匪手头一吃紧，或嫌伙食不好，就会说：

“当家的怎么还不发疟疾？”

路小秃是已故副村长路黑小的小儿子。路黑小胆子小，这个儿子却胆子大。本来路黑小和老婆已经有了六个孩子，不想要孩子了，为此两个人半年没敢往一块去。半年后终于憋不住，往一块去了一次，老婆就又怀上了路小秃。为此路黑小打过老婆一次：

“你怎么像个母猪一样，沾都不能沾，一沾就有事！”

老婆委屈地哭：

“我也想着不能要，可谁能管住它呢！”

后来路小秃生下来，路黑小和他老婆就想把他捺到尿盆里溺死。但临到去溺，看到两只小眼睛骨碌骨碌转，也不知道哭，老婆试探着问路黑小：

“要不留着他？”

路黑小上去打了老婆一巴掌：

“×你妈，还留，拿过来我掐死他！”

这一巴掌把老婆打火了，老婆说：

“你不打我我不留，你一打我，我偏要留住他！”

路小秃就被留了下来。路小秃上边已有六个哥姐，留下来父母也没把他当回事，饥一顿，饱一顿，像小猫小狗一样跟着哥哥姐姐长大。冬天睡到炕角，夏天就睡到院子沙堆上。有一年夏天，大家在院子里睡，突然刮起了大风，路黑小和老婆就赶紧往屋抱孩子。抱了一阵，觉得抱得差不多了，就也歪在炕上睡了。睡醒一觉，查了查孩子，发觉不对，少了一个，又到院子里去抱，路小秃仍在沙堆上躺着睡，鼻子里眼里都刮满了土。路小秃长到五六岁，就和他的哥姐性格不一样。遇到爹娘发脾气，别的哥姐一打就哭，路小秃打不哭。这就对了路黑小的脾气，既然打不哭，遇到不顺心的事，路黑小就老打他。一直打到十三岁，一天路黑小又打他，他突然一头将路黑小用头抵倒在地，又用放羊鞭将路黑小抽了一鞭子，嘴里骂道：

“×你娘！”

倒把路黑小吓了一跳，从此不敢再打他，有时还偷偷给他买烧饼吃。从此两人成了好朋友。有时路黑小出外贩运牲口，还把他带上。那时路小秃就爱发疟疾。不发疟疾他爱睡觉，一到发疟疾他就跑出去骑驴。驴子骑一圈，浑身出了汗，疟疾也就好了。那时路黑小还当着副村长，村里开会要打锣，有时路黑小忙不过来，就让路小秃替他去打。十二三岁的孩子，村里有一帮跟他人小差不多的伙伴，秋天一块到地里割草放羊。偷玉米、烧毛豆、摸瓜，都是以他为首。有时几个人还将正在生长的西瓜挖个小口，往里拉屎，然后再把小口盖住。有一年村里过队伍，村里人都找地方躲了起来，路小秃不躲，一个人骑到村后树杈上看人家。队伍中一个军官发现了他，在马上用鞭子指他：

“这里还藏着个兔子！”

大家都笑。

军官说：

“送给你个手榴弹，你敢要吗？”

路小秃肚皮贴着树就滑了下来，接过一颗小手榴弹，扭身就跑。军官又喊：

“别让炸着你！”

队伍又笑。

路小秃有了这颗手榴弹，开始在村里横行。谁家跟他闹别扭，他就拿着手榴弹跑到人家家里寻死觅活，要跟人家同归于尽。害得人家一家人围着他说好话。长到十七八岁，他就在村里白吃白拿。除了许布袋、孙毛旦、李文武家他不敢去，别人家他都敢去。到哪腰里都别着手榴弹。有时半夜还和几个无赖去偷鸡。他偷鸡有本事，手下到鸡窝，一把就抓住了鸡脖子，鸡一声叫不出来。然后几个人在一起烧火煮着吃。日本人来了，开始派夫派款，家家煮槐叶，几个人在村里藏不住，便学着人家结盟的意思，也杀了一只鸡，滴血到酒里，几个人一人喝了一口，就结伙跑到大荒洼入了土匪。刚开始去的时候，路小秃和大家一样，也是当普通土匪，跟着人家小头目到邻村打家劫舍，到路上劫客断人。三个月过去，等他把土匪的一套都学会了，便把几个喝过鸡血酒的弟兄叫到一块，商议一番，夜里偷了头目几条枪，几袋子粮食，几匹布，几条子肉，扬长而去，另找一个小土包立了山头，当起了“当家的”。头目发觉以后，立即派了十来个人去打他们，谁知又中了他们的埋伏。路小秃抓住这几个老土匪，并不杀他们，而是好肉好酒待承，然后派人将他们送了回去。老土匪头目见他这样，也佩服他有本领，一笑了之，从此不再打他，容他另立山寨。路小秃当了“当家的”以后，和其他“当家的”不一样，其他土匪动不动就去抢人断人，路小秃平时却给弟兄们放假，让大家睡觉，只是在快缺粮断顿时，或是他发疟疾时，才带弟兄们去弄些吃的喝的。弄来吃的喝的，或疟疾好了，又带弟兄们睡觉。所以他的山寨很安静，白天黑夜有鼾声。弟兄们除了轮流站岗放哨，一个个养得肥头大耳。大荒洼土匪们编了一首歌：

要打仗，
找老尚；（另一个土匪头目，爱好打仗。）
要吃苦，
找老楚；（另一个土匪头目，对部下苛刻。）
要养膘子找小秃。

所以许多人愿意投路小秃。两年下来，也聚集了四五十人。

现在，路小秃山寨的伙房又快断顿了。上次抢的几只羊，也只剩半个骨头架子。大家都有些嘴巴发淡。白天黑夜觉睡得也不安稳。正在这时，路小秃发了疟疾。一听说"当家的"发了疟疾，整个山寨像过年一样高兴。大家纷纷聚集到路小秃的屋子，围在他的床前，笑着问：

"大哥，你发疟疾了？"

路小秃正在床上打战，被子捂着头，也不说话。

一个土匪说：

"大哥，别老躺着，找个地方活动活动吧！"

这时路小秃一脚把被子踢开：

"好，找个地方活动活动，看这疟疾发的！"

众人一片欢呼。一个土匪噘着嘴说：

"等了你半个月了！"

马上就有一个识字小土匪趴到床上制阄。十来个阄上，写着周围十来个村子的名字，然后让路小秃去抓。打家劫舍要抓阄，也是路小秃的发明。一开始路小秃不抓阄，想起哪村是哪村，哪村就跟着倒霉。后来他觉得这样不公平，就想出抓阄的办法，抓上哪村是哪村。这次他伸手抓了一个，打开一看，上边写着"朱家寨"，众人又一片欢呼：

"去朱家寨！"

当晚，路小秃带了十来个土匪，上路去朱家寨。路上路小秃问：

"朱家寨的财主是谁？"

一个熟悉朱家寨的土匪说：

"朱挺禄，朱挺禄！"

路小秃下夜劫村，不劫穷人，光劫财主，也是他定下的规矩。因为劫穷人也劫不了什么，是瞎耽误工夫，不如一劫劫个财主，早点结束回去睡觉。这样，十来个人到了朱家寨，到了朱挺禄的家。朱挺禄果然是个财主，门很厚很大，院墙很高。这时已经是半夜了。几个人搭起人梯，路小秃在最上边，越院墙跳了进去。这时“呼”地扑过来一条狼狗，路小秃忙从怀里掏出一块羊骨头，扔了过去。狗啃着了骨头，就不再说什么。路小秃把大门打开，十来个弟兄就进去了。朱挺禄一家全都睡死了。一个小土匪问：

“把他们叫起来？”

路小秃摆摆手说：

“别叫，别叫，别耽误人家睡觉，看看有没有没睡的！”

另一个小土匪说：

“看，后院有灯光！”

十来个人便来到了后院。果然，后院堂屋还亮着灯。他们蹑手蹑脚来到窗前，用舌头舔破窗户纸往里看，见屋里炕上躺着一个老头。老头是个胖子，秃顶，穿着马褂，左手搂着一个年轻女人，右手搂着一杆烟枪。女人只穿了一个花裤衩子。这时路小秃生了气：

“娘的，他倒舒坦！”

一个小土匪说：

“这就是朱挺禄，那女的是他小老婆！”

路小秃说：

“爷们儿几十口子都是光棍，他倒有小老婆了！”

一挥手，十来个土匪便“咣当”一下撞开门，进了屋子，把朱挺禄和小老婆吓了一跳。朱挺禄是个见过世面的人，知道来了土匪，虽然害怕，但还知道强打精神打招呼。小老婆就不行了，一吓吓得尿都出来了，把个花裤衩子也给弄湿了。朱挺禄说：

“哟，不知道弟兄们来了，我叫伙计去烧茶！”

一个小土匪用刀子逼住他：

“少啰唆，爷儿们不喝茶，想喝人血！”

另一个土匪就用刀子去杵小老婆的奶。小老婆惊叫一声，像蛤蟆一样，蹦到朱挺禄身后藏着。

这时路小秃上了炕，去摆弄那支烟枪。他不会抽大烟，只是看到烟枪好玩，在那里摆弄。朱挺禄见他摆弄烟枪，哆哆嗦嗦地说：

“大爷吸一口？挺好玩儿的，我给你打泡！”

路小秃说：

“吸一口就吸一口！”

就对着烟枪吸。谁知一口烟呛了他，使他咳嗽半天。咳嗽完，路小秃生了气，问：

“黑更半夜，你怎么还不睡？”

朱挺禄哆哆嗦嗦答：

“我，我不困！”

路小秃说：

“本来不想来你家，看到你不困，才来跟你玩儿的，下次看你还困不困！”

一挥手，十来个土匪便动了手，点着火把，在屋里院里乱翻，碰到票子拿票子，碰到布匹拿布匹，碰到粮食拿粮食，又从马圈里牵了几匹马，从猪圈里赶了几头猪。在其他房子里睡觉的人，听到院子里有动静，知道来了土匪，也不敢点灯，也不敢动。左邻右舍也听到了，也不敢动。只有朱挺禄跟在路小秃屁股后说：

“大爷，少拿一点吧，下次我困，下次我困！”

小老婆也穿着裤衩蒙头蒙脑地跟在后边乱跑，被朱挺禄上去踢了一脚：

“×你妈，我说早点睡吧，你还要吸烟，看这烟吸的！”

一时三刻，弟兄们把东西都收拾好了。将布匹、粮食、猪、棉花都扎成了褡裢，搭到了马身上。经常干这种活，成了规律，也就是说笑之间的事。路小秃见事情完了，就向朱挺禄拱拱手：

“大爷，今天打扰了！时候不早了，你早点歇着吧！”

然后和几个弟兄跨到马驮子上，打马扬长而去。朱挺禄拦不敢拦，说不敢说，只好眼睁睁看着他们而去。等他们走后，才蹲到地上抱头痛哭起来。这时家里人也都起来了，也跟他蹲在地上哭。正哭着，一个小土匪又骑马回来，用刀子指着朱挺禄说：

“那杆烟枪呢？也借我们当家的玩儿玩儿！”

朱挺禄只好指了指堂屋。小土匪拿了烟枪，又扬长而去。

朱家寨离路小秃家的村子马村十三里。每次路小秃带人劫过东西，都要派人给他娘送去一些好吃的。路小秃虽然从小顽皮，但知道孝顺他娘。要不是他娘，他爹路黑小早把他弄到尿盆里溺死了。路小秃带弟兄们打马离开朱家寨，按照惯例，就朝他的村子跑去。到了村头，路小秃说：

"这次给俺娘送些什么呢?"

那个识字小土匪说:

"上次送了粮食和布,这次就别送了。我看这几头猪里有个猪娃,回去杀了可惜,就送去让大娘养着吧!"

路小秃觉得说得有理,点点头。大家解下小猪娃,由识字小土匪送去,路小秃和其他弟兄们就打马先回了大荒洼。

第二天一早,识字小土匪也回来了。路小秃问:

"俺娘怎么样?"

识字小土匪说:

"见到小猪娃,大娘很高兴,说咱家一辈子没养过个猪,这下可有个猪了,说养到过年杀了吃呢!"

路小秃笑了,又问:

"其他还有什么?"

这时识字小土匪看了大伙一眼。路小秃对其他弟兄说:

"你们分东西去吧!"

其他弟兄便高高兴兴去分东西。屋里只剩路小秃和识字小土匪两个人。这时识字小土匪说:

"我听五哥说,十五那天日本人要来收白面。"

路小秃说:

"×他姥姥日本人,也会劫东西了!俺家出了多少?"

识字小土匪说:

"出了六十斤,上次我送去的白面,快交完了!"

路小秃说:

"那你今晚再送去一些,可不能让俺娘饿着!"

识字小土匪点头,又说:

"我还听五哥说,说不定十五那天,村里还要打仗呢!"

路小秃瞪大眼睛:

"是吗,谁跟谁打?"

识字小土匪说:

"听说八路军派来了侦察员!"

路小秃一笑:

"别信这个,几个八路,肯定打不过日本人!"

这时识字小土匪一笑：

“管他打过打不过，我是说，等他们打完，咱们去打扫战场，说不定能捡两条枪呢！”

路小秃这时明白了识字小土匪的意思，摸着头一笑：

“你小子鬼名堂还不少！”

说完，路小秃躺在床上，继续发他的疟疾。

五

村长许布袋急得像热锅上的蚂蚁。自从他知道过去的马夫、现在的八路军县大队侦察员小冯回来是为了阴历十五打日本，他心上就着了急。那天李小武的护兵为了白面把小冯捉去，他一开始是替小冯担心，害怕李小武杀了小冯；后来把小冯放回来了，心里才放了心，连连说：

“不错，不错，狗日的把你放回来了！”

小冯拍着自己腰里的小独撅说：

“他敢不放，我一说我们的军事计划，就把他们给吓住了，李小武亲自给我解的绳子！”

许布袋问：

“军事计划，什么军事计划？”

小冯见许布袋是孙屎根的本家，不是外人，趁兴把十五那天孙屎根要带县大队来打日本人的事也给他说了。没想到许布袋一听又发了火：

“原来这样，这是谁出的馊主意？”

小冯见许布袋发了火，有些胆怯。虽然他现在当了八路军，但对过去的东家还有些害怕。何况许布袋年轻时，也是个杀人不眨眼的家伙。便试探着问：

“怎么，大爷，打日本有错吗？你真和日本成一事了？”

许布袋说：

"一事谁跟他狗日的一事，只是这日本是来向我要白面，你们打了他，回头日本不找我的事？"

小冯一想也是这么回事，拍了一下脑袋说：

"可不，怪我们定军事计划时，把大爷这头给忘了！"

又想了想，突然拍着巴掌说：

"大爷，我给你出一个主意！"

许布袋问：

"什么主意？"

小冯说：

"索性这事儿你别管了，你拔腿跑了算了，这样我们也打了日本，日本回头也找不着你！"

许布袋瞪了他一眼：

"日你先人，你出的这叫啥主意？这兵荒马乱的，你让我带着老婆孩子躲到哪里去？"

小冯噘着牙花子，躲到了马圈，许布袋一个人在那里生气。这时许锅妮从屋里挑帘子出来，说：

"爹，这事让憋住了？"

许布袋说：

"可不让憋住了！八路军要在咱村打日本，这不把我挤当中了？"

许锅妮说：

"那我给你出个主意！"

许布袋瞪她一眼：

"你又出什么主意？"

许锅妮说：

"你索性跑到城里，给俺毛旦叔报个信，别让日本人来收面，那天多派些兵来，反过来打八路军，不就没事了？"

许布袋说：

"你这也是害你爹呢，让日本打了八路军，八路军回头能不找我的事！"

这时许锅妮"扑哧"一声笑了，说：

"爹这回是老鼠钻风箱，两头受气！"

许布袋知道女儿在捉弄他，上去要打女儿：

“我在这里犯愁，你还捉弄我！”

这时许锅妮正色说：

“爹，看你活了五十年，原来也有迷住的时候，人一天三迷，你是让迷住了！”

许布袋问：

“我怎么犯迷？”

许锅妮说：

“你这是瞎替人家日本人操心！按你的道理，你在这村当村长，这村就成你的了？人家八路军就不能来这村打日本了？放心吧，人家八路军打日本，日本回头也犯不着找你。打日本的是八路，日本自然会去找八路，你没有打日本，日本为何找你？人家两家交兵，无非借你个地盘，哪有打输的一方不找打他的人，反而找摊主呢？就好像我在我姥姥家打你两巴掌，你不找我，能去找我姥姥吗？”

许布袋听了许锅妮这么一番话，倒觉得有道理，稍稍有些息火。但也吐口唾沫说：

“这是啥鸡巴年头，人弄得四分五裂的，毛旦跟了日本人，屎根当了八路，一家人，成了拿枪的仇人了！算是把我挤在当中了！”

又说：

“也怪我当初爱充大头，和毛旦混着当村长，要是当初当了土匪，现在也是大当家的了，想怎样就怎样，还替人家操这种淡心！”

许锅妮“哧哧”笑了：

“人家还没打仗呢，爹倒替人家愁个没完了！”

说话到了阴历十四。十四夜里，鸡叫三遍，孙屎根果然领着八路军十几个战士，悄悄来到了村西一块毛豆地。侦察员小冯在毛豆地把他们接应住。孙屎根从马上跳下来问：

“没什么变化吧？”

小冯说：

“看不出有什么变化。面已经收齐了，猪也捉住了，就等日本明天来取了！”

孙屎根一挥手：

“隐蔽！”

队伍在一个姓杜的排长带领下，进了毛豆地，隐蔽起来。由于县大队刚组建不久，许多战士都是刚从村里出来的，头一次打仗，都有些害怕；由于害怕，个个都挺听指挥，一个个将身子伏在毛豆地，一动不动。大家头上都戴了一个用柳条编的圈，倒像毛豆地长出了一些小柳树。等大家隐蔽好，孙屎根与小冯就悄悄进村回了家。跳过墙头进了院子，原来孙屎根他娘的屋里亮着灯。推门进去，他娘孙荆氏没睡，旁边许布袋也在椅子上蹲着。这倒叫孙屎根吃了一惊。孙屎根问：

“娘，大爷，你们怎么还没睡？”

孙荆氏本来正在菩萨前念经，见儿子回来，闭着眼睛问：

“屎根，听说你们要打日本？”

孙屎根看了小冯一眼，知道军事计划暴露了，但也点点头。孙荆氏睁开眼睛，叹了一口气：

“天下那么多队伍，怎么打这帮日本摊上你们了？”

孙屎根说：

“娘，这次我们来的人多，日本来的人少，打得过他！”

许布袋黑着脸在椅子上蹲着。他已经三天没睡觉了。虽然那天许锅妮给他讲了一番道理，但他心里总是不踏实。他知道今天八路军要来，便索性在孙屎根家等着。现在等着了，他也不说话。孙屎根倒问他：

“大爷，你怎么也不睡觉？你也有什么不通吗？那天收白面，我不让你吊人，你说让我十五来给日本人说话，现在我来了，你放心吧，白面他拉不成了！”

许布袋朝地上吐了一口唾沫：

“等你们杀了日本，让日本回头再杀了我，这事就算完了！”

孙屎根这时倒吃了一惊：

“我们杀日本，怎么日本会杀你？”

这时小冯插了话。本来在许布袋面前他不敢说话，现在看孙屎根回来，他又敢说话了。他说：

“许大爷怕咱们杀了日本人，日本人找他要人杀了他！”

孙屎根这时笑了，说：

“大爷放心，我们不杀日本人！”

许布袋问：

“明天的仗你们不打了？”

孙屎根说：

“仗还是要打，但我们不杀他，我们要活捉！”

许布袋说：

“那还不是一样！”

孙屎根说：

“不一样。我们在咱村把日本人杀了，日本人也许会找你的事，但我们活捉他们，日本人就会找八路军，不会找你！”

许布袋一听这话，才略略放心，说：

“那你们可别杀人家！”

这才摸出烟袋吸烟。

这时孙荆氏已经做了几碗葱花绿豆疙瘩面条，端上来让喝。许布袋没喝。孙屎根和小冯一人喝了一碗，就出门走了，到村边毛豆地去隐蔽。路上孙屎根问：

“那事你跟小得说了没有？”

小冯说：

“说了。”

孙屎根问：

“他干吗？”

小冯说：

“一开始不干，后来我给了他十块钱联合票，他才答应干了。”

孙屎根一笑。两人就钻到了毛豆地。这时毛豆地有个战士叫王老五的说：

“队长，老趴在这里，胳膊腿不能动，憋闷死了！”

孙屎根说：

“现在日本还没来，你动一动吧！”

战士们才敢动胳膊腿。

这时又有一个战士说：

“队长，老趴这冷死了，让抽袋烟吧！”

孙屎根说：

“烟不能抽，别暴露目标，谁带着酒，喝口酒吧！”

带酒的战士将酒传过来，大家轮流喝了口酒。

五更天了，村里的鸡都叫了。接着村里响起几声狗叫。这时李家大院墙头上，翻进一个人来。给李家喂牲口的老贾，正对着墙根撒尿，半睡不醒的，突然见墙头跳下一个人，吓得尿也不撒了，拔腿就跑，边跑边喊：

“有贼了，有贼了！”

那贼上前抓住他，接着一把盒子抵住了他的胸口：

“不准叫，再叫崩了你！”

老贾马上就不叫了，刚才没撒完的尿，一下都撒到了裤里。但他的喊声已经惊动了睡觉的人，从各屋跑出一些人，李文武也披衣服起来了。那贼也不跑。等点着灯笼一照，原来是李小武的护兵班长老吴。李文武吃了一惊：

“吴班长，黑更半夜的，你这是干吗！”

吴班长说：

“老掌柜，咱们屋里说话。”

李文武就让吴班长进了屋。伙计们也不知道发生了什么，都打着哈欠回屋睡觉，剩下老贾一个人在那里嘟囔：

“就这一条裤子，尿湿了，拿什么换哪！”

已故副村长路黑小家，这时也闪进一个人。由于路家没有头门，那人直接就到了窗下。接着轻轻拍了三下窗户。里边睡觉的老太太倒没害怕，因为儿子路小秃当着土匪，黑更半夜回来是常事。就点着灯，给开了门。进来的是识字小土匪。路小秃他娘说：

“我的儿，天都快明了，你还来干吗！”

识字小土匪背着一口袋面，笑嘻嘻地说：

“大娘，当家的听说你把白面交了，又让我送回来一些！”

老太太说：

“我给你烧碗热汤吧！”

识字小土匪经常代替路小秃到家里来，与老太太已经混熟了，老太太见他聪明伶俐，也很喜欢他，所以他来了也不拘束，说：

“那就烧一碗吧，多放些辣子。半夜有些冷，你摸摸我的手！”

老太太摸了摸他的手，果然冰凉。等热汤烧出来，识字小土匪捧着就喝了起来。

六

太阳上了三竿，孙毛旦领着五个日本人，赶着一辆马车到村里拉面来了。

孙毛旦当警备队已经两年了。两年之前，孙毛旦仍在村里当副村长。前年五月，城里的日本人和警备队开汽车到村里来过一次。村里杀了一口猪，杀了几只鸡，在街里支起大锅做饭给他们吃。在吃饭过程中，孙毛旦与警备队队长塌鼻子勾上了。孙毛旦见塌鼻子浑身披挂、手执一根胶皮马鞭，十分羡慕；塌鼻子见孙毛旦做事痛快，说话十分有趣，也很喜欢。最后话说透了，原来塌鼻子是郭村财主郭老庆的儿子，孙毛旦小时候到郭村串亲，两人还在一起打过洋片，更觉得亲密。两人饭吃到一半，就一块跑到地里打兔子去了。当天日本人和警备队走了以后，两人也没断联系。塌鼻子带几个警备队员又到村里来过两次，孙毛旦每次到县城去，都去找塌鼻子玩。后来塌鼻子约孙毛旦索性离开村子，到警备队去当小队长，孙毛旦也觉得在村里当一个村副没有什么意思，整天就是支差，就跑到城里当警备队去了。这时孙家老掌柜孙老元已故去了十来年，家中无老人，他就是老大，许布袋是一个干亲，也不好管他，于是就由他去当警备队。倒是孙毛旦的老婆夜里哭过一回：

“你这一给日本人干事，不成了日本人么？”

孙毛旦问她：

“日本人不好么？”

老婆说：

“日本人不好，占了中国！”

孙毛旦上去踢了她一脚：

“日本人不好，上次日本人发糖，你还抢着吃！”

又说：

“我这是出来混事，塌鼻子说了，中国早晚是日本人的天下，等我将来当了县长，才有你的福享呢！”

孙毛旦到城里当了警备队小队长以后，住在塌鼻子房间隔壁。整天的事情也就是带兵站岗放哨，下乡催粮派款；闲时跟着塌鼻子逛逛街，下下馆子，到底比在村里当副村长自在。警备队与日本人分开住，关起门来，塌鼻子就是皇帝，孙毛旦跟着他自然不会吃亏。只是当小队长没有短枪，出门得像队员一样背条长枪，让孙毛旦觉得丢面子。所以每当他从城里回村子时，都向塌鼻子借个短枪挎挎。塌鼻子只要自己没有急事，都是一笑，把枪借给他。上次他回来催粮，向塌鼻子借了一回，塌鼻子给了他；今天他领着五个日本人来拉粮，又向塌鼻子借了一回，塌鼻子又借给了他。五个日本人中，有一个是老兵，来中国年头长些，会疙里疙瘩说几句中国话，还能与孙毛旦对上话。在城里，一个警备队的人，如果能与日本人交上朋友，算是面子大的。现在孙毛旦与五个日本人在一起，想与哪个日本人说话，就与哪个日本人说话，那个老日本兵还给他当翻译，让他很高兴。于是路上不停地与日本人说话。日本人也不恼，与他有说有笑的。孙毛旦分别问人家来中国几年了，习惯不习惯；没当兵之前，在日本都干啥；娶老婆没有，有几个孩子，是男的还是女的；日本有这种马车没有；日本炸油条吗？等等。孙毛旦的感觉是这样，与日本人相处，你只要讲信用，不先惹事，日本人还是挺和善的。你用手拍拍他的肩膀，弹弹他的钢盔，他都不恼；就怕跟人家别扭着来，像中央军、八路军那样，几个毛人，动不动还想摸摸人家的胡须，就把人家惹恼了。日本人一恼，不是闹着玩的。孙毛旦自当了警备队，当着小队长，没和日本人红过一次脸。见了日本人，不管是当官的，还是当兵的，他都很尊重。日本人见他也很和气，总是说：

“你的好好的，你的好好的！”

一次，孙毛旦和塌鼻子在城里下馆子，和几个日本兵在饭馆相遇。饭馆老板见来了日本人，就将塌鼻子孙毛旦冷落了，先忙着给日本人上菜。塌鼻子见饭馆老板这么势利，跳起来就给了饭馆老板一巴掌：

“×你妈，见了日本人，忘了你爹了？你这饭馆还想办不想办了？”

饭馆老板捂着脸不敢说话。这时一个日本兵火了，站起来脱掉衣服，要与塌鼻子摔跤。如果搁在平时，孙毛旦非伙同塌鼻子把饭馆砸了不可，但现在是日本人的事，孙毛旦忙跳到中间，把日本人和塌鼻子劝开了，拉塌鼻子走出了饭馆。塌鼻子挣着身子说：

“鸡巴日本人太霸道，惹恼了爷，打死他几个，我就投八路军了！”

孙毛旦说：

“算了，因为一顿饭，何必生气！”

就把塌鼻子劝回了军营。事后孙毛旦还有些得意，觉得自己比塌鼻子会混事；将来日本坐了天下，他前途肯定比塌鼻子大，别看他现在当着队长。今天他又领日本人来拉面，肯定给日本人又留下一个好印象。想到这里，孙毛旦很高兴，坐在马车辕上，唱起了小曲。这时日头渐渐上来，马在土路上“嘚嘚”地跑，每个人头上都沁出了细小的汗珠。那个日本老兵掏出一包烟，请大家抽。大家抽着烟，看着路两旁的庄稼地，倒也怡然自得。一个长着娃娃脸的日本兵，从口袋里掏出一个中国弹弓，从另一个口袋里摸出小石子，用弹弓打树上的麻雀玩。可他弹弓打得很不熟，惊起一阵阵麻雀，不见打下来一个。大家都笑他。他也不好意思“嘿嘿”地笑了。这时孙毛旦拿过弹弓，从娃娃脸兵口袋里摸出一个石子，搭上弹弓，瞄瞄准，一弹弓打出去，麻雀就掉下一个。日本兵都欢呼，拍孙毛旦肩膀：

“你的这个！”

向他伸大拇指。

孙毛旦不好意思地说：

“咱自小玩这个，这也是碰巧。太君刚学，打得也不错！”

一路玩儿着，就到了村里。村长许布袋迎出来。孙毛旦见许布袋脸色不好，垂头丧气的，眼圈熬得稀烂，以为白面没收齐，便问：

“怎么了布袋，白面没收齐吗？”

许布袋说：

“白面倒收齐了！”

孙毛旦松了一口气，说：

“那看你眼圈烂的！”

这时许布袋生了气：

“还不是你这白面闹的！”

孙毛旦笑着说：

“下次派到别的村就是了，不都是中国的东西！”

这时许锅妮从家里转出来。几个日本兵已经跳下马车，在整理自己的枪支，看到许锅妮，几个日本兵都忘了整理枪支，眼睛不错珠地盯着许锅妮看。一个大耳朵日本兵说：

“漂亮漂亮的！”

许锅妮当初在开封见过日本人，倒没害怕，仍端着脸盆，提着一根棒槌往前走。倒把许布袋的脸给吓白了。这时孙毛旦上前招呼几个日本兵：

“太君，太君，里边的，里边院子的请！”

就把几个日本兵让到了许布袋的院子里。这里既是村公所，又是许布袋的家。日本人到了院子里，看到有一棵枣树，上边的枣还没有打，红红地挂在那里，就把许锅妮给忘了，把心思转到枣树上，“哈哈”地笑着：

“好的，好的！”

那个长着娃娃脸的日本兵，脱掉鞋就往枣树上爬。他爬树的本领倒是比打弹弓强，一会儿就爬到了树上。他在树上打枣，其他四个日本兵在树下抢着拾枣吃，倒像一群嘻嘻哈哈的孩子。一个日本兵还把一捧枣递给许布袋：

“米西米西！”

这时许布袋倒“扑哧”一声笑了，骂道：

“啥都稀罕，日本没有枣树！”

又问孙毛旦：

“你们是拉上面就走，还是吃了饭？”

孙毛旦说：

“吃了饭，吃了饭，我上次已经给小得说了，让他给日本人做辣子鸡！”

许布袋问：

“喝酒不喝？”

孙毛旦说：

“鸡都吃了，哪还差两壶酒钱，热两壶吧！”

中午，几个日本人便在许布袋家吃饭。伙夫小得热了酒，做了辣子鸡。另外还有一盘豆腐和一盘青豆角。几个日本人吃了辣子鸡，辣得直咧嘴，但边咧嘴边说：

“好的，好的！”

伙夫小得来上菜，孙毛旦说：

“小得，我说让你给日本人做辣子鸡，看怎么样，对了他们的口味不是!”

接着又向日本人介绍：

“太君，辣子鸡就是他做的!”

日本人又说：

“好的，好的!”

那个老日本兵当即从口袋里拔出一杆塑料大头帽钢笔，递给小得。小得说：

“我不要钢笔，我不会写字!”

孙毛旦上去踢了他一脚：

“不会写字就不能接住了？回去卖给摇拨浪鼓的还能赚几块钱呢!”

小得就接住了。

这时许布袋站了起来，说自己眼圈疼，不能陪着喝酒了，就退了出去。孙毛旦没在意。几个日本兵也没在意。几个日本兵喝了几盅酒，更加兴奋起来，都“呜里哇啦”唱起歌来。那个娃娃脸日本兵还脱掉军衣跳起舞来。孙毛旦也不知他们唱些什么，跳些什么，坐在一旁看着。这时他心里倒骂道：

“吃个鸡巴鸡，就高兴成这样，要不你们来中国，日本没有辣子鸡!”

伙夫小得拿着塑料钢笔回到厨房，看那笔半天，就下手给日本人做汤。这时已是小晌午了。小得做的是红薯片鸡蛋汤，又酸又甜，也是小得的拿手菜。汤做到一半，他出来抱柴火，见东家许布袋钻进了马圈，看那样子是喝多了。回到厨房，手里捞着面筋，又见对面矮墙上翻过一个人来，原来是小冯，穿着他没当八路军之前的马夫衣服。上次孙屎根派小冯来村侦察，还交给他一个任务，即让他争取伙夫小得，今天给日本人做饭时，下到饭里一些蒙汗药，把日本人麻翻，他带队伍来捉麻翻的日本人，万无一失。谁知小冯回到村里光顾玩，把这件事给忘了。昨天夜里孙屎根问他这任务完成没有，他才突然想起，可他又不敢说自己没完成，就说自己给了小得十元联合票，已经完成了。但等他和孙屎根都隐蔽到毛豆地里时，他越想越觉得不妥。日头到了小晌午，小冯更加着急。队伍趴在毛豆地，眼看就要打仗，没人麻日本人，他却说有人麻，停会儿不把大伙给坑了？没麻翻的日本人，抄起枪跟大伙打，不知要死几个人哩！这谎说不得，不比过去在家喂马，夜里睡过头了，忘了添草，第二天东家问喂饱了没有，自己说喂饱了，马也不会说话。这是打仗。小冯越想越怕，便悄悄爬到孙屎根面前，抖着胆也抖着身子将这情况给孙屎根说了。孙屎根一听，气得浑身也发抖，当时就将盒子枪杵到了他脑袋上：

“×你娘，你怎么干这事，这不一切都泡汤了？我崩了你！”

小冯吓得当时尿了一裤：

“别开枪队长，下次我不敢了！”

孙屎根问：

“昨天夜里问你，为什么不说实话？”

小冯说：

“我不敢！”

孙屎根瞪了他一眼：

“你呀！”

又看了看日头，说：

“还不赶紧换了便服，进村去找小得？看日本人吃饭吃完没有？要没吃完，下药还来得及。要吃完了，也赶紧回来报告，咱们就捉不了活的了，只能打他的伏击了！”

小冯哆哆嗦嗦换了便服，便顺着庄稼棵往村里跑去。孙屎根在后边问：

“麻药带着没有？”

小冯边跑边摸口袋：

“这倒带着哩！”

小冯进村，由于地形熟悉，翻了几个墙头，就到了孙家后院，看到小得还在厨房忙活。小得见他吃了一惊：

“小冯，你怎么现在来了？家里有日本人，你是八路军，小心抓了你！”

小冯也不答话，急忙闪进厨房问：

“日本人吃完饭没有？”

小得指着锅说：

“就差这一道汤了！”

小冯这才松了一口气，放下心来。小得又从锅台拿起一支塑料钢笔说：

“小冯，你看，这是日本人给我的！”

小冯顾不上看钢笔，只想如何能把麻药放到汤里。小冯知道，到了这时候，再做小得的工作，让小得往里放已经不可能了。小得太胆小，一听说汤里有麻药，他肯定连汤碗也端不住。只有自己偷偷想办法放进去，让小得不知不觉把汤送上去。想到这里，小冯说：

“小得，我不看你的钢笔。这里有日本人，我得赶紧走。只是我这鞋太烂，你借我一双鞋行吗？”

小得听说借鞋，脸上有了为难的样子。小冯知道自己又犯了一个错误，小得最不爱借给人家东西。但已经说了，也不好收回去，只好又从口袋里掏出十块钱联合票：

“别舍不得，我给你十块钱，算是买你一双鞋，可以了吧？”

小得想了想，接过票子，说：

“你在这等着，我到下房给你拿去！”

就边在围裙上擦手，边走了出去。这时小冯赶紧从口袋里掏出麻药，抖到了汤里。由于手抖得厉害，把一部分抖到了锅台上。小冯赶紧用袖子擦掉，又用勺子在翻滚的汤里搅了几下。这时小得提着一双鞋回来，一进厨房，忙将鞋扔了，说：

“不好，不好，都是这双鞋耽误的，这汤得重做！”

小冯一听说汤要重做，吓了一跳，说：

“为啥要重做，这汤里什么都没有！”

小得说：

“你没嗅出来吗，这汤有些煳了！”

接着用勺搅锅底，果然有些煳了。小得说：

“把煳汤端上去，看日本人不打我！”

小冯心里说：

“苦也，今天事事跟我不对，麻药下进去，偏偏汤又煳了，他汤要重做，我哪里还有麻药？”

就捺住小得的手说：

“小得，汤不能重做！”

小得说：

“别闹小冯，看日本人停会儿打我！”

小冯说：

“日本人和气，不会因为汤煳就打你。要不人家还会给你钢笔？”

小得说：

“日本人不打我，孙毛旦一嗅汤煳了，也会打我！”

恰恰在这时，前院响起孙毛旦的声音：

“小得，你在后头磨蹭什么，快给太君上汤！”

小得哭丧着脸说：

“看你，都是因为你的鞋。把汤做煳了，看毛旦停会儿打我！”

小冯忙拿过一个花瓷盆帮他盛汤：

“不要紧，端上去吧，你不知道日本人的口味，日本人最爱喝煳汤！”

小得只好接过汤盆，往前院端去，边走边说：

“这顿打是脱不过了！”

小冯见小得端汤盆进了前院，心里一阵高兴，立即爬墙头出去，飞也似的跑了，跑向毛豆地去报信。

七

日本人果然被蒙汗药给麻翻了。不过五个日本人只给麻翻三个，还剩下两个。如果当初把麻药放到菜里，日本人肯定全被麻翻了；现在放到汤里，就麻翻了三个。伙夫小得担心自己汤做煳了，挨日本人和孙毛旦的打。谁知日本人和孙毛旦喝酒都喝得差不多了，舌头麻木，根本没喝出汤煳，孙毛旦还直说：

“怎么样太君，红薯片鸡蛋汤，本地特有风味！”

日本人边用勺子喝边说：

“好的，好的！”

只是老日本兵和娃娃脸日本兵仍在那里唱歌，汤喝得晚些。等他们去喝汤，三个日本人和孙毛旦已经被麻药麻翻了，开始往桌子下滑溜。

一开始老日本兵和娃娃脸日本兵还以为他们是喝醉了，拉扯着他们的身子，“三郎”、“四郎”地叫。但叫了半天总叫不醒，他们突然意识到什么。一意识到什么，喝下去的酒立即变成了冷汗，头脑立即清醒了，他们不再拉自己的人，抢着去抓自己的枪。一抓到自己的枪，就往外跑，去到后院抓伙夫小得。他们以为汤里下的是毒药，把三个同胞和孙毛旦毒死了。小得正在厨房刷锅，看见两个日本人突然瞪大眼睛，提着枪闯了进来，吓了一跳。老日本兵上去扇了他一耳光：

“你的良心大大地坏了，汤里下毒药的有？”

小得吓蒙了，也不知该称呼日本人什么，说：

“大爷，我是个老实人，哪里敢往汤里下毒药？”

娃娃脸日本兵说：

“人的已经死了！”

小得吃了一惊：

“死了？刚才我还见他们在那里喝酒！”

老日本兵又扇了小得一耳光：

“村长哪里地去了？”

小得看日本人凶恶的样子，也不敢不说，用手指了指马圈，接着问：

“大爷，我可以走了吧？”

老日本兵说：

“你的死啦死啦地！”

娃娃脸日本兵刚才还爬枣树打枣，唱歌跳舞，像个孩子，现在变得像凶神一样，一刺刀过去，就把小得给挑了。刺刀进了小得肚子里，小得捂着肚子还说：

“大爷，冤枉，我没有下毒药！”

就倒到了血泊里。

挑过小得，两个日本兵就到马圈去捉村长许布袋。许布袋正在马圈马夫睡觉的铺上躺着，看到两个日本兵闯进来，知道事情发了。但他仍躺在铺上不动。日本兵本来也想挑了他，但看他没有一点害怕的样子，刺刀到了脸前也不眨眼，倒把刺刀又抽了回去。老日本兵问许布袋：

“毒死太君，谁的干活？”

许布袋坦然地答：

"八路军！"

老日本兵瞪大眼睛：

"八路？你的通八路？死啦死啦地！"

许布袋用手拨开他的刺刀，说：

"我要通八路，还告诉你们是谁吗？我才不管你们这些扯淡事。我替你们收面，还管你们谁毒死谁啦？"

老日本兵还要盘问许布袋，这时前院突然人声鼎沸。两个日本兵便丢下许布袋，朝前院跑去。许布袋也趁机从马圈后墙洞中钻出，跑到庄稼地接着睡觉去了。两个日本兵到了前院墙头，看到前院有十几个八路军，正在往院子里抬麻翻的三个日本兵和孙毛旦。两人二话没说，把三八大盖枪往墙头上一支，就开了火。娃娃脸日本兵打弹弓不行，但打枪可以，三枪撂倒三个。老日本兵眼有些近视，枪法不如娃娃脸日本兵，半天只打翻一个。院子里的八路军立即炸了窝，四散奔逃。

原来，小得端着汤盆往前院送，八路军侦察员小冯就飞也似的翻墙头跑了。气喘吁吁跑到八路军隐蔽的毛豆地，大声喊：

"队长，队长，行了！"

孙屎根提枪站起来说：

"什么行了？"

小冯说：

"日本人喝了我下麻药的汤，全让麻翻了！"

大家一听日本人全让麻翻了，都很高兴。孙屎根一挥手：

"出发！"

姓杜的排长便带着十几个人，由小冯领着，向村里跑去。街上有几个娘儿们小孩见队伍在街上跑，也不知发生了什么，跟着队伍跑。到了许布袋家，战士们争先恐后进了院子。进了屋，见日本人果然被麻翻了，汉奸小队长孙毛旦也被麻翻了，都高兴地说：

"被麻翻了，被麻翻了！"

便往外抬日本兵和孙毛旦。到了院子里，战士王老五突然说：

"排长，不对！"

杜排长说：

"怎么不对？"

王老五说：

“说日本兵是五个，这里怎么是三个？”

杜排长又去查日本兵，这时后院墙头上响起了枪声，四五个八路军战士，立即被枪撂倒了。这县大队的战士打仗少，没有经验，见突然有枪打翻了自己人，马上炸了窝，四处奔散。杜排长还有些经验，马上趴到地上还击，嘴里喊：

“妈的×，跑什么，趴在地上打呀！”

剩下的十来个战士便趴到地上打。可等他们打了一阵枪，墙头就没了枪声。战士们又喊：

“打死了，打死了！”

就蜂拥跑到墙头去看。一看，哪里打死了人？两个日本兵早绕过马圈翻墙头逃跑了。这时杜排长生了气，埋怨战士：

“都怨你们，弄个枪瞎打，还不快追！”

战士们就在杜排长的带领下，沿着村路去追。这时两个日本兵已经跑到了村外。两个日本兵一开始沿着村路跑，后来见后边有追兵，便进了庄稼地。出了庄稼地，来到河套上。正跑着，突然脚下被一根绳子一绊，就绊倒了，这时从河套里又钻出十几个中国兵，上去就把老日本兵和娃娃脸日本兵给绑了。老日本兵叫：

“八格，中了八路埋伏！”

可等他抬头一看，原来是一帮军容整齐的中央军。这十几个中央军，由李小武的护兵班长老吴带着。这时八路军的十来个追兵，也由杜排长带着追了过来。八路军见日本兵被捉住了，都很高兴，追到跟前，与中央军说：

“好，好，我们追的俘虏，被你们捉住了，还给我们吧！”

中央军吴班长看着八路军打了一仗，一个个衣冠不整，到处是血，气喘吁吁，满头是汗，戴着白手套的手玩弄着一支盒子说：

“你们的俘虏？我们刚刚捉到的，怎么倒成了你们的？”

杜排长说：

“我们正在追他们，他们打死我们四五个战士！”

吴班长说：

“打死你们几个人我不管，我捉住的俘虏，就是我的！”

杜排长说：

“你讲理不讲理，找你们长官说话！”

吴班长说：

“这里我就是长官！”

正在争吵，突然“啪啪”响了两枪。随着枪声，两个日本人便倒下了。原来这枪是八路军战士王老五放的。刚才被打死的八路军战士中，有他一个本家侄子，他气得了不得，现在见了开枪的日本人，不管三七二十一，就将子弹推上膛，“啪啪”打了两下。由于离得很近，打得倒准，两个日本人便被打死了。中央军见八路军打死了他们的俘虏，都发了火，一个护兵说：

“日你娘，你们动家伙了！”

另一个护兵提盒子就把王老五给打死了。

接着两边部队都卧倒了，一方在河套里，一方在河套外对开了火。当时中央军有十六七个人，八路军有十来个人，八路军打仗又不熟练，不是中央军的对手。中央军打死八路军五个，八路军打死中央军三个；剩下的五个八路军，就被中央军活捉了。中央军将五个八路军绑了，便往村子里解。半路碰到撵部队来指挥的孙屎根，就把孙屎根也活捉了，绑了。然后将他们押到了村里李家大院。

八

李家大院后院，中央军连长李小武正和父亲李文武坐着喝茶。李小武也是鸡叫三遍将队伍开到村边，埋伏到村西河套里的。他先让吴班长到村里侦察动静，顺便到李家去了一趟。五更时分，他从河套回家，由吴班长留下领着部队打仗。回家后，他看看天还不明，先躺到屋里睡了一觉。睡醒，起来吃了饭，就与父亲坐着喝茶。自从上次回家听说今天八路军县大队要和日本人在村里打仗，他就生出“鹬蚌相争，渔人得利”的想法。回去跟团长一请示，团长也同意，今天就把队伍开来了。据他估计，今天八路军和日军作战，肯定是一场苦战。八路军肯定来的人多，但作战素质差；日军人少，但勇于打仗，双方打起来，肯定会十分激烈。最后谁胜谁负，很难确定；但不管谁胜谁负，李小武都可以得利。他等仗打得差不多，再加入进去。如果八路军把日军消灭了，他可以把队伍开上去抢战利品；如果日军把八路军消灭了，那样更好，他把部队开上去接着和日军打，捉他几个日军俘虏。那时日军的战斗力已经消耗得差不多，打败他们没有问题。如能捉回去几个日军俘虏，他升官的机会就来到了。因为上次他所属的部队与日军正面作战，指挥部被日军侦察队突袭，捉走中央军一个少将旅长，李小武这次如捉回去几个日军，拿日军把旅长换回来，旅长会不另眼看他？当然最后这点想法，他连团长也没告诉。只是给团长说要来抢战利品。团长是个讨厌八路军的人，听说与八路军抢东西，就批准了他。但李小武没有想到，八路军跟日军的作战情况，完全没按照他事先预料的那样发展。八路军与拉粮的日军打仗，并没有真刀真枪地拉开架势打，而是事先在汤里下了麻药。用麻药把人家麻翻，当然可以瓮中捉鳖，自己还没有一点消耗。李小武正在家中后院喝茶，听到化装成农民的勤务兵跑来报告这个消息，心中十分沮丧。这仗还没有打，就结束了，让他这第三者怎么办？勤务兵说：

“连长，把咱们的队伍开上去吧？”

李小武说：

“这还开上去干什么？人家一点没有消耗，就得了手，咱们开上去还能有什么便宜？”

正在这时，村里响起了枪声，还十分激烈。勤务兵跑出去看了一阵，回来向他报告：

“连长，还有两个日军没有麻翻，与八路干上了！”

听到这消息，李小武又有些高兴，站起来说：

“好，好，到河套里去，让弟兄们做好战斗准备！”

那个勤务兵就跑着去了。另外两个勤务兵，继续向他传递消息。一会儿说日军打死好几个八路。李小武说：

“好，好！”

一会儿说两个日军逃跑了，八路正在追赶，李小武有些担心。一会儿又说被追的日军跑向了河套，被我弟兄们活捉。李小武兴奋得一拍桌子：

“好，好，仗就该这么打!”

一会儿又说活捉的日军被追赶的八路打死了，弟兄们与八路干上了。李小武十分生气：

“人家捉的俘虏，他们怎么能打死?”

接着又担心战况发展下去后果不好，便让勤务兵去传令停止战斗。但这时河套上的枪声停了，一个勤务兵又来报告，说弟兄们把八路给打败了，剩下的几个八路，连同他们的指挥员孙屎根，都给活捉了。李小武一边说：

“好!”

一边又觉得这不是自己希望的结果。捉日本才有价值，捉几个土八路干什么?他不愿意让自己的队伍与八路作战，用损失几个弟兄的代价，去捉几个八路。捉日军可以换旅长，捉八路能换什么?回去一点用处都没有。何况现在国共合作，捉八路说不定还有麻烦。可仗既然这么打了，八路也捉了，还是先押回去再说。特别是他看到弟兄们押着几个浑身血迹的土八路，内中还有自己的世代仇人孙屎根，突然又高兴起来，觉得这仗这么打也不错。虽然损失了几个弟兄，但回去给团长说说，再募几个就是了。土八路押回去，团长讨厌八路，说不定也算一功。倒是李小武的父亲李文武先是听到枪声紧一阵松一阵，后来看到押进院子几个血里糊拉的人，里头还有孙屎根，吓了一跳，说：

“小武，这，这行吗?”

李小武镇定地说：

“打仗嘛，总要血里糊拉的。今天倒捉住了孙屎根!”

李文武说：

“你不是说等中央军坐了天下，才收拾他吗?”

李小武说：

“我是想等坐了天下再收拾他们，可现在他自己往我们枪口上撞，我有什么办法?”

这时孙屎根吐了一口唾沫：

“李小武，你要对今天的事情负责!”

自战斗一开始，孙屎根就在毛豆地藏着指挥。去捉麻翻的日军，是杜排长领着战士们去的。本来以为日军全麻翻了，到那捉住就完了，谁想到还有两个没麻翻的打响了战斗。战斗打响，只两个日军，想来最终也能消灭他们，没想到中央军突然出现，从中间插了一杠子。战士们刚打完日军，又与中央军打响了。孙屎根在毛豆地一听到这消息，就十分气愤，中央军这么做，无疑是日寇的帮凶。他要跑到河套去指挥战斗，没想到跑到半路，战斗已经结束，战士们死的死，没死的被中央军俘虏，接着又把他抓住了。他气愤地叫道：

“李小武，你帮助日寇打八路军，你是民族的败类！”

李小武倒没有气愤，仍笑着喝茶，说：

“孙同学，何必发火，坐下喝杯水吧！”

孙屎根没坐，说：

“我不是你同学，在开封一高上学时，我就看出你不是一个好东西！现在你打死我们五个战士，你欠我们的血债！”

李小武摆摆手：

“我欠你们的血债，你们没打死我们的人？也打死三四个，这是不是血债？”

中央军吴班长头上被弹皮擦掉一块，用一条白布缠着，这时噘着嘴说：

“你们不先开枪，我们就打你们了？”

李小武说：

“听到没有，是你们引起的事端，我们是自卫还击！”

一个八路军战士说：

“我们打的是日本人，你们打的是我们！”

孙屎根说：

“你们袒护日本人，你们是民族的罪人！”

又厉声说：

“李小武，你不要执迷不悟，马上把我们放了！”

李小武皱皱眉说：

“孙屎根，你太不识时务，你说话不明白身份！”

对吴班长说：

“让他们明白明白自己的身份！”

吴班长和几个中央军马上上去，扭着孙屎根他们的胳膊，将他们扭到了牛圈，与牲口关在了一起。

李文武在旁边悄悄问：

“小武，你真要杀了他们？”

李小武说：

“是死是活还不在他？先把他们带回部队再说吧！”

然后命令吴班长：

“你带几个人去许布袋家，那里不还有几个麻翻的日军吗？也给我抬过来！等他们醒了，也带回部队！”

吴班长就带几个人去了。李小武继续坐下来喝茶。他觉得今天这么打也不错。大约有一刻钟，吴班长跑了回来，进门说：

“连长，那几个日军不能要了！”

李小武问：

“怎么不能要了？”

吴班长说：

“他们已经被人杀了！”

李小武吃了一惊：

“被人杀了？谁杀的？”

吴班长说：

“谁杀的不知道，反正头已经被剁下来了，身子也剥得赤条条的！”

李文武忙说：

“这肯定是土匪干的。路小秃那帮土匪，就爱剥衣裳剁头，前两天有人看见他们的人在街上走，这活儿肯定是他们做的！”

李文武还真猜对了。三个麻翻的日本人，真是被路小秃一帮人给杀了。路小秃也是鸡叫三遍带着一帮土匪进的村。进村以后，就藏在他家。路小秃他娘给擀了些面条，一个小土匪又去偷了一只鸡，现炖来不及，切成鸡丝炒了，大家就着鸡丝吃面条。吃过面条，一个小土匪上房顶趴着站岗，其他人挤到草屋里睡了。前天晚上，识字小土匪来送猪娃，听路小秃他哥说阴历十五八路军要来打日本，回去给路小秃说了，并提议今天来捡些战利品。路小秃是个爱凑热闹的人，一听这建议很高兴，说：

“去，去，不管他娘嫁给谁，咱去捡些便宜东西！”

今天就带弟兄们来了。大家在路小秃家睡了一夜，第二天白天仍在草屋藏着，让路小秃他五哥出去探听消息。一清早听说日本兵进了村，大家很高兴，说：

“等着看热闹了！”

可到中午还没有动静，大家又有些着急：

“别是八路军没来吧？”

好不容易等到晌午过，听到孙家大院响起了枪声，大家才放心，说：

“等他们打过，咱们去捡东西！”

大家便收拾开自己的家伙，有的往鸟铳里装药，有的磨自己的刀子。后来又听到枪声响到了村外，而且紧一阵慢一阵，大家又有些奇怪。这时路小秃他五哥从村外跑回来报信说，八路军跟日本打了一阵，现在又跟中央军打开了。大家一听半路又出来个中央军，都有些蒙了。路小秃吐了一口唾沫说：

“线头还不少，也弄不清到底有多少部队了！”

这时识字小土匪说：

“当家的，咱们撤吧！”

路小秃说：

“还没捡东西，怎么就撤？”

识字小土匪说：

“队伍一多，咱们就显不出来了，大家都是正规军，有枪有炮，咱只有几支鸟铳和大刀，吓唬个财主可以，哪里敢跟人家正规军开火？”

路小秃挠着头说：

“可不是，没想到为了几个老日，开过来这么多队伍，都他妈的贪图人家便宜。咱们惹不起人家，咱们撤吧！”

这时路小秃他五哥说：

“许布袋家还有几个被麻翻的日本人，现在队伍正在村外打仗，那几个日本人没人管，你们要不要去看看？”

路小秃一听来了精神：

“有麻翻的日本人？走，咱们看看去！”

识字小土匪问：

“那里还有枪吗？”

路小秃他五哥说：

“枪已经被八路军捡走了！”

另一个小土匪说：

“没枪也行，起码扒他一身衣服，弄个靴子穿穿！”

路小秃说：

“走！”

就带着几个弟兄去了。进了许布袋的家，家里早没人了，地上躺着几个被打死的八路，满地是血。大家躲着血进了堂屋，桌子下果然躺着几个被麻翻的日本人，另外还有一个孙毛旦。大家发一声喊，就跑上去抢着脱日本人的衣服，扒他们的皮靴。谁知这时麻药的劲头已经过去了，几个日本人和孙毛旦都睁了眼，只是身子动不得。见几个老百姓模样的中国人来扒他们的衣服，几个日本人嘴里也会说话了，一个劲儿说：

“八格，八格！”

一个小土匪说：

“日本会眨巴眼了，也会说话了，还踢蹬着身子不让咱脱衣服呢。当家的，咱们把他们剁了吧！”

路小秃说：

“脱个衣服都不让脱，那就剁了吧！”

土匪们挥起刀，就把几个日军的头给剁了。等剁到孙毛旦面前，孙毛旦吓得胳膊腿乱动，说：

“小秃饶命，小秃饶命，你们杀日本可以，咱们一个村的，你何必杀我？按街坊辈，咱还是爷俩呢！你小的时候，有一次往瓜里屙屎，长工们要打你，不是被我拦住了？”

路小秃一想，小时候是有这么一回事，就用血刀往孙毛旦脸上揩了揩，将血揩掉，说：

“那就饶了你吧！”

但血刀在脸上也把孙毛旦吓个半死。这么一吓，麻药倒彻底给吓出来了，脚腿都会动了，从地上爬起来，往脸上抹了一把，就一溜烟翻墙头跑了。跑出村子，跑了几里路，碰到邻村一个农民，刚赶完集骑驴回家，见孙毛旦满脸是血，以为见到了鬼，叫道：

“哎呀我的妈呀！”

就从驴上跌了下来。孙毛旦抢过驴骑上，狠狠打了驴屁股两掌，一溜烟儿就朝县城跑了。这边路小秃他们将扒下的日军军服和马靴穿上，也翻墙头出村回了大荒洼。路上路小秃说：

“今天败兴，忙乎一夜，只弄到两身日本衣裳，真是太不值了！”

一个小土匪也噘着嘴说：

"知道这，还不如抓阄下村子呢！"

大家指着识字小土匪说：

"都怨这家伙，都怨这家伙！"

识字小土匪说：

"原来想捡些便宜，没想到情况这么复杂！"

又抖着衣裳说：

"我不也是什么没捞着，弄了一身血！"

大家笑了，也没当回事。谈笑着回了大荒洼。

李家大院里，李小武听说麻翻的日本人被土匪杀了，却对土匪恨得要死：

"这帮土匪，坏了我的大事！小吴，你带几个人，带一挺机枪，到村外追上他们，把他们都给我扫了！"

李文武在旁边劝道：

"这帮家伙都无法无天，你扫了他们当然好，万一扫不了，他跟你闹起来没完，何必理他！"

李小武才作罢，又气鼓鼓地坐下。正在这时，一个护兵又跑来报告，说村里人又闹事，在街上抢面。原来，日本人要的那一车白面，上午已经收集完装好车，车子就放在许布袋家门前。后来三方军队打开了仗，百姓们都藏在家里不敢出来，谁家孩子哭都赶紧捂住他的嘴。后来枪声停了，大家才敢扒头往街上看。大家见许布袋家门洞里流出血来，都有些害怕。几个年轻人见一车白面还在门口停着，奓着胆子到跟前看了看，说：

"队伍只顾打仗，白面也不要了，咱把它抢了吧！"

几个年轻人便一人背了一袋往家扛。大家听说有人抢面，都着了急，那本是从各家收集的面，谁家不去抢岂不亏了？这时大家都不害怕了，都拥出家门到村公所门前去抢面。去得早的，就多抢了一些；去得晚的，就少抢一些。原先收面是按人头地亩摊的，现在抢面是先下手为强。为抢面不公，几家百姓还打起了架。李家一个中央军士兵从街上过看到，便回去向李小武报告。李小武一听就火了：

"真是一帮刁民，打日寇打土匪看不见他们，一到抢面倒有人了！"

姓吴的班长说：

"那白面也是咱的战利品，岂能让百姓乱抢了？我带几个人去，把车拉到咱们家！"

就带几个士兵去了。抢面的人见士兵也来抢面，抢得更凶了。吴班长朝天上"啪啪"打了两枪，百姓们才丢下面四处逃窜了。吴班长带士兵上前去，车上的白面其实也不多了，只剩下四五袋散的。吴班长和士兵将这四五袋散面扛到李家，这时已经是傍晚了，李家伙夫就用这几袋面给队伍擀面条。面条做好，中央军士兵一人一碗端着吃开了。吃完，吴班长问：

"牛圈里的俘虏呢？让他们吃不吃？"

李小武说：

"锅里还有面条没有？"

伙夫答：

"还剩下半锅！"

李小武说：

"八路军优待俘虏，咱们也优待俘虏，让他们吃吧！"

伙夫便把剩下的面条盛到一个瓦盆里，端到牛圈让八路俘虏吃。正在这时，在村头放哨的士兵又气喘吁吁地跑来报告：

"连长，事情坏了！"

李小武说：

"什么事情坏了？"

放哨的士兵说：

"我看到一辆汽车开着大灯，顺着庄稼地向这村子开来了。我看肯定是日本人，别人谁有汽车？"

李小武和院子里所有的人都吃了一惊。李文武说：

"肯定是土匪放走孙毛旦，他跑到城里报了信儿，日本报仇来了！"

吴班长把盒子抽出来：

"连长，我带弟兄们去把他们顶住！"

李小武摆摆手：

"一汽车日本兵，要有六七十个，我们只有十几个人，如何顶得住？等于白去送死。再说，咱还押着俘虏！"

吴班长问：

"那怎么办？"

李小武说：

“撤吧。赶紧集合队伍，把俘虏押上，向村北撤！”

士兵们便行动起来。吴班长跑到牛圈，见几个八路军仍在吃面条，就一脚把瓦盆踢了：

“日本大队人马来了，你们还吃！”

就把他们押了出来。

李文武跟着李小武在院子里转：

“小武，日本又来了，我们怎么办？”

李小武说：

“爹，如果单是你自己，我可以把你带走，全家几十口子，情况紧急，钻地窖的钻地窖，躲庄稼的躲庄稼，还是赶紧躲吧！”

老头就飞也似的跑到前院，招呼众人到地窖和庄稼地去躲。李小武见队伍已集合好，俘虏也押上了，就让队伍出发。因为情况很急，这时已经能听到日本人在远处打的枪声，队伍走得很急。走到村北小河边，队伍很快就从小桥上通过。这时李小武突然看见他开封一高的同学，曾经感情非常亲近的许锅妮，仍在河边洗衣服，拿个棒槌在石头上一上一下地砸。今天村子里几支队伍打了一天，她还在这安心洗衣服，这让李小武感到十分奇怪。他也顾不得以前李文武的告诫，大声喊：

“锅妮，别洗了，日本人说话就过来了，你赶紧躲躲吧！”

许锅妮听到李小武的话，倒仍不吃惊，扔下棒槌就向这支队伍走来。队伍中李小武骑着马，后边跟着中央军，押着孙屎根几个浑身血污的八路。许锅妮看了看马上的李小武，看了看浑身血污、嘴里堵着棉花的孙屎根，说：

“屎根哥，小武，咱仨在开封一高上过学，现在看，咱这书是白念了！”

说完，扭头走了。这叫李小武和孙屎根都吃了一惊，半天没有说话。直到远处又传来枪声，两个人才愣过神来，这支队伍才又急急忙忙向村北撤退了。

九

日本的大队人马来了。

日本的汽车在村头停下。日本汽车马力大，庄稼地可以通过。汽车在村头一停，从车上“呼啦”“呼啦”跳下六七十个全副武装的日军，开始包围村子。坐在驾驶室司机旁边的日军指挥官，是一个叫若松的中队长。看着日军在包抄村子，他仍坐在驾驶室里不动。若松是日本陆军学堂的毕业生，今年三十九岁，来中国已经五年了，先在济南日军参谋部待了三年，后来战线扩大，参谋部人员裁减，他被派到这支部队当了个中队长，随部队从济南到开封，又从开封来到这个县城。这个县城总共驻有一个日军中队，实际上他成了这个县城的最高指挥官。若松个子低矮，声音尖锐，但他不轻易说话。在参谋部工作时，他负责向司令长官抄送电文。送了两年电文，司令长官没见他说过一句话，从来都是敬礼放下电文，扭身便走。有一天司令长官想起这事，问参谋长官：

“那个送电文的若松先生，是不是个哑巴？”

参谋长官答：

“他不是哑巴，就是不爱说话！”

其实司令长官也就是随便问问，参谋长官便以为司令长官不喜欢若松，嫌他不机灵，送电文就换了一个人；后来参谋部裁减，便把若松派到了部队。派到部队后，若松仍不爱说话。平时吃饭睡觉不爱说话，战场上打仗也不爱说话。他越是不爱说话，他手下的士兵越是害怕他。战场上指挥，冲锋时，他挥一下指挥刀，队伍“哗”地一下就冲了上去；该撤退时，他向号兵摆一下手，号兵吹撤退号，队伍“哗”地一下就撤了下来。包括杀人，别的日本人用刀子砍人，挥起刀子，“呜里哇啦”地喊一声，才砍刀子；他却一声不响，就把刀子削了下来。在部队驻地，他的军营特别肃静，士兵们正围在一起说笑话，他走过去，士兵们的嘴马上就闭上了。由于他军阶较低，不够往中国带家眷的资格，部队在开封驻扎时，他也随几个同军阶的军官，换成便服，装成中国人，去偷偷逛过妓院。别的军官一场妓院逛下来，妓女马上就知道是日本人来了。而接待若松的妓女，直到事毕，还以为是接了个中国商人，因为在整个过程中，他仍是一言不发。据熟悉若松的人讲，若松在年轻的时候，是北海道一个很有名气的足球队员。踢球时就不爱说话。后来考大学没考上，上了陆军学堂。对战争的看法，若松是这样，他弄不懂“东亚共荣”的大道理，但他对自己要千里迢迢到别国去打仗感到很恼火。这个恼火他不敢发泄到自己上司头上，就转而发泄到战场上的敌人身上。敌人不顽抗，战争早早结束，他就可以早早回国。所以他最讨厌负隅顽抗的敌人。抓住顽抗的敌人，他一刀砍下去，眼都不眨。可他对投降日本的中国人，又很看不起。在县城，他对维持会长，对警备队长塌鼻子，就非常冷淡，很少与他们说话。弄得他身边的人都觉得他脾气古怪，似乎怎么做都对不住他。包括一些日本军官，都不愿与他共事。但若松很喜欢孩子。见了孩子，比见到大人和蔼得多。在县城驻军，他时常换便服上街去逛，碰到中国小孩，他就高兴地笑，弯下腰给人家发一粒糖。这时说话，说：

“米西米西！”

一次若松又在街上走，碰到个中国卖菜老头，带着一个流鼻涕水的小丫头。若松便拦住人家，与小丫头说话。碰巧这天若松没有带糖，就顺手把自己的礼帽摘下来，戴到小丫头头上，看着笑，用日本话尖锐地说：

“送给你，戴着玩吧！”

小丫头不懂事，倒不害怕，把这个担菜的老头给吓坏了，听他说日本话，知道是日本人，以为要用一顶礼帽诈他一担菜，忙趴到地上给若松磕头：

“太君，不能这么办，一担菜你不在乎，这可是俺全家的饭辙呢！”

若松听不懂中国话，不知道老头子误会了他的意思，以为是因为他给了小丫头一顶礼帽感谢他，趴在那里磕头。磕头感谢，又把若松惹恼了，觉得老头子没骨气，一脚就把老头子鼻子踢流了血：

“你的大大地坏了！”

这下老头子更害怕了，以为若松定要诈他的一担菜，顾不上擦鼻血，又跪下磕头，把若松弄得也没办法，只好叹口气走了。后来全县城传闻若松要用一顶帽子诈人家老头子一担菜，弄得维持会长、警备队长塌鼻子都糊涂了，说：

“看平时若松不像爱财的人，怎么相中了老头的一担菜，真是个怪人！”

这天清早，若松接到日本家里一封信。是他妻子写的。他妻子原来是个幼稚园阿姨，后被征到日本军工厂当工人。妻子的信，无非是“家中都好”“保佑你平安”之类的话。但信中还夹着一只纸折的小蛤蟆，一拉就动。妻子在信中说，小蛤蟆是七岁的小女儿折的。看那蛤蟆的模样，若松断定不是女儿折的，但若松仍拿着那只小蛤蟆，“嘻嘻”笑着看了一天。勤务兵一天给他送三次饭，见他总拿着一只纸蛤蟆笑，不知他又犯了什么精神病，悄悄把饭放下就出去了。到了傍晚，一个小队长匆匆跑到他屋里，喊了一声“报告”，看他正看蛤蟆，就不敢再说什么。等若松把蛤蟆看够，才扭回头看那小队长。小队长忙又敬了一个礼说：

“报告中队长，今天有五个士兵到乡下去拉给养，让中国人全给杀了！”

若松这时吃了一惊，问：

“什么人杀的？”

小队长说：

“据逃回来的警备队小队长孙毛旦报告，是八路军、中央军、土匪联合起来把太君杀了！”

若松这时尖锐地叫了一声：

“中国人统统地坏了！部队集合，到村子里去！”

一中队日本兵便全部集合，坐上汽车开了过来。若松坐在驾驶室里，心情特别懊丧。本来今天是高兴的日子，纸蛤蟆他还没有看够，可以看到晚上，没想到突然出了这事，耽误了他看蛤蟆。他在驾驶室还用指挥刀顿着地板：

“中国人统统地坏了！”

汽车开得很快，半个钟头就到了村头。又半个钟头，完成包围，一个小队长跑到驾驶室前报告：

“报告中队长，村子包围完毕！”

若松这时跳下汽车。翻译官、孙毛旦都跑到他面前。若松指着孙毛旦说：

“你的带皇军进村，八路军、中央军、土匪的认出来，统统地死了死了的！”

孙毛旦傍晚逃到城里报信儿，惊魂未定，就又随日本人来了村里。他下午还没吃饭，肚子有些饿了。再说，他不知道八路军、中央军、土匪还在村子没有，在村子也不知藏到什么地方；一天的血战，他亲眼见土匪路小秃往下剁人头，他胆子吓破了，忙说：

“太君，我浑身跟零散一样，就不要让我去了！”

若松马上脸色就不高兴，盯着孙毛旦看。翻译官在旁边推了孙毛旦一把：

“毛旦，快去吧，别等中队长发火，他的脾气你又不是不知道！”

孙毛旦忙说：

“我去，我去。”

就带着队伍进了村。边走边骂：

“我×他姥姥，活了一辈子，还没过过这种日子哩！”

日军进村，挨家挨户搜查八路军、中央军和土匪。但八路军、中央军、土匪早就没影儿了，哪里能搜查得出来？村里老百姓也有躲庄稼的，躲不及庄稼的，留在村里。孙毛旦见搜不到八路军、中央军、土匪，一方面懊丧，另一方面也高兴，免得挨他们的黑枪。倒是在村里搜出几具日军的尸体，还在许布袋家扔着。村子搜查完，大家抬着日军尸体，回去给若松报告。日军小队长说：

“报告中队长，八路军、中央军、土匪统统逃跑了！”

若松看着日军头不见头、身不见身的尸体，皱着眉说：

“嗖嘎，中国人良心统统地坏了！”

这时孙毛旦说：

“太君，咱们回去吧，改天扫荡八路军、中央军、土匪就是了！”

若松上去打了孙毛旦一耳光：

“你的良心也大大地坏了！”

然后用日语对小队长下命令：

“集合老百姓！”

日军便打起火把，将留在村里的老百姓，都从家里赶出来，集合到村南的打麦场上。若松又叫人把日军的几具尸体，抬到打麦场上，摆到村里老百姓面前。几百个老百姓被围在打麦场中间，有哭的，有吓得哆嗦的，还有屙了一裤的。大家纷纷往一块挤。日军在四周端着刺刀围着。有的日军手里还牵着狼狗。若松指着尸体对翻译官说：

“你看，中国人惨无人道，良心统统地坏了！”

翻译官说：

“太君想怎么办呢？”

若松向他比了一个手势，翻译官吓得脸都白了。但他知道若松的脾气，也不敢说什么，只好找到孙毛旦，说：

“若松说了，八路军、中央军、土匪都在人群里，有二十五个，你在这村子熟，让你统统指出来，统统死了死了的！”

孙毛旦摸着脸说：

“翻译官，八路军、中央军、土匪早就跑了，哪里在人群里头？他知道有二十五个，他指不就完了，何必老缠着我！”

翻译官说：

“若松这个人你还不知道？别犟了，你考虑着指吧！”

孙毛旦说：

“这里都是老百姓，指谁不冤枉谁了？”

翻译官低声说：

“那有什么办法？没看出若松的意思？死了五个日本人，要拿二十五个中国人换哩，一个换五个。这事都叫八路军、中央军、土匪给闹坏了，他们杀了日本人跑了，害苦了一帮老百姓！”

孙毛旦说：

“如果是三个两个，我随便找几个顶了算了，这二十五个，叫我怎么指？”

这时若松已经踱过来，向孙毛旦做了一个手势，让他到人群中去指。孙毛旦说：

“太君，别老跟我过不去，这里没有八路军、中央军、土匪，让我怎么指？你如果今天存心难为我，索性先把我杀了算了！”

若松听他说这话，马上向外拔指挥刀，接着尖锐地嘟噜了一阵日本话。翻译官向孙毛旦说：

“毛旦，太君说，早该杀了你，你本身就通八路！今天你带五个日本人来拉面，为什么日本人都死了，就你逃出去了？”

孙毛旦听若松这么说，吓得汗都出来了，忙说：

"太君，话可不能这么说！你要这么说话，今后我就没法干了。今天我也是只差一点，就要为大日本尽忠了！"

若松将指挥刀戳到他脸上，又尖锐地咕噜一句，翻译官说：

"太君问你，人群中有无八路军、中央军和土匪？"

接着忙给他使眼色。到了这地步，孙毛旦忙说：

"有，有。"

若松摆了一下手，孙毛旦只好带着几个日本兵到人群中去挑人。孙毛旦一肚子委屈，心里骂道：

"原来这日本人，也不是人×的！"

硬着头皮在人群中转了一圈，不知挑谁是好。人群见他来，一个个吓得哆嗦，因为他挑上谁，谁就活不成了。看看转了大半圈，还没挑出一个，若松在火把下又瞪起了眼睛，翻译官忙跑到孙毛旦身边：

"你不想活了？"

这时孙毛旦看到人群中有村里的一个傻子，叫杨百万，也在人群中藏着，就用手指了指杨百万。立即有两个日本兵上去，把杨百万从人群中拔了出来。可杨百万毕竟是傻子，刚才在人群中，看到别人哆嗦，他也跟着哆嗦；现在被人拔出来，他倒不害怕了，在火把下"嘻嘻"地笑。若松也看出杨百万是个傻子，以为孙毛旦有意戏弄他，立即拔出指挥刀，指向孙毛旦：

"欺骗皇军的有，死啦死啦的！"

没等孙毛旦反应过来，就有一个日本兵上来，一刺刀扎到了他肚子里。随着刺刀往外拔，肠子也涌了出来。孙毛旦一头倒在地上，一边往肚子里塞肠子，一边说：

"别，别，我的肠子……"

若松又放出一条日本狼狗，上来与孙毛旦争肠子。孙毛旦往肚子里塞，狼狗咬着往嘴里吃。孙毛旦终于没争过狼狗，狼狗将肠子从孙毛旦肚子里扯出来，吞巴吞巴吃了。孙毛旦就头戴着一顶战斗帽死了。

孙毛旦死后，若松又举起了指挥刀。日本兵见他举指挥刀，包围圈上的散兵线就撤了。若松又举一下指挥刀。机枪就"哗啦""哗啦"推上了子弹。若松又举一下指挥刀，机枪就响了。老百姓没经过这场面，见日本兵走来走去，当官的举了几下指挥刀，还不知怎么回事，机枪子弹已经像扇面一样扫到身上了。接着人一排一排地倒了。机枪打了五梭子，停了。倒下人的血，开始往外洇。后边没有倒下的人的鞋底子，都被血洇透了。若松上前看了看，见死的人有三十多个，就叹了一口气，把指挥刀插回刀鞘，把部队的指挥权下放给小队长，自己回到村头汽车旁，又钻进驾驶室，把车门关上了。

若松一走，小队长又把指挥刀拔了出来。日军这时不再杀人，开始烧房子，奸淫妇女。村里房子被点了十四处，妇女被奸淫二十三名。一片鬼哭狼嚎。日本人奸淫妇女，连人都不避，在打麦场的血水中，就把人给按倒了。许布袋的女儿许锅妮、李小武的妹妹李小芹，日军来时躲在家里地窖里，集合老百姓时被日军赶出来，现在都在血水中被日军奸污了。李小芹没有反抗动作，两个日军轮流奸污她后，就把她放了；许锅妮在一个大个子日军上身时有反抗动作，大个子日军立即从屁股上拔下一把刺刀，扎到了许锅妮喉咙上。许锅妮摆着头正在死，大个子日军就扒下她衣服奸污了她。折腾到半夜，村头汽车旁响起了撤退号，日本人才停止放火，提上裤子匆匆忙忙走了。这时已是五更天，村里剩下的几只公鸡开始打鸣。十五的月亮，已经快掉到西边山里去了。村子里除了火烧房子的“噼噼啪啪”声，到处没有人声。在血水中被脱光下身的妇女，还没反应过来，仍光着身子在血水中躺着。躲在村外庄稼地的人，仍不敢回村。唯有村长许布袋，在庄稼地睡醒一觉，这时回了村。他到村里转了一圈，又到打麦场转了一圈，鞋立即被血水洇湿了。他在打麦场的血泊中，看到光着下身死去的女儿许锅妮，倒在一群妇女和死人中。他没有管女儿，也没有管众人，而是跺着脚高声叫骂道：

“老日本、李小武、孙屎根、路小秃，我都×你们活妈！”

附记

那天夜里，若松带部队回到县城，已经是后半夜。若松盥洗过，吃了点夜餐，准备睡觉时，突然又发了脾气。他将勤务兵叫来，狠狠扇了他一顿嘴巴。若松发脾气的原因，是因为他发现出发之前放到桌子上的纸蛤蟆，现在变了模样。若松带部队走后，勤务兵就开始打扫他的房子。打扫到桌子，看桌子上有一只纸蛤蟆，以为没用了，就顺手当作垃圾扔掉了。后来突然想起，若松桌子上的东西是不能动的，原来什么样子，打扫完卫生还要摆成什么样子，就赶忙到垃圾堆去找那只纸蛤蟆。但不知谁又在他倒的垃圾堆上倒了一堆西瓜皮，翻出纸蛤蟆，蛤蟆早让西瓜皮的废水给洇湿弄烂了。勤务兵发了慌，又想反正是只纸蛤蟆，我再折一只放到那里完了。没想到若松回来发现蛤蟆不一样，将他叫来扇耳光，问原来的蛤蟆哪里去了。勤务兵只好说实话，告诉若松纸蛤蟆扔到垃圾里了，这是一只冒充的蛤蟆。若松不再打他，光着脚跑到垃圾堆旁，和勤务兵一起将那只洇烂的纸蛤蟆翻出来。若松捧着那只流汤的纸蛤蟆，“呜呜”哭起来。

李小武带着部队、押着八路军俘虏向后撤退。撤到十里外的一个小山冈上，大家站在那里往村里看。先是听到机枪声，后看村里起了大火。吴班长拔出枪说：

“连长，你下命令吧！我们上去跟鬼子拼了！”

李小武站着看了一会儿，摆摆手说：

“把孙屎根他们放了！”

几个中央军就把孙屎根他们嘴里的棉花掏了出来，把绳子给解了。孙屎根能说话了，说：

“李小武，咱们的事情没完，你要对今天的一切负责！”

李小武说：

“屎根，趁我没转过念头，快领上你的几个人跑吧。不论是国仇，还是家恨，我都该杀了你！”

八路军杜排长忙拉孙屎根的衣襟，几个人便匆匆忙忙隐到夜色里了。

孙屎根带剩下的几个人回到县大队驻地，将情况向大队政委作了汇报。大队政委看他们几个狼狈的样子，不但没同情他们，反而批评了他们，说当初批准你们去打日本，怎么又和中央军闹上了？原来说打个胜仗鼓鼓士气，这下倒好，胜仗没打成，自己倒死了十来个人；县大队本来人就不多，这下力量不更小了？大队政委本来对孙屎根印象不错，这下开始变糟了，怪他干事情毛糙，不知考虑后果。孙屎根本想通过这次战斗露一鼻子，没想碰了一鼻子灰，心里也十分沮丧。后来到解放战争，县大队扩成正规军，还有一部分干部要转到地方工作，大队政委便把孙屎根划到地方干部中，孙屎根也没说什么，就留下做地方工作。

李小武带部队回到驻地，向团长汇报情况，团长也训了他一顿：

“没抓到日本我不怪你，抓到几个八路，怎么不立时砍了他们？这不是放虎归山吗？”

就怪李小武书生气，不懂带兵打仗的道理。李小武也有些后悔。后来到解放战争，蒋军后撤，还留下一些“钉子”部队与共产党周旋，团长不爱见李小武，就把李小武这个连当作“钉子”给留下了。

土匪头子路小秃，忙活一天，带了几身日本军服回到大荒洼。路小秃觉得这日本军服很威风，从此下夜去村里劫地主，也常穿着军衣。倒把被劫的地主吓了一跳：

“我的天，怎么太君也下夜了！”

后来路小秃听说自己的五哥也在那天晚上被日军用机枪给扫死了，才痛哭一场，将日本军服烧了。一九四五年，日军投降，在县城缴了械，路小秃觉得报仇的时候到了。带了一帮弟兄进了县城，见到扫大街的日军就杀。弄得投降的日军向中国方面提抗议：

“我们已经投了降，怎么还杀我们？”

那天夜里，日军、中央军、八路军、土匪都撤走以后，村子仍成了老百姓的。打麦场到处是血，村里的血也流得一地一地的。村子一下死了几十口人，从第二天起，死人的人家，开始掩埋自家的尸体。邻村一些百姓，见这村被“扫荡”了，当天夜里军队撤走以后，就有人来“倒地瓜”，趁机抢走些家具、猪狗和牛套、粮食等。现在见这村埋人，又有许多人拉了一些白杨木薄板棺材来出售。一时村里成了棺材市场，到处有人讨价还价。

第三部分

翻身　一九四九年

前言（一）

工作员进村了。

大家没有见过工作员，不知道工作员有多粗多长，所以感到很神秘。村丁路蚂蚱（过去的土匪头目路小秃之三哥）打锣让大家到村公所开会，大家都去了。来到村公所，天上开始下雪。小北风一吹，大家觉得身上穿少了。村长仍是许布袋（已是六十多岁的人了，头发有些发白），穿着一个翻皮棉袄，站在台子上点人。点了半天，不点了，看到村丁路蚂蚱正在往台子上爬，便踢了他一脚：

"蚂蚱，别爬了，人不齐，还得去喊人！工作员说了，人不齐不开会！"

路蚂蚱从地上爬起来，又提锣去喊人，边走边骂：

"开个鸡巴会，还管人齐不齐了？"

又骂：

"耳朵里都塞驴毛了，听不见爷打锣！"

又沿街将锣打了一遍，人基本到齐了。佃户们一家一个，村里的头面人物也到场了：老地主李文武，李文武的侄子李清洋、李冰洋（已故地主李文闹的次子和三子），过去的土匪头目路小秃，已故村副、县警备队小队长孙毛旦之子孙户，现任共产党区委书记孙屎根之母孙荆氏，现任村长许布袋之妻锅小巧……都到齐了。村丁路蚂蚱见人到齐了，又往台子上爬。这次爬上去了，与村长许布袋站在一起，往台下看。这时许布袋对台下说：

"开会了，欢迎工作员给咱们讲话！"

这时工作员爬上了台子。工作员不往台子上爬，大家觉得"工作员"还很神秘，工作员一爬到台子上，大家都有些失望：

"什么工作员，这不是老贾吗！"

工作员果然是老贾。大家都认识他。五年前，老贾还在这村子里待着，给地主李文武家喂牲口。后来因为李家少奶奶一件褂子，老贾才离开李家。老贾在马棚里喂马，李家少奶奶洗了一件褂子，搭在马棚前的太阳底下。后来这件褂子不见了，李家少奶奶就在院子里骂，言语之间，有些怀疑是老贾。老贾是老实人，从来不偷人家东西，听着骂声，心里有些窝火，就上去跟少奶奶吵了一架。后来还是老掌柜李文武走出来，把他们劝解开了。少奶奶走后，老掌柜还过到马棚里劝老贾：

“老贾，算了，知道你不会偷东西！”

老贾咕哝着嘴说：

“这活没法干了，没明没夜伺候人家，现在倒成贼了！”

李文武说：

“知你老贾站得正，看我面上，不要生气了！”

事情才算结束。

老贾家的村子离这比较远，是邻县封丘的一个庄子。后来老贾和另一个在李家扛活的牛大个结伴回家。先到老贾家，却发现李家少奶奶的那件褂子，正在老贾家院子里的绳子上搭着。原来那天老贾老婆去李家看老贾，这件褂子被她偷下，掖到裤裆里拿回了家。牛大个看到那件褂子倒没说什么，老贾的脸却一白一红的。牛大个走后，老贾将老婆揍了一顿，但也没有脸面再回李家。他在李家的铺盖卷，还是托牛大个背回来的。老掌柜李文武还托牛大个捎话：

“让老贾回来吧，一件褂子，知道不是他偷的，娘儿们家，有啥正性！”

老贾说：

“虽说是娘儿们偷的，也让我老贾说不上话，以后人家再丢什么东西，让我老贾怎么站呢？这活是无法再给人家干了！”

于是就不再去给李家喂马，留在封丘自己庄上做豆腐。每天夜里做一担豆腐，清早担出去到四乡里卖。人家吃豆腐，他和老婆孩子吃豆腐渣，倒也过得去。只是一想到那件褂子，心里就窝火。为这件褂子，他没少揍老婆。后来封丘县被共产党开辟成了根据地，共产党的区政府，就安在老贾庄上。区长看老贾家做豆腐，就住在老贾家。天长日久，区长看老贾老实可爱，对人爱说实话，便有意培养他参加革命。老贾见区长年纪轻轻就挎着匣子枪，学问很大，什么事都能说出个道理，也对他很佩服。夜里睡觉，他不与老婆睡在一起，与区长睡一个炕头。区长给他讲穷人为什么穷，地主为什么富；老贯为什么到邻县去给李家喂马。讲来讲去，老贯觉得自己亏了，都是一个人，为什么李家就该享福，他就应该到李家去喂马？于是就同意参加革命。区长见他积极，就不让他再做豆腐，送他到县上培训班培训。在培训班，老贯识了百十字，入了党，从此就成了基层职业革命家。先领着民工队给解放军抬担架；抬了几年担架，解放军解放了这个县，新解放区需要大批干部，老贯就又被派到这个县了。这个县一解放，就要搞土改，老贯就成了工作员，到村里去搞土改。区里知道老贯曾在这小村当过长工，对这村情况熟悉，就把他派到了这个村。但这个村的老百姓，并不知道老贯这几年的变化，还以为他是以前的老贯。于是看他上了村公所的讲台，台下就发出一阵笑声。这不就是以前给李家喂马的老贯吗？三脚踢不出个屁，怎么摇身一变成了“工作员”，来对我们讲话了？由于知道他的底细，便对他看不起。老贯还没讲话，一些人就要散伙，说身上冷，要回家穿衣裳。一个游手好闲的青年赵刺猬（当年被李文闹逼死老婆的佃户赵小狗之子）说：

“天转地转，个鸡巴老贯，也成人物头儿了，来给我们训话！过去我什么时候想踢他‘响瓜’，就什么时候踢他‘响瓜’！”

众人又一片笑。但老贯一讲话，又把这些笑的人给镇住了，发现老贯并不是以前的老贯。老贯说：

“大家不要走！我老贯这次来，不是来给财主喂马了，我是遵照我们党的指示，来没收财主的土地和房产，分给大家！”

说着，敞开自己的棉袄，露出了插在里边的匣子。

正在这时，远处响起一阵马蹄声。眨眼间，一个穿着解放军衣服、挎着短枪的小伙子到了跟前。他下马，爬到台子上，向老贯敬了一个礼：

“报告工作员，区长给你的信！”

老贯还了一个礼，说：

“把信交给我吧！”

那个战士便从皮包里掏出一封信，交给了老贯。老贯拆开信，当时就看了起来。这又把大家给镇住了。老贯不是以前的老贯，他做了大官了，有队伍向他敬礼了。他还识字了，拆开“区长”的信看了起来。连村丁路蚂蚱都对老贯肃然起敬，忙端来一碗水，放到老贯跟前，同时觉得自己不该再站到台子上了，便提着锣从台子上下来，站到人堆里，仰脸看着老贯。

前言（二）

老贯的土改搞得很顺利。不到半个月，村里的土改就搞结束了。老贯在村里待过许多年，对村里情况很熟悉。村里就孙、李两个大地主，地主下边，有几家富农和小地主。他们的土地、房产老贯都很清楚。老贯开了一个会，组织了一个分田队，发动了一些积极分子，分了十天，地主、富农的地，全带着冻伏的麦苗分了下去。积极分子中，首批发展的有赵刺猬：虽然以前赵刺猬踢过老贯"响瓜"，但老贯不计前隙，首先发展了他。送他一个手榴弹，送他一双部队上缴获的皮靴。赵刺猬吊着手榴弹、穿着皮靴在街上走。老贯问赵刺猬：

"共产党好不好?"

赵刺猬答：

"好!"

老贯问：

"共产党怎么好?"

赵刺猬答：

"过去光鸡巴要饭，现在共产党来了，给咱分东西!"

老贯问：

"你怕不怕地主?"

赵刺猬说：

"地都给他分了，他不是地主了，还怕他干什么!"

老贯觉得赵刺猬说得有道理，"哈哈"笑了。

土匪头目路小秃，也对分地很积极，主动要求参加。老贯考虑他过去是土匪，对让不让他参加有顾虑，没想到路小秃说：

“老贾，你别看不起我，我比你参加革命还早呢！”

老贾说：

“你怎么比我参加革命早，你过去是个土匪！”

路小秃说：

“表面看是土匪，可哪村的地主听到我名字不害怕？抗日战争时候，我还杀过几个日本鬼子哩！我斗地主、打鬼子那会儿，你不还给地主喂马？”

老贾被路小秃说住了，又考虑到人多势众，就同意他参加了。

老贾土改搞得好，还得感谢村里的两家地主配合得好。地主就孙、李两家。孙家是不用说了，家里有个共产党干部孙屎根，孙屎根正在邻县当区委书记，他已经给家里捎信，让母亲孙荆氏配合土改，将田地分给穷人。所以没遇到什么阻力。李家地主李文武，也变得十分开通，主动将地契交给了老贾，说：

“老贾，你过去就是咱家的人，现在你出门参加革命做了官，家里还能不听你的？你看怎么分合适，你就怎么分吧！”

李文闹的两个儿子李清洋、李冰洋在旁边垂手站着，看着李文武将地契交给老贾，也没说什么。连过去因为一件褂子跟老贾吵架的少奶奶(李清洋之妻)，也笑着对老贾说：

“老贾，你现在成了工作员，大人不计小人过，过去的事情，可别往心里去！”

弄得倒叫老贾有些感动，对李文武说：

“掌柜的，放心，有我老贾在，不会太让你过不去！”

村里另一个头面人物——村长许布袋，也在村公所对老贾说：

“老贾，钱财是身外之物。我老许的地产，本来就是干爹送给我的，你拿去吧！你要稀罕，连这个村长也给我免了吧，我落得清闲！”

从此不再管事，开始背杆打兔枪到雪地里打兔子。倒让老贾撵着许布袋说：

“老许，现在只说是分地，还没免你的村长！”

地主主动让分地，下边的富农就跟着让分，所以土改顺利，田地就按人头给穷人分下去了。穷人感到自己像做了个梦。怎么过去一个喂牲口的老贾，现在给大家带来了土地？大家对这意外的飞来之财，接受起来还有些不习惯。还有人觉得不合理。明明是孙家、李家、许家的地，现在说分就分，不是抢明火吗？加上土地是赵刺猬、路小秃等人分的，分地时，许多人不敢到跟前去。地是分过了，但哪块地是谁的，大家一时还弄不清。虽然地头都插着橛子，但橛子跟橛子都相似，渐渐连分地的赵刺猬和路小秃都糊涂了。还有些胆小的肉头户不敢要地，害怕李小武的中央军再回来。赵刺猬、路小秃倒是敢要地，一人在青龙背上弄了一大块好地。村丁路蚂蚱受其弟路小秃的影响，也敢要地，也在青龙背上弄了一块。他弄这一块，正好是村长许布袋的。一天晚上他到许布袋家串门，对许布袋说：

“老叔，我得跟你商量个事！”

许布袋穿着皮袄在炕头抽烟，问：

“你要商量什么？”

路蚂蚱说：

“人家把你的地分给我了，你说我该不该要呢？我要不要，得罪了共产党；我要要呢，又得罪了你！”

许布袋瞪了他一眼：

“你说共产党势力大，还是我的势力大？”

路蚂蚱说：

“要说过去呢，是你老叔的势力大；要说现在呢，是人家共产党，眼看人家就得了天下！”

许布袋说：

“既然人家势力大，你还是不要得罪人家！”

路蚂蚱说：

“我也是这么想，所以要了那块地。啥时共产党不行了，你的势力再起来，我再把地还给你！就当我给你看了几年地吧！”

说完就告辞了，安安心心要地。第二天早起，就推着小车往麦地里堆雪。

赵刺猬分的那块地，是一个魏姓富农的地。他分到地的第一项任务，是赶着将当年葬在乱坟岗上的母亲（被地主李文闹逼死的）的遗骨迁移过来。路小秃分的那块地，是地主李文武的。他的做法与赵刺猬正相反，那块地上有李家的祖坟，他让李家三天之内将祖坟从那块地里迁出去，不要影响他开春犁地。三天之后，他端着水烟袋到了李家，对李文武说：

“老李，我限的三天期限到了，怎么还不把坟迁出去？”

李文武过去就有些惧怕这个土匪头目，没想到现在共产党来了，他却又抖起来了，但在人房檐下，怎敢不低头，只好赔着笑说：

“秃弟，你圣明，我是地主，现在你们得了天下，我成了落汤鸡，地都让你们分光了，你让我把祖宗的骨头起到哪里去？”

路小秃想了想，说：

“是呀，你是没地方起！”

又说：

“这样吧，你没有地方起，就不要起了，你赔我十斗芝麻算了！”

说完，就捧着水烟袋走了。他走后，李家闭门大哭。李清洋咬着牙说：

“这个土匪，啥时等小武哥的中央军回来，非千刀万剐了他不可！”

李家少奶奶说：

“要剐先剐老贾，要不是他来搞土改，咱家还不至于惨到这个地步！”

李文武叹口气说：

“老贾算个啥，还不是共产党闹的！”

当天半夜，有人敲李家的门。打开门，是李小武回来了。不过现在的李小武，已不是当年骑着大马、穿着军装、戴着白手套的李小武了。他反穿着一件羊皮袄，满脸胡子，脸上的皮肉疲惫地耷拉着，一个三十多岁的人，看上去有五十。他进门就说：

“快烧点热汤，冻死我了！”

喝着热汤，李小武和李文武对坐着。李文武说：

“去东院叫醒清洋和冰洋吗？”

李小武摆摆手：

“别叫了，最好别让他们知道我回来！”

李文武点点头，问：

“看样子国军是真要完了？”

李小武说：

“完不完谁知道，反正咱们这块是完了！”

李文武问：

“你手下的弟兄们呢？”

李小武说：

“早让共产党给打散了！还剩下二十几个弟兄，都在大荒洼子里猫着！”

李文武叹息一声：

“没想到让共产党给闹成了！”

又说：

“这么冷的天，你们老在大荒洼子里猫着，也不是个事呀。反正是要完了，你们投了他们算了！”

李小武问：

“孙屎根现在在哪里?”

李文武说：

“在共产党里头当区委书记！”

李小武叹息一声：

“你看，有孙屎根这样的人在，我就是投降，也没好日子过！”

李文武说：

“现在是进退两难了！”

父子谈话到鸡叫。最后李小武说出他此次回来的目的。三年前，他在队伍上娶了妻。妻子是安阳市的一个女中学生，当年部队在安阳驻扎时搞上的。后来一直跟他在队伍上。现在也跟他在大荒洼子里。不好的是大半年之前她怀孕了，现在已八九个月，再跟着一股流窜部队行动，已经很不方便了，他想将她秘密送回家。李文武听后说：

“回来当然好，我不能不让自己的儿孙回家，只是现在共产党正闹土改，我老头自己也自身难保，媳妇回来，人家知道了，万一有个闪失……”

李小武说：

“那就把她藏起来吧，藏到咱家地窖里！”

李文武叹息：

“只好这么办了，看共产党把人逼的，生个孩子也得藏起来！”

话谈到这里，已鸡叫三遍。李小武又将羊皮袄反穿上，便要告辞。这时李文武将自己铺上铺的一个虎皮褥子抽出来，卷巴卷巴让李小武带上：

“大荒洼子里天儿凉，带上吧！”

李小武没说什么，就带上了。这时李文武落下了老泪，说：

“清洋冰洋他们，还等着你带队伍回来报仇呢！现在村里已经让共产党闹得鸡飞狗跳了。过去给咱家喂牲口的老贾，现在成了工作员，已经领着穷人把咱家的地分了！土匪路小秃分了咱的地，还逼着咱迁祖坟呢！”

李小武说：

“爹，地呀坟呀，就先不要顾了，先顾住自己的身子要紧，留得青山在，不怕没柴烧！”

李文武点点头。李小武将匣子枪从怀里掏出来，张开大机头，翻过墙头走了。

第二天半夜，李小武的护兵吴班长，就将怀孕九个月的李小武之妻周玉枝秘密送回了李家。

前言（三）

老贾在村子里待得很满意。土改很顺利，地主被打倒了，土地分给了穷人。上级分派他的任务，让他不费吹灰之力就完成了。过去他给地主喂马，不喂马回家磨豆腐，草民一个，想着上头人干公事一定费精神，没想到轮到自己上台干公事，原来却是这么容易。进村二十天，一切都办妥了。刚进村时，因为过去喂过马，大家都看不起他；现在不管是穷人或是地主，都拿他当个人物。街上走过，大家都点着饭碗说：

“工作员，这儿吃吧！”

连“老贾”都不叫了。过去杀人不眨眼的土匪头日路小秃，见他也点头哈腰的。过去他喂马时，他何曾用正眼瞧过他？村长许布袋，还是整日打兔子，一次老贾批评他，批评他工作落后。这个许布袋，年轻时也是个杀人不眨眼的家伙，硬是低着头听老贾训了他一顿话。只是最后瞪了两下眼，可也没敢顶撞老贾。老地主李文武，过去是他的东家，现在见了他也不喊“老贾”，喊“工作员”，低眉顺眼的样子，好像老贾成了东家，他变成了给老贾喂马。这叫老贾心里倒有些过不去。一次李文武还派李清洋来，请老贾到家吃包子。老贾磨不开面子，去了。去了以后，一家人很热情，老地主李文武陪老贾在桌上吃包子，小地主李清洋李冰洋在桌下伺候着。过去他在这里喂马，李清洋李冰洋何曾这样过？倒是他们经常跑到马棚里，把老贾捺到地上当马骑。当然现在老贾成了工作员，过去的事情，都既往不咎了。但老贾从人们的尊重中，觉得跟共产党真是跟对了，他体会出了革命的好处，翻身的滋味。老贾住在村公所，每天早起，一帮积极分子赵刺猬、路小秃就到了。接着村丁路蚂蚱就给他端来一碗冲好的鸡蛋水，两根刚炸好的焦黄的油条。老贾一边喝鸡蛋水、吃油条，一边与他们谈工作。上午谈完工作，他们就散了。下午老贾没事，就到各家串门。这村他熟，随便就串到了有趣的人家。

这样老贾在村里工作了二十天。突然一天早起，区上的通讯员又骑马来了，通知他到区上开会。到了区上，区长让他汇报工作。区长在屋里背着手踱步，问老贾：

“老贾，你那个村土改进行得怎么样，有什么困难吗？”

老贾答：

“有什么困难，土改已经结束了！”

区长倒吃了一惊，停止踱步，眼睛瞪得溜圆：

“怎么的二十天你就搞结束了？别的村都进行不下去呢！”

老贾倒没在意：

“我不是在这个村熟嘛！”

区长这次倒点点头，问：

“地主打倒了吗？”

老贾说：

“打倒了！”

区长问：

“土地分给农民了吗？”

老贾说：

“分给农民了！”

区长又在屋子里踱步。踱了半天，突然说：

“这样老贾，我得到你村子里去一趟，你呢，在区里替我盯两天！”

老贾忙说：

“区长，不能这样，我刚学会当工作员，还不会当区长！”

区长笑了：

“不是让你当区长，是让你在区里给我听听电话。你工作搞得这么顺利，我要到你村里去考察考察，总结一下经验，好向区里推广！”

老贾这才笑着点头。听说区长要推广他的经验，也有些得意。这样，老贾就在区里待了几天，区长带着通讯员到村子里去了。四天以后，区长回来了，见到老贾，老贾问：

“区长，我那村里搞得怎么样？”

区长一下将他的皮帽子摔到炕上：

“老贾，你那搞的叫什么工作？”

这次该老贾吃惊了，瞪大眼珠子说：

“怎么区长，我搞得不对吗？”

区长又好气又好笑地说：

“也不能说不对，但搞得太不深入了！”

老贾不服气：

“怎么不深入？地主没打倒吗？土地没分吗？”

区长说：

“你那叫打倒地主？你那叫分地？你做的饭太夹生了！我问你，你有名去搞土改，你深入发动过群众吗？你成立贫农团了吗？你给贫农团讲分地的意义了吗？”

老贾这下叫区长问住了，想了想说：

“这倒没讲！”

区长说：

“倒没讲，看你弄的，直到现在，许多农民还没认识到土地是自己的，认为咱分地是去抢明火！我再问你，你有名去打倒地主，你斗过地主吗？”

老贾眨巴眼：

“地主都老实了，还斗他干什么！”

区长说：

“老贾呀老贾，你看着地主老实了，要是中央军回来，看他不杀了你！我再问你，你开过诉苦会吗？”

老贾说：

“没开过！”

区长说：

“是呀，你连诉苦会都没开过，怎么激得起农民对地主的仇恨呢？你怎么能发动群众呢？我再问你，你到村子里去，是依靠的什么人？依靠贫农了吗？除了一个赵刺猬是无产阶级，其他都是伪村长、伪村丁、土匪恶霸，这些也都是该打倒的对象，你却依靠他们搞了土改分了地，老贾呀老贾，你屁股坐到哪里去了！你有名给农民分了地，地头也插了橛子，可有些农民直到现在还不知道哪块地是他自己的呢！你有名去打倒地主，还让地主在深宅大院住着，还能关起门来吃包子，你这是打倒地主？你这是保护地主！老贾，你说你二十天搞了土改，我就有些奇怪，原来你做了一锅半生不熟的夹生饭，你费了柴火不说，你还浪费了小米！听说你吃住在村公所，每天早上喝鸡蛋水吃油条，你自己倒过得舒坦，你是去依靠农民了？你是去压迫农民！听说你还到地主家里去吃包子，你不是跟地主穿一条裤子？你想用和平主义的方式去搞土改吗？老贾同志，错了，这是一场激烈的阶级斗争！阶级斗争就要用激烈的方式，靠你每天喝鸡蛋水吃油条是不能解决问题的！”

区长一席话，说得老贾直冒汗，也直噘嘴，心里有些不服气。但区长不管他服气不服气，接着在区里开的工作员大会上，就公开批评了老贾，要大家以老贾为教训，不要屁股坐错地方，不要走过场，做夹生饭。批得老贾抬不起头。接着区长又把抬不起头的老贾送到县干部培训班培训去了。

三天以后，区长又给村里派来了一个工作员。这个工作员叫老范，是从东北南下过来的干部，过去在东北搞过土改。他不苟言笑，一脸黑胡楂。临来时，区长把自己的新匣子交给他，说：

“老范，这个好使，你带上，这次可别再做夹生饭了！”

老范接过匣子说：

“干着看吧！”

一

腊月初六这天，斗争地主李文武。

会场设在村公所前面。四周的小树上，绑着几杆红旗。会场土台子上，挂着几条标语：

“打倒恶霸地主李文武！”

“向李文武讨还血债！”

“有冤报冤，有仇报仇！”

“天下贫农一条心！”

等等。贫农团团长赵刺猬，腰里扎着武装带，脖子里缠条羊肚子手巾，屁股蛋子上吊着一个手榴弹，在会场里走来走去。斗争会开始之前，他叫来一班吹鼓手（每人发给他们二升米），让他们在台子上吹打。村里群众都发动起来了，听到村公所前面的鼓乐声，都像看戏一样兴奋，纷纷向村公所聚集。赵刺猬便指挥人们应该站立的位置。贫农团副团长赖和尚，已经带着几个团员，一人一杆红缨枪，到李文武家去押李文武了。这时赵刺猬又跑到村公所去找工作员老范。老范正趴在桌子前给区里写信。赵刺猬说：“工作员，我还得向你汇报个事！”

老范停止写信，仰着头说：“你还要汇报什么？”

赵刺猬说：“我想来想去，今天光斗争李文武没有意思，咱们还得找两个陪斗的！”

老范说：“找谁陪斗呢？许布袋、路小秃，不是还要专门开他们的斗争会吗？”

赵刺猬说：“不找许布袋和路小秃，我也能找得出来。李文武有一个哥哥叫李文闹，罪恶大得很，手里有几条人命！”

老范倒吃一惊：“李文闹？我怎么没见过他？这么个恶霸，怎么没有挖出来呢！”

赵刺猬说：

“他已经死了！”

老范泄了气：

“已经死了，如何陪斗？”

赵刺猬说：

“他还有两个儿子，一个叫李清洋，一个叫李冰洋！”

老范问：

“他们罪恶大么？”

赵刺猬说：

“是地主都有罪恶，别看他们二十多岁，每个人十六就娶了老婆！从小就知道把穷人的孩子捺到地上当马骑！”

老范问：

“目前有什么罪恶？”

赵刺猬说：

“目前他们也不老实，对贫农团不服气。老地主见了贫农团的人，倒还点头哈腰的，这两个崽子，到现在还睖着眼睛。我听赖和尚说，前天夜里他和几个光棍去李清洋家听房，这小子干那事时，还跟老婆念叨等中央军回来报仇呢！干一下说一句，把他老婆弄得直叫唤！……”

老范摆了摆手，不让赵刺猬说下去。最后拍了一下桌子：

“可以，可以让他们陪斗！”

于是这天斗争会上，就多了两个陪斗的。当然主要还是斗李文武，让群众上台控诉对李文武的冤屈。赵刺猬主持大会，赖和尚带人维持四周秩序。李文武、李清洋、李冰洋三人，一人脖子上挂一块大牌子，在台子上低头站着。他们身后，是几个吹鼓手。上来一个人控诉一段，赵刺猬就让吹鼓手吹打一番。弄得会场一直情绪高昂，大家像看戏一样兴奋。工作员老范没有在台子上坐，他在幕后蹲着。虽然他觉得血泪控诉与吹鼓手吹打有些不大协调，但他觉得这也算一种斗争方式，所以就没有制止。散了斗争会，老范问赵刺猬：

“怎么说一段吹打一段，热闹个没完了？”

赵刺猬说：

“翻身就得有个翻身的样子！”

老范倒“扑哧”笑了，不再说什么。但这次斗争会的效果，会后老范很不满意。因为斗争会结束，将李文武、李清洋、李冰洋押走以后，群众并没有立即解散，还留在会场上让台上的吹鼓手继续吹打。满会场说说笑笑。似乎他们今天不是来斗争地主，而是为了看吹打。老范在东北搞过土改，根据他在东北搞土改的经验，凡是一场斗争会下来，群众都鼻涕眼泪的，围着地主仇恨得不行，甚至砖头、棒子下去，群众才算真正发动起来了。像今天这样的斗争会，又是做了一锅夹生饭。今天的夹生饭，固然跟赵刺猬弄来一班吹鼓手、分散了大家的注意力有关系，但从今天群众的控诉看，工作做得还不深入，还没有将群众心底对地主的仇恨挖出来，还停留在对地主的鸡毛蒜皮的指责上。上台来控诉的人，都是讲些细枝末节事情，没挖出大仇根。比如，一次跟李文武或李文闹借粮食，人家不借给，家里孩子饿得嗷嗷叫；比如，一次想到李家去打长工，李家不让去，有本村人他不用，却用了一个外村的；比如，一次李文闹放马，放到他的庄稼地，吃了他家的庄稼……更深刻的仇恨没挖出来。斗争会开到中间，老范倒暗自将赵刺猬拉到身边，启发他说：

“刺猬，你上去发个言怎么样？你不是说，李家曾逼死过你妈吗？上去揭一揭！”

赵刺猬倒是蛮听话，立即就上台去揭。吹鼓手奏了一段，他就开始揭了，说某年某月某日，地主李文闹到他家欺负他妈，逼得他妈上了吊。这时台下一个老头子李守成（也是贫农）倒指着赵刺猬说：

“刺猬，这事上年纪的人都知道，怪不得人家李文闹，是你娘自己愿意的！”

台下就笑。赵刺猬马上火了，指着老头说：

“李守成，我×你妈，你妈才跟地主愿意呢！”

接着掏出手榴弹就要炸老头，把老头吓得直往人裤裆里钻。会场马上大乱。这时老范只好出来，又鼓动吹鼓手，让他们吹打，才将会场稳定住，接着让下边的人揭。

头一次斗争会又成了夹生饭，不过工作员老范没有泄气。老范不是上次的老贾，他有丰富的斗争经验。所以他并没急躁，斗争会开过的当天晚上，他又将贫农团的骨干叫到一起，问：

“今天斗地主过瘾不过瘾？”

贫农团副团长赖和尚首先说：

“怎么不过瘾？比看戏还过瘾！过去见地主都害怕，原来地主也有熊的时候。我去抓李清洋李冰洋，你知道这俩家伙叫我什么，叫我‘大爷’，我用红缨枪逼住他们，一连让他们叫了十声‘大爷’！”

贫农团团长赵刺猬说：

“就是老头子李守成跟我们捣乱，扰乱会场。工作员，咱们明天别斗地主了，斗李守成吧！”

老范笑着摆摆手：

“刺猬，不能转移斗争方向啊，还是得先斗地主。据我看，今天咱们这个斗争会，开得不成功，开得太平和了。一场斗争会下来，地主还是地主，这怎么成呢！刚才和尚说比看戏还过瘾，我看我们开得不如演戏。我在部队时看人家演‘白毛女’，人家不过演了一场戏，群众就往戏台上扔砖头，有的战士还拉枪栓要枪毙地主，我们呢？一场斗争会下来，大家一点不仇恨地主，大家还想听吹喇叭，这不行！证明我们的工作不深入。我们贫农团的领导，还要下去发动群众，发动群众回忆。这次就不要回忆那些鸡毛蒜皮的事了，要回忆就回忆些带劲的，有没有人命呢？有没有逼得人家破人亡的事呢？我想是有的，天下没有一个地主没有这样的事。没有这样的事，就不叫地主了。关键是我们能不能发动大家回忆。如果发动不起来回忆，打不倒地主，就是我们的事了，就不能怪人家地主了。所以，我想，今天这个斗争会咱们不算数，李文武三人不能算斗过了，还得再来一次！下一次开斗争会，就不能这么平和了，就不能叫吹鼓手了，咱们得把李文武真正打倒！”

老范说完，这个小会就结束了。赵刺猬、赖和尚等人走出村公所，脑子里还懵懵懂懂的。他们就记住两个字：“回忆”。赵刺猬说：“咱们是得‘回忆’！”

赖和尚说：“我也感到今天的斗争会缺点什么，一场地主斗下来，还让他平平和和的。这样吧刺猬，你管发动群众‘回忆’，我管下次斗争会不平和。工作员说咱们太平和，我看工作员还太平和呢！想不平和还不容易？要早知道不能平和，斗争会也不用开第二次了！”

第二天，说“昨天斗李文武不算数，还得斗第二次”的消息，就传遍了全村。村里群众听到后，倒没有什么，反正腊月天闲着也是闲着，斗地主听喇叭，热热闹闹中迎来过年也不错。但接着赵刺猬就挨门挨户把任务布置了下来：回忆。

消息传到老地主李文武的耳朵里，李文武当时就瘫倒了地上。工作员老范觉得斗争会很不深入，李文武却觉得已经十分深入了。过去人老几辈都是当东家，站在人前看到的都是笑脸，现在却站在人前被人挂牌捺头斗了一把。背后还有几个吹鼓手吹着喇叭，玩儿他像玩儿猴一样。当天斗完回家，他就扑倒到铺上哭了。共产党真是厉害，房子地收回去也就算了，你不该这么羞辱人。现在又听到消息，斗完一把还不算，还要斗第二把。李文武当时就想拿根绳子上吊。但想想一家老小，地窖里还有个快坐月子的儿媳妇，又叹口气，打消上吊念头。他晚饭也没吃，就早早上床睡觉了。等被子捂上了头，老头又“呜呜”地哭了。

二

村长许布袋这两天打了三只兔子。两天能打三只兔子的原因，是因为落了一场雪。一九四九年腊月的这场雪，落得真大呀。贫农李守成的牛棚，都让雪压塌了。麦地里压上了一尺厚的雪，成了白茫茫一片雪野。兔子没处藏身了，迷路了，就撞到许布袋的枪口上了。许布袋把兔子挂在枪筒上，扛着往村里走，在村头碰见贫农团团长赵刺猬。赵刺猬过去怕见许布袋，现在当了贫农团团长，不怕了，他盯住许布袋枪筒上的兔子看，又看他身后落的一滴滴兔血，说：

“老许，你好枪法！”

许布袋瞪了他一眼：

“打个鸡巴兔子，就算好枪法了？我好枪法那阵儿，你娘还没出嫁呢！”

赵刺猬点着头笑：

“那是，那是！”

当天晚上，许布袋正在家炖兔子，贫农团副团长赖和尚带了几个扛红缨枪的人到了。赖和尚今年二十三岁，家是雇农，赖和尚他爹是个麻子，给地主扛活，爱扎针，爱打老婆，家里的铁锅三天有两天是凉的。赖和尚从小跟他娘要饭长大。长大到二十多岁，还没娶上老婆，便成了街上的赖皮光棍。赖和尚的日常爱好，是爱到有媳妇人家的窗户下听房。一次正伏在人家窗下听房，听到趣处，另一个光棍到了，从后边踢了他一脚，他身子猛地伏到墙上，前边肿了，躺了一个月。赖和尚听房，特别爱到大户人家的窗下听，说听起来比一般人家有意思。许布袋虽然老了，也被赖和尚听过。赖和尚和另一个光棍赵刺猬是好朋友。当年他前边肿了，就是赵刺猬到集上买药给他涂抹好的。后来工作员老贾来了，赵刺猬不听房了，参加了革命。老贾走后，老范来了，要成立贫农团。赵刺猬依然很积极，就当了贫农团的团长。接着赵刺猬就把赖和尚介绍给了老范，让他也参加革命。赵刺猬对老范说：

“这也是个雇农，遇事有胆量，就是有一个毛病，爱听别人的房！”

赖和尚当时就脸红了。老范笑着说：

“都是地主给逼的，要是娶得上媳妇，大冷的天，自己睡觉，何必去听人家的房？等地主打倒了，穷人翻身了，也给你娶房媳妇，看你还听不听别人的房？”

赖和尚觉得老范说得有道理，就跟老范闹上了革命，在赵刺猬之后，当上了贫农团副团长，组织了一帮红缨枪，负责村里的武装。做了武装工作，当了副团长，赖和尚果然变好了，不再听房了，斗争地主也很坚决。赖和尚还有一个优点，胆儿大。自从有了红缨枪，胆子更大。他挂在嘴边的一句话是：

“脑袋砍下碗大个疤，弄尿他的！”

工作员老范对他这点很赞成，说：

“和尚勇敢，像个闹革命的样儿！”

赖和尚听了很高兴。今天中午，赵刺猬跑到村公所向老范汇报，说在村头碰到许布袋，打了几只兔子，雪地上滴的都是血。老范一听就火了：

“这村情况就是复杂。地主恶霸吃包子的吃包子，打兔子的打兔子，看有多猖狂！叫和尚带几个人去，把他的猎枪给没收了！”

赖和尚就带了几个人，拿着红缨枪，来收许布袋的猎枪。到了许布袋家，满院子兔肉飘香。赖和尚几个人挑帘子进屋，许布袋、许布袋的老婆锅小巧正围炉子坐着。见几杆红缨枪进来，许布袋眼皮都没有抬，倒把锅小巧吓了一跳，忙站起来说：

“哟，和尚来了，快坐下尝尝兔肉，跟老许喝两盅！”

赖和尚几个人见锅小巧让兔肉，都很高兴，要围炉子坐下。但看到许布袋仍黑着脸，眼皮都不抬，伸出去的脚又缩了回去。赖和尚这时就很不高兴，顿着红缨枪说：

“老叔，对不住你，我们奉命来收你的猎枪了！”

许布袋没有理他，自己拿双筷子，开始从锅里捞兔肉，蘸着辣椒醋吃。自工作员老范进村以后，许布袋心里特别窝囊。他看不惯这一伙穷棒子的折腾劲儿。天转地转，朝代更替，这个许布袋懂。你占了天下，可以威风，但不应该是这么个张狂样子。前些时工作员老贾来，表现还不错。别看过去是个马夫，心胸倒有些大度，许布袋找他去辞村长，他倒给许布袋说好话。后来老贾走了，换了老范，许布袋又去辞村长，你猜老范怎么说？他竟说：

“你辞什么村长？你那个村长还用辞？你的村长是谁封的？是国民党反动派，是伪村长，现在一切权力归贫农团，你不是辞不辞村长的问题，是等着何时接受贫农团斗争的问题！”

当时就把许布袋给气蒙了，他没见过这么心胸狭窄的家伙。可他看着老范腰里插着瓦蓝的新匣子枪，憋得脸通红，硬是一句话没敢说。回到家躺到炕上，说了一句：

“照我年轻时的脾气，早挖个坑埋了他！”

倒把身边的锅小巧吓了一跳。第二天，许布袋过去的村丁路蚂蚱趿拉着鞋来了，进门就说：

“老叔，我跟你说个事！”

许布袋问：

“你要说什么？”

路蚂蚱说：

“上次老贾来，把你的地分给我了，现在老范来，那次分的地又不算了，我来给你打个招呼，那块地就又算我还给你了！”

许布袋又好气又好笑，说：

“地不分给你，那地也归不了我，你应该去找贫农团，你找我干什么！”

路蚂蚱说：

“归你不归你，事情得说清楚，别弄得到时候你以为是我把地给你弄走的，落得我一身不是！”

说完，噘着嘴，坐在炕前不动。

路蚂蚱走后，许布袋感到更加窝心。鸡巴一个村丁，也敢跟他说三道四了。这时下了一场鹅毛大雪，为了解闷，他还照样到地里去打兔子。没想到打了几只兔子，又引来了贫农团，来收他的猎枪。这些贫农团赖和尚之类，过去都是些街头无赖，远远看见许布袋过来，就连忙躲到墙角后边，等他过去再做游戏。没想到现在也都一人一杆红缨枪威风起来，敢当面与他说话了。许布袋一边吃兔子，一边窝火，蘸辣椒醋吃了半只兔子下去，也没吃出个什么滋味。赖和尚见他只吃兔子不理人，黑着个脸，心上倒有些个害怕；又见他也没说什么，又有些胆壮，说：

“老叔，你别光吃兔子了，先跟我们办公事吧。你先把猎枪交出来，我们回去向工作员回事，你再接着吃吧！”

这时许布袋说话了。他把兔子扔下，拍了拍手，扭过脸来，笑了：

“好，和尚，你也会办公事了。你叫我交猎枪，我交，只是咱爷俩得先商量一个事！”

赖和尚一愣：

“你要商量什么？”

许布袋说：

“别看我老许六十多了，你和尚才二十多岁，咱爷俩，到外边去，到雪地上去摔一跤！你赢了，就把猎枪拿走；我赢了，你们几个无赖，乘我没生气的时候，赶紧给我滚得远远的！”

赖和尚又一愣，一时回不出话。赖和尚手下的几个人，倒觉得这主意好玩儿，笑着撺掇赖和尚：

“好，这主意好，和尚，出去跟老许摔一跤！”

锅小巧倒上来推了许布袋一把：

“布袋，你这是干什么，还不赶紧把枪交给和尚！”

许布袋笑着对锅小巧说：

“我这是跟和尚闹着玩儿呢，我六十多，和尚才二十多，他会摔不过我？”

赖和尚看着许布袋，心里却有些发怵。赖和尚是个面上胆大、心里窝囊的家伙。一帮光棍无赖胡闹厮玩儿可以，真要上阵，他有些胆怯。

何况他个头较小，许布袋身材宽大。虽然他二十多岁，许布袋六十多岁，但许布袋年轻时的名声，他听说过。想到这里，他有些恼羞成怒，一甩手要往屋外走：

“好，好，咱没本事，收不了这枪！知你老许过去厉害，咱鸡小鸽不了这猴，咱去汇报工作员，让他来收这枪，让他来跟你摔跤吧！”

其他几个伙伴见他这个样子，都跟他往外走。还是锅小巧撵他们到院子里，将许布袋的猎枪交给了他们。这时赖和尚倒不要这枪：

“你拿回去吧，我不要了，让工作员来拿吧！”

锅小巧又给他说了半天好话，一人给了他们一盒大炮台香烟，几个贫农团团员，才拿着许布袋的猎枪回了村公所。

锅小巧回到屋，埋怨许布袋：

“你也是，就这人家还要开你的斗争会，你还这么爹刺，非让你吃了人家的苦头，你才知道好歹哩！”

许布袋一巴掌打过去，将锅小巧打倒在炕跟前。接着又将一锅吃到半截的兔子，倒进了炉子。很快，炉子里飘出兔子烧焦的煳味。

锅小巧蹲在炕前哭，边哭边念叨：

“跟了你个龟孙，受了一辈子罪。都怨我那爱财的爹，让我一辈子嫁了两个地主！”

接着又哭死去的女儿许锅妮。

许布袋这时叹息道：

“到底是翻身了呀！”

三

路小秃觉得工作员老范很不够意思。上次老贾来搞土改，依靠路小秃，土改搞得很顺利，地主李家、孙家、许布袋家的地很快分了下去；现在老范又来搞土改，却将路小秃排斥在外。路小秃对他不大满意。又听说将来斗争过李文武、许布袋，贫农团还要斗争他，路小秃有些恼火：

“好，好，斗争吧，我他妈也成地主了！”

路小秃现在已经有了家小。老婆叫“老康”，一个打扮得挺干净、长相很漂亮、眼睛略有斜睨的女人。老康原来是三十里外李元屯大地主李骨碌家的一个小老婆，路小秃在大荒洼子里当土匪头时，一次到那里下夜，把她抢来当“肉票”，让李骨碌送到大荒洼三十石小米赎她。更早的时候，老康是李骨碌家一个丫鬟，后来被李骨碌收了房。没想到李骨碌十分潇洒，没有拿三十石小米到大荒洼赎人，而是在家里又收了一个小丫鬟做小老婆。送米的时刻到了，路小秃便要撕“票”，这时识字小土匪对路小秃说：

“当家的，这‘票’别撕了，看她长得很不错，做咱的压寨夫人算了！”

路小秃看看老康长得也不错，就将她做了压寨夫人，光棍从此有了老婆。老康见李骨碌不拿小米来赎她，便有些恨李骨碌；又见当了压寨夫人以后，成了内当家的，一帮土匪挺尊敬她，不像在李家经常得受大老婆的气，觉得压寨夫人当当也不错，天天有酒有肉吃，就真心跟了路小秃。到了一九四八年，共产党和国民党的部队在这里交战，共产党打败了国民党。先是有一股败下来的国民党部队流窜到大荒洼，要抢占大荒洼的地盘，与路小秃打了一仗。路小秃的土匪打不过人家的正规部队，退出了大荒洼；后来又遭到共产党部队的围歼，弟兄们溃不成军，便作鸟兽散，路小秃就带着老康回到了村里。回到村里就不是土匪，就不能下夜，路家一贫如洗，他的父亲路黑小没给他留下什么家产。这时路小秃的母亲也已去世。她老人家在世时，路小秃倒是常派识字小土匪送些抢来的东西孝敬她。但路小秃家弟兄们多，当时送来的东西，当时就吃掉了。等路小秃带老康回家，家里和别的贫农佃户没有什么区别。对这清苦的日子，老康有些过不习惯，夜里常对路小秃说：

“小秃，咱还拉杆子吧！”

路小秃叹息：

“天下大局已定，哪里还时兴土匪呢？就安心过咱的庄稼日子吧！”

后来工作员老贾来了，要分地主的地、地主的东西，路小秃十分高兴和欢迎。整治地主，他是轻车熟路。所以他找到老贾，参加土改很积极。后来他在青龙背上分到一大块好地。他对老康说：

“怎么样老康？跟我没跟错吧？改朝换代，咱还落个时兴。当初把你抢到大荒洼真抢对了。你要还跟着李骨碌，现在就得挨斗争，跟着我呢，过去咱在大荒洼吃喝没受屈，现在回来照样分地！”

后来老贾走了，来了老范，章程又变了，上次分的地不算了，土改要重新搞。这次的土改，却将路小秃排斥在外，接着还要像斗争地主一样斗争他。这下老康有话说了：

“你说跟你跟对了，我看跟你受罪是跟定了。原来是当土匪，整天东奔西跑受苦，现在回到村里，你又变成了地主！我要一直跟着李骨碌，跟着挨斗争还不亏，你家里穷得饿死老鼠，你算哪门子地主呢！”

路小秃脸上红一阵白一阵，说：

“个鸡巴老范，肯定不懂斗争章程！不就看我当了两天土匪！”

一天，在街上，路小秃碰见老范。老范由赵刺猬陪着。赵刺猬远远指着路小秃说：

“这就是路小秃！”

老范问：

“他最近有什么活动吗？”

赵刺猬说：

“不让他参加贫农团，他还能有什么活动？”

老范一笑，没有说话，三个人碰面，路小秃本来准备跟老范说几句话，把疙瘩解开，但老范没理他，他也不好搭讪。赵刺猬在旁边也没理他，两人也没有说话。老范没理他，路小秃没有什么；但赵刺猬在旁边也不与他说话，令路小秃十分恼火：

“这个鸡巴刺猬，上次土改不是我领着他，大家都分不了青龙背的地；现在老范一来，他倒先跟我成仇人了！”

于是就怀疑是赵刺猬在老范跟前说过他的坏话，引起老范对他的不满。一天两人又在赖和尚家碰面。赖和尚窖了两瓮子烂梨酒，准备过年时喝。这天启封，于是请他们一人喝一碗烂梨酒。路小秃端起喝了，赵刺猬没喝，说他今天肚子疼，不宜喝酒，路小秃看他连酒都不与自己喝，立即性起，端起另一碗酒就泼到他脸上。赵刺猬扑上去要与路小秃打架，这时赖和尚把他们劝开了。劝开以后，路小秃就回家了，赵刺猬却跑到村公所向老范汇报了。老范敲着桌子说：

"看看，地主恶霸还是不老实呀！上次和尚到许布袋家收枪，他要跟和尚摔跤，今天路小秃又往你头上泼酒。一个贫农团团长，一个副团长，人家还敢这么欺负，要是一般群众，他们更猖狂了！刺猬，我们还得加紧工作呀！地主恶霸不真正打倒，我们就没好日子过！"

赵刺猬连连点头。

老范说：

"你告诉贫农团的人，还得好好发动群众，揭发地主恶霸的罪恶，先打倒李文武，再收拾许布袋和路小秃！"

赵刺猬又点头。老范又给他写了一封信，让他第二天到区上去。信里说，村里的斗争非常激烈，为了保护积极分子的安全，希望再发几个手榴弹。

区长见信，就让通讯员到库房给赵刺猬拿了几个手榴弹，带回村里。从此，赖和尚等人一人屁股后吊了一个，赵刺猬吊了两个。

但这些情况路小秃都不知道。路小秃这两天放下赵刺猬，正在忙活另一件事：如何收回李文武欠他的十斗芝麻。这十斗芝麻，还是上次土改分地迁祖坟欠下的，直到如今李文武也没给。后来老范一来，路小秃心里一乱，就把这事给忘了，现在快过年了，路小秃想置办年货，手中又没钱，老康埋怨，路小秃又想起了这十斗芝麻。于是在一天晚上，他又来到李家，找到老地主李文武，和当年地主向穷人逼债一样说：

"老李，现在快过年了！我手头倒腾不开，你欠我那十斗芝麻，该还了吧！"

李文武见路小秃又来提那十斗芝麻，又好恼又好气，说：

"小秃，不是上次分地不算了吗？上次分地不算了，我也不用从你地里迁祖坟了，怎么还欠你十斗芝麻？"

路小秃说：

"上次分地是不算了。可你欠我芝麻，是在算的时候。人不死账不赖，不能因为改朝换代，就不说芝麻！"

李文武见他这样无赖，说：

"小秃，我是挨斗争的人，你也是要挨斗争的人，都是共产党要打倒的对象，咱们都是一路人，你何必这样逼我呢？"

路小秃说：

“老李，咱把话说清楚，我跟你可不是一路人，你是恶霸地主，我当年就反对地主，还是抗日英雄；现在老范不懂革命，才暂时与我路小秃发生误会。斗争你是对的，斗争我是错的，我跟你一路干什么？”

李文武摊着手说：

“就算我欠你芝麻，今年芝麻歉收，我到哪里去给你找十斗芝麻呢！”

路小秃说：

“没有芝麻，给别的也行！”

正在这时，李家少奶奶走进来，到李文武耳边悄悄说了几句话。李文武马上神色大变，要随少奶奶出去。路小秃上前拉住他：

“老李，咱们先把咱们的事情说清楚，你给了我芝麻，你再忙你的！”

李文武说：

“我现在家里有急事，咱们改天再说！”

路小秃拉住他不放：

“快过年了，我手里倒腾不开！”

李文武哀叹：

“我怎么碰上了你！人一倒霉，蚂蚱、猴子也欺负你！”

路小秃马上火了：

“你可别骂我！”

李文武摇头哀叹：

“我不骂你，我不骂你，床上有我一件狐皮大衣，是我老头冬天出门穿的，你拿去吧！”

路小秃马上到床上去拿那件狐皮大衣。里外翻看一番，见有八成新，就裹巴裹巴要了。临出门又抄起李文武一顶皮帽子：

“一件大衣怎么值十斗芝麻？这顶帽子也算上吧！”

路小秃一走，李文武又哽咽着想哭。这时少奶奶又催他。他就停止哽咽，跟少奶奶到后院去了。

路小秃得了狐皮大衣和皮帽子，他将皮帽子自己戴了，将狐皮大衣拿到集上卖了，用卖大衣的钱置办了一些年货。还买了一把五百头的火鞭。

四

李家大喜。藏在地窖里的李小武的老婆周玉枝生了。生了一个男孩，“哇哇”地在地窖里哭。这个地窖在后院正房的方桌底下。李文武站在方桌旁，听少奶奶说生了个孙子，忙趴到地上磕了个头：

“苍天有眼，乱世年头，让我有了个孙子。就是我老头有个三灾两难，也算有个后辈人了！”

接着又有些伤感。伤感之后，又有些犯愁。儿媳生了孩子坐月子，就不比以前一个人。大人小孩再藏在阴暗潮湿的地窖里，就不大合适。但儿媳是李小武的老婆，李小武是个在逃的中央军，如挪到地面上，让人家知道，又得吃不了兜着走。对老头倒没什么，顶多再挨一次斗，但对儿媳孙子恐怕很不利。是留在地下还是挪到地面，让李文武想了一天。晚上侄子李清洋过来，向李文武汇报这几天埋东西的情况。这几天李清洋带着兄弟李冰洋，正在趁夜里往马圈里埋东西，害怕贫农团有朝一日来抄家。李清洋汇报完，李文武说：

“一般东西就不要埋了，衣裳、粮食，埋也埋不及，拣些金贵的东西埋埋就成了！”

李清洋点头。

商量完埋东西，李文武与他商量儿媳和小孙子的事。李文武说：

“东西能埋在地下，活人不能老埋在地下，你看怎么办呢？”

谁知李清洋也想不出个主意，倒袖着手说：

“依我说，当初小武哥就不该将她送过来！”

李文武说：

“要生养的人了，怎么能留在大荒洼子里！”

李清洋说：

“那他怎么不把她送到娘家？咱家现在这个样子，他又不是不知道！”

李文武叹息：

“她娘家是安阳的，离这二百多里，他现在是个中央军，让他怎么送！”

李清洋的老婆李家少奶奶在一边旁听，这时插嘴说：

“叔，依我说，咱们等两天再看。”

李文武说：

“等两天看什么？”

少奶奶说：

“等两天看看孩子哭不哭。如果孩子不爱哭，我看就将他们娘俩挪到上边来，后院僻静，让他们躲在里间，吃、拉都在屋里，只要孩子不哭，人不知鬼不觉，想也不会有人知道；如果孩子爱哭呢，就往上边挪不得，孩子一哭，人家知道了不是闹着玩儿的，那是他们的命，只好待在窨子里了！”

李文武觉得少奶奶说得倒有些道理，于是点点头，停两天看。

看了两天，孩子不爱哭。除了饿了找奶头时哭，其他时间不哭，仰着脸睡。李文武便将他们母子搬到了地上。实验了一天，及时喂奶，躺在床上一天没哭。后院僻静，人不知鬼不觉。李文武松了一口气，心里宽慰许多。当天晚上，李文武过来看儿媳和孙子。儿媳周玉枝，上次是半夜进门，进门以后就下了地窨，李文武没有看清楚她，现在在灯下看清楚了，除了下巴短些，模样还周正；只是过去的烫发，现在已成了一团鸡窝；在窨下待了半个月，脸有些白皙。虽然是城里人，还很懂规矩，见李文武进来，就喊了一句“爹”。李文武说：

“躺着吧，躺着吧，你身子虚。”

接着就过来看孙子。孙子正睡着，脸很小，小脸的皮皱着，张着嘴呼吸。一呼吸，小脸上的皮就跟着牵动。李文武又解开孩子的包裹，看了看他的小鸡鸡。谁知一看小鸡鸡，孩子醒了，蹬着小腿要哭。儿媳周玉枝赶忙将他抱起，将奶头塞到他嘴里。他衔到奶头，就不哭了。李文武松了一口气，说：

“个头不小！”

接着从口袋里摸出一个小金佛爷，放到桌子上说：

“家里没什么好东西了，这还是你老奶出嫁时带过来的，临死时留给了我；现在世道不济，我也不知哪天活哪天死呢，就留给孩子吧！”

周玉枝见李文武将这么贵重的传家之物给她，忙说：

“爹，你留着吧，他还小，这么贵重的东西，他担当不起！”

李文武说：

“别说担起担不起，就当是留给他的纪念吧！”

周玉枝说：

“那我就代他谢谢爷爷吧！”

李文武见媳妇说话懂事，心里又喜欢起来，说：

“现在家里不济，你过来就受委屈。你身子虚，躺着不要动，想吃什么，告诉家里，尽现在的条件给你做！”

周玉枝说：

“吃什么我不讲究，只是在窖里躺了半个月，憋闷得很，爹，叫人给我拿本书吧！”

李文武见儿媳像当年儿子上学一样爱看书，又很喜欢，说：

“好，我明天让人给你送一本《论语》来。”

第二天一早，李家少奶奶就送过来一本《论语》。但周玉枝要看的不是《论语》。周玉枝虽然是安阳的女中学生，但学习并不好，《论语》她不喜欢，她想看的是武侠小说。所以《论语》给儿子当了枕头。停了两天，李文武又让人送来一本《孟子》，周玉枝也不爱读，又放到了枕头下。

这样平安过了十来天。媳妇无事，孙子一天天长。李文武觉得事情安排得很秘密，这才放下心来。孩子一天一个样，李文武常趁夜里去看孙子。这是他提心吊胆的日子里的一点安慰。但他没有想到，他这个秘密已经被工作员老范知道了。向老范汇报秘密的，是李家的马夫牛大个。牛大个在李家扛长工多年，上上下下，和李家关系处得不错。本来他是做田里的活，自马夫老贾因为一件褂子跟李家闹别扭走后，他就接替老贾喂马。关系处得不错，本来他是不会汇报的。但半月之前，他被赵刺猬发展成贫农团的秘密团员。这使他在李家的作用秘密地变了，但李文武不知道这事，以为牛大个还是以前的牛大个。本来赵刺猬是不同意把牛大个发展成他的团员的。但发展牛大个是老范的主意。上次斗争李文武失败，老范一方面让赵刺猬进一步发动群众，另一方面就是让赵刺猬发展牛大个。赵刺猬说：

“我不要他，我不发展他，他是地主的狗腿！”

老范给他解释了要团结大多数的道理，说：

“他是地主的长工，不是狗腿，发展他对贫农团有好处。要说狗腿，我在东北也给地主喂过马，你看我像狗腿吗？”

赵刺猬忙说：

“你不像狗腿，你不像狗腿！”

于是就去发展牛大个。谁知赵刺猬去发展他，牛大个还不愿意参加，说：

“咱就会喂个牲口，参加那干什么！”

赵刺猬回来就向老范汇报了，说：

“看看，看看，让他参加，他倒不愿意参加。我说他是地主的狗腿吧，你还不信！”

老范说：

“你把他悄悄叫来，我跟他谈！”

赵刺猬就把牛大个叫到了村公所。老范说：

“牛大个，听说让你参加贫农团你不参加？”

牛大个噘着嘴说：

“我不跟赵刺猬在一块混！”

老范说：

“赵刺猬不是以前的赵刺猬，他是贫农团团长！”

牛大个说：

“咱就会喂个牲口，咱不参加！”

老范正色说：

“牛大个，李文武马上就要被打倒了，你还不脱离他！将来他被人民镇压了，你怎么办？没想想自己的退路吗？”

牛大个脸一白一红的。红了半天，问：

“我要参加，让我干什么？”

老范说：

“你在李文武家里待着，他家的日常情况，你总会知道，以后有什么可疑的事情，赶快向贫农团报告！”

牛大个又迟疑了，脸又红了，说：

“在一起混了那么多年，这多不仗义！”

老范说：

"是不仗义，可谁叫他是地主呢！他是地主，你是雇农，他一直在剥削你，这仗义吗？"

牛大个说：

"不管怎么说，我现在是不参加，先得让我想两天。"

老范说：

"你可以想两天！"

牛大个想了两天，又找老范，终于决定参加。但他参加有个条件，他的参加不能让别人知道，他只能算个秘密的。

老范说：

"可以不让别人知道，可以是个秘密的，这样对你开展工作也有利。"

牛大个自秘密参加了贫农团，在李家待得就神色不正常。但李文武等人一直忙活着孙子和埋东西，并没有发现他的异常。这样半个月过去，老范又找他谈话，问他李家有什么情况，他就把李家秘密生了个孙子和正在秘密埋东西两件事，吞吞吐吐向老范说了。老范听到这两个消息，大吃一惊，也十分愤怒。原来地主阶级还这么猖狂，还在居家过日子，还在秘密往家运孕妇，还在秘密在家生孩子，还想把他们这个阶级传宗接代保存下去；他们并没有因为斗争过他们一次就甘心失败，他们还在秘密地往地下埋东西，他们还梦想有朝一日变天。老范当时就把自己的帽子摔到了桌子上。接着把衣裳前襟的扣子解开，敞着胸膛，让人把赵刺猬、赖和尚找来，把牛大个提供的情报通报给他们，说：

"地主阶级不死心，我们怎么办？"

赵刺猬、赖和尚一听这消息也很气，说：

"他敢生孩子，他敢秘密埋东西，枪崩了他个狗日的！"

老范说：

"看来我们以前对他们太心慈手软了，一方面要打倒他，一方面还让他们在深宅大院住着，还让他们舒坦地过日子，这就给他们提供了机会，让他们有机会生孩子、埋东西！"

赵刺猬、赖和尚拍着手说：

"对，对，工作员说得太对了，咱们心慈手软，咱们早就应该把他们扫地出门，让他们也过过咱们的苦日子！"

老范用拳头砸着桌子说：

"对，应该马上把他们扫地出门，原来的工作安排，是等分了地，再分他们的家产，现在看，还是得先扫地出门!”

赖和尚说：

“我这就去集合红缨枪!”

老范止住赖和尚：

“那倒不用这么着急。还是等开了下一次斗争会，把他们打倒了，再扫地出门，不然现在就扫地出门，群众会不理解。只有先揭出他们的罪恶，找到他们的血债，激起群众对地主的愤怒，才能把地主扫地出门，群众才会拍手称快!”

赵刺猬、赖和尚觉得老范说得有道理，这时他们才真的开始佩服老范。赵刺猬说：

“还是工作员眼眶子大，看得长远，不像我们这蚂蚱眼!”

老范摆摆手：

“我眼眶子也大不了哪里去，只是在东北搞过一次土改，积累了这么点经验!”

赖和尚说：

“只是等开过斗争会再撵人，太便宜了他们!”

老范说：

“所以我们要抓紧工作，深入发动群众，争取早一点把他们的罪恶集中起来，早一点开他的斗争会!”

五

第二次斗争地主李文武的大会，又在村公所前的土台子上召开了。斗争会召开之前，工作员老范召集贫农团的人，又进行了周密的布置。通过这些天发动群众，回忆地主罪恶，大家都回忆得差不多了；回忆出来以后，又通过筛选，拣有血债的集中起来，进行排队；排好队，拣几个典型的、能激起民愤的事例，准备让事例的主人到大会上发言。典型的血债有这么几条：一、赵刺猬母亲被李文闹强奸致死事件。虽然老贫农李守成曾提出赵刺猬母亲当时是同意的，是通奸；但工作员老范认为这个事情还要具体分析，就是通奸，肯定也是屈于地主恶霸的压力，不得已而为之，不然怎么最后上吊自杀了？还是思想不通，被李家强奸致死。老范还建议赵刺猬发言时，不要说他母亲以前和李家怎么样，只说上吊那天的事，李文闹怎么逼人，赵的母亲怎么上吊；上吊以后李家不闻不问，似乎像死了一条狗一样的态度；及母亲被李家逼死后赵家生活如何艰难，一家老小围着棺木哭……二、宋家老婆婆眼睛哭瞎事件。宋家老婆婆十八岁守寡，含辛茹苦，将一个独生子养大。养大以后，一年村里派劳工，当时李家当村长，就将这劳工派到了老婆婆家。当时老婆婆的独生子正在发疟疾，哭喊着“娘”，不愿意当劳工。可硬是被李家派来的人把独生子从炕上拉了起来。李家卖一个劳工，得了一百块大洋；可独生子被拉走当劳工以后，四十多年还没个音信，老婆婆想儿子哭得眼睛都瞎了。三、李家的小猪倌被毒打致死事件。十年之前，李家养过一群猪。给李家放猪的，是一个十二岁的孤儿。一天这孤儿放猪到地里，一时贪玩儿，猪跑散了群，丢了三只，回家以后被李家毒打一阵；李清洋李冰洋又将孤儿捺到地上当马骑。孤儿连挨打带受吓，发起高烧，李家也没给看，后来这孤儿就不明不白地死了。下边还有佃户冯碌碡因偷了李家田里几棒子玉米被打残一条腿事件；中农崔老巩因和李家争地边被李家逼得喝了老鼠药，幸亏灌屎汤及时，才将一条命抢救过来事件；连老贫农李守成都觉悟了，也回忆起一件李家大年三十逼债，砸他家铁锅卖铁事件，那时他老婆刚生下孩子三天，女人没锅没米喝不了米汤，下不了奶，孩子被活活饿死了……

果然，由于事先安排布置得好，这次斗争会开得很成功。会场里再没有上次开斗争会那种喜庆气氛。一开始台下还只是听，后来听着听着，特别是宋家瞎眼老婆婆讲起她如何思念被李家抓走的儿子，下边许多娘儿们小孩都哭了。又讲到小猪倌被毒打致死，李守成小女儿被活活饿死……群情激愤了。不讲不知道，原来地主李文武家欠了我们这么多血债。原来以为李家幸福是应该的，谁知他为了自己享福，逼得我们家破人亡。这个狗日的，真不是人×的！有几个愣头小伙子跳上台子，脱下鞋抽下皮带就要打李文武，工作员老范劝住了他们。趁这工夫，赵刺猬及时领着大家呼口号：

“打倒地主李文武!”

“向李文武讨还血债!”

群众虽然以前没喊过口号，但现在也自然而然地举起了手臂，喊声如雷震天。把台上的李文武、李清洋、李冰洋吓得一脸的汗。这时老范又向大家宣布了一个消息，说李文武家在秘密生孩子，李清洋李冰洋在秘密掩埋贵重东西。大家对秘密生孩子倒没什么，但听到李家在秘密埋东西，更愤怒了：

“×他妈，欠我们那么多血债，还惦着埋东西享福呢!”

老范又说：

“过去李家骑到我们头上作威作福，是因为我们没有翻身。现在我们翻身了，他们还躲在深宅大院里生孩子吃肉包子享福，还在掩埋应该分给大伙的东西！乡亲们说，我们应该怎么办?”

赵刺猬赖和尚等人马上喊：

“将地主李文武扫地出门!”

大家一听赵刺猬赖和尚喊将地主扫地出门，也突然觉得应该这么做。狗日的过去享福，现在将他们扫地出门。于是纷纷跟着喊：

“将他们扫地出门!”

老范说：

“对，应该将他们扫地出门！只有将他们扫地出门，才能将他们的威风打下去!”

这时赵刺猬赖和尚举着红缨枪喊：

“走哇，到李家去把他们扫地出门!”

大家也跟着喊：

“到李家扫地出门!”

于是押上李文武、李清洋、李冰洋，大家就离开会场，去了村西李家。

人流走后，广场空了，就剩下另一个老地主许布袋、过去的土匪头目路小秃两个人。今天的斗争会他们也参加了。是工作员老范让他们参加的，站到台子上跟着李家三父子陪斗。原来是不准备让他们两个陪斗的，但工作员老范听说两个也很猖狂，一个泼了贫农团团长一脸酒，一个要跟贫农团副团长到雪地里摔跤，于是就提议让他们来陪斗，先借斗争李文武，打掉他们的威风。等打倒了李文武，再回头一个一个收拾他们。刚才的斗争场面，是许布袋、路小秃没有想到的。一群土头土脑的穷棒子，闹腾起来也不是玩儿的！呼口号声音震天，说去扫地出门，一群人马就走了，就可以扫地出门；控诉中间，还有小伙子跳到台子上想用鞋底皮带抽人，别说李文武、李清洋、李冰洋吓得头上冒汗，连许布袋、路小秃也吓得哆嗦身子。众人走后，广场空了，许布袋叹息：

“看样子真要变世界！秃弟，下次轮到咱们俩了，咱们也得想想办法！”

谁知路小秃瞪了他一眼：

“老许，你别往我身上靠，你老许是地主，怕扫地出门，我鸡巴穷得叮当响，我怕个尿哩！”

说完，路小秃就甩手回了家。他这一噎，倒噎得许布袋半天挪不了步子。

这时众人已经押着李文武三人到了李家大院。今天的斗争会结果，是令李文武万万没想到的。今天控诉罪恶，群情激愤，他预料到了。他知道这个工作员老范厉害，说要重新斗争他，迟迟不斗争，证明肯定有名堂，要发动佃户们起来，但斗争过之后要把他扫地出门，是他万万没想到的。扫地出门，他已是六十多岁的老头子，寒冬腊月，眼看就要过年，要把他扫到哪里去？何况扫地并不是扫他一个人，牵扯到一大家人。这么多人被扫出门，到哪里去吃喝？一大家子也不要紧，关键还要扫刚坐月子的儿媳和刚出生的小孙子。小孙子本来就是在地窖生的，现在出生才十几天，又要被扫出门，十来天个孩子，他如何受得了？

他不知道工作员老范是怎么知道他家秘密生孩子和秘密埋东西的。这下好了，孩子白生了，东西白埋了，一切都要扫地出门。当他被众人押回了自己的家，看着扛红缨枪的人开始四散钻到各房子往外清人，他差点晕了过去。这日子是没法过了。这日子是没法活了。但他两臂被赖和尚反拧着，一点动弹不得，眼睁睁看着家人们被狼狈地赶出了屋，赶到了南小院的下房和马棚里。李清洋的老婆李家少奶奶也被人推着往南小院走。她听到撵人的声音，赶忙换身上的衣服，想将里子好一点的、暖和一点的皮袄换到身上，但换了一半，人就闯了进来，把她推搡出去。她衣裳还没来得及掩，露出一只白皙的奶，惹得几个民兵乱笑。后来李文武又被赖和尚押到了后院。他又看着正坐月子的儿媳周玉枝，抱着刚出生十几天的孩子，也被人推搡出来。周玉枝衣裳没穿整齐，孩子也没包裹好，包裹外还露着一只小脚丫子。李文武不知突然从哪里涌出那么大的劲儿，一下甩开赖和尚，上去护住了儿媳和小孙子，接着跪到地上向赵刺猬磕头：

“刺猬，你撵别人我不管，我这个儿媳和小孙子，你抬抬手，让他们留在屋子里吧。小孙子出生才十几天，马棚里太冷！”

李文武猛地挣脱赖和尚跑到赵刺猬面前，把赵刺猬吓了一跳。他埋怨赖和尚：

“你怎么搞的，让他蹿了出来，不能把他捆起来？”

又看到李文武向他磕头，上去踢了李文武一脚：

“去你妈的，别给我装样子。当年你哥逼死我妈，你怎么不向我磕头！现在把你儿媳和孙子撵到牛棚里你就嫌冷了？你去打听打听，俺弟兄几个哪个不是在牛棚里生的？”

李文武上去抱住赵刺猬的腿：

“刺猬，一切罪过算到我头上，你打我骂我枪毙我我都不怨，饶过我这小孙子吧！”

这时赵刺猬不再搭理李文武，看李文武的小孙子。因为他看到小孙子手里，正攥着一个金灿灿的小佛爷。赵刺猬看它是金的，知道是宝物，又一脚踢开李文武，上去抢小孙子的金佛爷。谁知小孩子手紧，一下还拿不过来，便双手上去，猛地一拉，才将金佛爷夺了过来。他这一拉不要紧，将小孙子的包裹也拉散了。小孙子的光身子，一下暴露到腊月寒冷的空气里。小孙子“哇”的一声哭了。周玉枝见孩子哭，包裹也拉散了，照赵刺猬脸上啐了一口：

“土匪！”

赵刺猬见地主儿媳敢往脸上啐他，又骂他“土匪”，也火了，上去便要夺孩子：

“×你妈，你这地主骚×，敢啐我，我把你这小崽子摔死，不给你这地主留根苗！”

但赵刺猬夺孩子也就是吓唬吓唬周玉枝，并不是真要摔孩子。但老地主李文武在旁边当了真，心想：这赵刺猬不但夺孩子佛爷，拉他包裹，还要摔死他；小孙子都要被人摔死了，我还活他干什么？便叫了一声：

“赵刺猬，你个没人性的东西，我跟你拼了他！”

一头向赵刺猬撞去。赵刺猬正在夺孩子，没预防李文武，被李文武一头撞倒在地，头磕在南墙上，疼得眼里直冒金星。还没等他反应过来，李文武又扑到他身上，用双手去掐他的脖子。但到底还是赵刺猬年轻力气大，一把便将李文武推开了，接着顺手从腰间摘下手榴弹，照李文武头上来了一家伙：

“去你妈的，你还想掐死我呀！”

只这么一家伙，李文武一头歪到地上，不再动弹，接着头上就开始往外冒血。

李文武死了。李家大院立刻大乱。立刻就有人喊：

“杀了人了！”

人们纷纷往这里跑，围着李文武看。正在往南小院清人的民兵，也都不清了，也跑过来看。已经被清到南小院的李家人，也都从南小院跑过来，跪在李文武尸体前开始大哭。贫农团团长赵刺猬也害怕了。他没想到一家伙下去，把李文武给砸死了。这是他平生第一次杀人。看着李文武脑袋往外冒血，他的两腿开始打战。幸亏这时工作员老范赶了过来，才稳定住局面。他问赵刺猬：

“你怎么把他砸死了？”

这时赵刺猬哭了，说：

“我没有成心想砸死他，我只是往外边撵人，这老家伙突然反攻倒算，要上来掐死我，我不用手榴弹砸他，他不把我掐死了？”

老范听是这种情况，这种情况他在东北也见过，知道怎么处理，不能因为死了一个地主影响大局，于是便说：

“既然是这样，他自己要反攻倒算，打死他是活该！就算是人民对他的镇压吧！没什么大不了的，地主反扑，我们就镇压！大家不要围着看了，该干什么，还干什么！先把李家的人扫地出门，然后往外抬他们的东西！埋在地下的东西，都把它挖出来！”

众人便散去。老范又对围着李文武尸体哭的李家人厉声说：

“哭什么，李文武是恶霸地主，还要反扑，人民镇压他，你们心疼了？”

又对扛着红缨枪的民兵说：

“把他们押到南小院去！”

李家人又被押到了南小院。

院子里恢复了平静。赖和尚指着李文武的尸体问：

“他怎么办？”

老范说：

“我们没有义务给他送殡。让几个民兵把他抬到后岗，挖个坑埋了算了！”

于是上来几个民兵，把李文武抬到后岗，挖坑埋他。但扒开地面的雪一看，天太冷了，地冻得太结实了。几个民兵只好浅浅挖了一个坑，就把李文武草草埋了。但埋得太浅了，夜里上来几条野狗，将李文武扒了出来，把他一条腿给撕吃了。第二天早上去看，鲜红的血，在雪地上一片一片的，都冻凝结了。

腊月二十三这天，村里喜气洋洋。大家集中到村公所前的土台子下，平分斗争地主得来的胜利果实。从李家抬过来的东西，摆了一广场。前些天李清洋李冰洋秘密埋藏到地下的东西，也被民兵挖了出来。这都是些贵重物品：金银铜器，皮袄大衣，绸缎布匹，银元，还有一架有小人出来敲打的自鸣钟。一开始李清洋李冰洋还不承认，说就屋里那些东西，没有往地下埋东西。贫农团副团长赖和尚指挥民兵将李清洋李冰洋吊起来，用小马鞭抽打。一开始两人叫唤，挨一鞭子，就叫唤一声，赖和尚用两块破布堵住了他们的嘴，就没了声音。抽打到鸡叫，两人脚下都淌下一摊子血。将破布从嘴里掏出来，李冰洋首先就软了，对李清洋说：

“哥，咱说了吧，我实在受不了了！”

李清洋瞪了李冰洋一眼：

“你这个没种的！”

赖和尚生了气，用马鞭指着李清洋说：

“你倒有种了？我偏不让他说，我偏让你这个有种的说！”

接着将李冰洋卸了下来，又用破布堵住李清洋的嘴，专门抽打李清洋。抽打到天明，将破布从嘴里掏出来，赖和尚问：

“你还有种没种了？”

李清洋也受不了了，说：

“没种了！”

赖和尚说：

“那你说，东西埋在什么地方？”

李清洋就说了。大家拖着李清洋，到马棚里、伙房里、茅屋粪池里，把东西起了出来。起出来的东西，再加上原来所有的，摆了一广场。粮食、衣服、日常用具、牲口马匹，还有几扇子冷冻猪肉，满满一广场。大家看到这么多东西，又起了愤怒，觉得应该斗争地主。我们穷得叮当响，他一家子就藏了这么多东西，让人多么可气！光一口袋一口袋的粮食，就摆了半广场，他们一家才十几口人，吃到哪年哪月才能吃完？我们却常常揭不开锅；光李家少奶奶的绸缎衣裳，就有二三十件，她一个人如何穿得过来？贴身内衣都是绸子的，不挂肉吗？我们的女人却常常衣不蔽体。大家说：

“不斗不知道，一斗才知道地主这么可气！”

“就得斗他狗日的！”

“就得分他狗日的！”

“就得把他狗日的砸死，扔到野地里喂狗！”

工作员老范，是他们斗地主翻身分胜利果实的带头人。他从广场上穿过，大家都对他很尊敬，纷纷向他笑着打招呼：

“工作员，这边来唠唠！”

“工作员，一会儿你给我们分东西，你分得公平，我们信得过！”

老范背着手在那里走，看着群众的热烈情绪和笑脸，知道群众是真正发动起来了，也从心里感到宽慰，也笑着回答：

“一会儿自报公议，由贫农团给大家分。大家都是一家人，谁缺什么，就报什么，由大家伙评议来分，一定会分得公平。只是大家可别分了东西忘了本，咱们的斗争还没完，下边还要斗争许布袋和路小秃，大家也要积极呀！”

大家纷纷说：

“工作员放心，下边斗争，我们还积极！”

“再斗倒一个，不是还得分东西嘛，怎么会不积极！”

又有人说：

“工作员，你也分一份东西吧！”

老范又笑了：

“我是来帮助大家翻身的，我就不分了。大家分了猪肉，分了白面，过年包饺子，我到你们家吃饺子！”

大家纷纷说：

“到我家！”

“到我家！”

“我家还给你酒喝！”

老范笑着与他们打招呼。这时赵刺猬穿过人群来到他身边，赵刺猬自杀了李文武，有三天心神不定，老想着李文武脑袋下那一摊子血，一吃饭就吐。夜里睡不着觉，一睡着就做噩梦，李文武拿手榴弹撵他砸他。好在老范没有过多责备他。只是在一次贫农团会议上说：

“下次注意，别再一手榴弹砸死一个，人头不是西瓜！”

赖和尚说：

“就是，砸来砸去，地主让你砸死完了，我们还斗争什么！”

一次老范到区里去，还将此事向区长作了汇报。区长也说：

“不能因为死了个把地主，影响大局，压抑群众的积极情绪。革命嘛，不是大姑娘绣花。大姑娘绣花还免不了针刺着手，何况这是革命。过去地主杀了多少穷人？”

所以老范回到村里，并没有过多批评赵刺猬。没有过多的思想压力，几天过去，赵刺猬也就恢复了正常。这时他倒有些得意，拍着屁股上的两颗手榴弹说：

“怎么样，你不是要反扑吗？一手榴弹砸死了你，也不见我给你抵命！”

现在在广场分东西，赵刺猬到了老范身边。赵刺猬今天穿了一身新衣服，扎着武装带，吊着手榴弹，显得很精神。他打量一下人群，对老范说：

“工作员，人都到齐了，分吧？”

老范点点头：

“自报公议，分吧！”

这时赵刺猬说：

“分之前，我还得提个建议！”

老范问：

“你还要提什么建议？”

赵刺猬说：

“一些落后户，像常老拐家、王殿奎家，斗地主不见他们的影，现在分果实，他们来了，也分给他们吗？”

老范说：

“他们也是贫农，也分给他们吧。他们这次不积极，分了东西，下次就积极了！”

赵刺猬噘着嘴说：

“上次我打死李文武，常老拐还说风凉话，说：‘等着吧，地主斗不下去了，出人命了，县上司法科马上就要来拿人了！’吓得我一天没敢动弹。这次就是分，也得少分给他一点！”

老范笑着说：

“可以少分给他一点，对他也是个教育！”

赵刺猬很高兴，便跳到土台子上，和赖和尚等人一起，开始主持为大家分东西。分东西按老范的办法，自报公议，缺粮食的拿粮食，缺衣裳的拿衣裳，缺猪肉的拿猪肉，缺家什的拿家什。就是几匹牲口不大好分，只好把牲口分成四条腿，四户分一匹牲口。到了下午，东西就分得差不多了。常老拐、王殿奎几家，果然少分给他们一些。赵刺猬说：

“谁叫你们不积极了？还心疼地主。既然心疼地主，为什么又来分地主的东西？别人斗争的果实，能分给你们一点，就算宽大了你们，下次看你们再说风凉话！”

常老拐等人满面羞愧，只好拿着比别人少的东西回了家。但除了常老拐王殿奎几家，全村其他人都欢天喜地的。有的回家就把猪肉剁成了饺子馅，一家人包起了饺子。晚饭的炊烟中，满村的肉香。

李文武家的长工牛大个，这时已成了公开的贫农团团员。李文武已经死了，牛大个也不害怕了，也同意公开。贫农团念他举报有功，多分给他几样东西。多分这几样东西让他挑。他挑了一副马鞍、一个笼头、一杆鞭。在大家分东西之前，老范把牛大个叫过来，领他在广场的东西中转了转，问他：

“你在李家待的时间长，看这东西到齐了没有，还有没有埋起来，李清洋李冰洋没有交代的？”

牛大个自己又背着手在广场里转了转，回来对老范说：

“我看也差不多了！”

又说：

“我过去听说，李家有好多金镏子，李文武出嫁闺女，脚指头上还戴那玩意，怎么挖出来的那么少呢！”

这引起了老范的警觉，说：

“李清洋李冰洋必定没有交代彻底！”

这天分完东西，老范又把赵刺猬叫到村公所，告诉他李清洋李冰洋可能没有交代彻底，让他们继续审问，一定要将地主的根刨倒。赵刺猬说：

“我这就去找赖和尚，让他晚上继续审问！”

赵刺猬到了赖和尚的家，赖和尚他娘正在家包饺子。赖和尚又启开一瓮子酸梨酒。赵刺猬将老范的意思向赖和尚说了。赖和尚打着哈欠说：

“一点不让人消停了？上次审夜，一夜没消停，把我累的，看，现在眼睛还红！也没见我多分东西！”

赵刺猬说：

“那也得继续审，工作员说了，不能放松警惕！”

赖和尚不满意地说：

“我说不审了？那也得让吃了饺子喝了酒呀！”

赵刺猬说：

“我也没说不让你吃饺子，反正你今晚上审就是了！”

说完就告辞了。赖和尚便在家吃饺子、喝酒。谁知一喝酒他喝过了头，醉了。醉到第二天早晨，一觉醒来，突然想起昨天赵刺猬交代的事，害怕醉了一夜挨工作员批评，慌忙爬起来，连屎尿也没顾上撒，一溜烟儿出了家门。等集合了民兵，把审讯队伍开到李家的南小院，到牛棚里去抓李清洋李冰洋时，谁知牛棚里只剩下李家的娘儿们小孩。李清洋李冰洋已经在夜里逃跑了。

赖和尚吓了一身的汗，后悔昨天喝醉了酒。但酒是自己喝醉的，又没处埋怨，一下抱住头，蹲到地上“呜呜”哭起来。

上午，老范在村公所召开贫农团会议，讨论李清洋李冰洋的逃跑问题。先批评了赖和尚，昨天夜里不该喝醉酒，放松警惕。地主还没有完全打倒，我们自己就放松了警惕，让地主逃跑了，不等于放虎归山吗？东西还没有完全挖出来，地主就跑了，我们还怎么挖？赖和尚又哭了，哭得眼睛红红的。这时老范说：

"你也不要哭了，再哭也不会把李清洋李冰洋哭回来。下次让你审许布袋或是路小秃，你可不要喝酒了！"

赖和尚揉着眼睛点点头。

老范问大伙：

"李清洋李冰洋能跑到哪里去？"

大伙说：

"还能跑到哪里去？还不是大荒洼。听说李小武也带着国民党残匪待在那里！"

老范安慰大伙：

"这没什么了不起，大家不要灰心，他跑了和尚跑不了寺。现在咱们的部队正在商量清匪，停几天等部队过来，几个残匪和逃跑的地主，还能再跑到哪里去？李清洋李冰洋既然逃跑了，咱们就暂时不管他，停几天等部队抓住他们，咱们再新账老账一起算。咱们现在先研究一下下一步的工作，如何开展新的斗争，如何收拾许布袋和路小秃！"

大家听了老范的话，情绪都恢复了平静，纷纷说：

"就是，他逃跑也没什么了不起！"

"等抓住他再说！"

接着就开始研究如何斗争许布袋和路小秃。大家的意思，斗争李文武已经积累了经验，这个经验可以用在斗争许布袋和路小秃身上。先发动群众，回忆地主罪恶，然后集中排队，筛选血债，开斗争会重点发言，开完斗争会扫地出门，然后再让赖和尚审问。李文武就是这样被打倒的，想来许布袋、路小秃也错不到哪里去。但在是先斗争许布袋还是先斗争路小秃的问题上，大家略有分歧。一部分人赞成先斗路小秃，并提议让路小秃的哥哥、过去的伪村丁路蚂蚱陪斗；这个路蚂蚱，过去也狗仗人势做过不少坏事。另一部分人赞成先斗争许布袋。说许布袋既是地主，又是过去的伪村长，既有家产，又有罪恶，斗倒他可以及时扫地出门，分他东西，激得起大家的积极性；路小秃虽然也有罪恶，但他只是个土匪恶霸，没有东西，现在他家里还穷得叮当响，斗倒他有什么意思？老范又给大家解释，说斗地主斗恶霸不单单是为了分东西。更为重要的，是为了把他们从政治上打倒。虽然有些恶霸家产不多，但如果不及时将他们打倒，剪除他们的威风，还让他们横行乡里，群众就不能真正翻身。譬如路小秃，现在还敢往贫农团团长脸上泼酒；上次老贾来搞土改，他就敢自己先在青龙背上占一块好地，他哥哥也敢占一块，不治治他们的威风，群众从心里还怕他们，怎么敢起来翻身呢？他们分了青龙背，真正的贫农就不能分青龙背，土改怎么能进行得好……大家听了老范的话，觉得有道理，都说：

"那就先斗路小秃吧！"

于是就决定先斗路小秃。大家回去便准备上了。路小秃的斗争会安排在三天之后。这三天大家抓紧发动群众，集中路小秃的罪恶。但等到了第二天早上，老范在村公所刚起床，赵刺猬气喘吁吁跑进来，说：

"工作员，不得了了！"

老范说：

"出了什么事，你慢慢说！"

赵刺猬说：

"路小秃和许布袋，昨天晚上也逃跑了！"

"噢！"

老范吃了一惊。接着赶忙穿上衣服，跟赵刺猬从村公所跑了出来，去看路小秃和许布袋的逃跑。

七

李清洋李冰洋，逃跑到人荒洼子里了。李家兄弟这次逃跑，全怪牛大个。本来牛大个立了大功，不是他举报，贫农团还从李家挖不出那么多东西。所以在分胜利果实时，多分给他一份。牛大个也有些得意，见人就说：

“翻身，翻身也得摸底细；不摸底细，照样分不了东西！”

由于他现在成了公开的贫农团团员，他当初的举报也就不成其为秘密。李清洋李冰洋也知道，是牛大个举报了他们，贫农团才知道他们夜里在秘密埋东西，才对他们斗争这么狠，才打死了他们的叔父李文武。两个人后悔不迭：

“原来看着牛大个是个老实人，谁知养了他这么多年，养了个汉奸！”

但现在已经不是以前，以前牛大个是长工，他们是主人，他们什么时候想捺倒牛大个当马骑，就什么时候捺倒；现在牛大个翻了身，他们成了被打倒对象，虽然现在对牛大个恨之入骨，但见了牛大个还得笑着脸叫“大叔”，不然谁知牛大个又会去举报什么？牛大个一举报，赖和尚就到，就会在夜里吊打他们。牛大个虽然成了贫民团团员，但因为他是长工，在本村没家，晚上还住在李家。无非过去他住南小院的马棚，现在马棚归李家十几口子住，他搬到了正房。晚上他一回来，脚步一响，李家十几口子全在马棚里打哆嗦，不知道牛大个今天又出去活动些什么。其实他们不知道，牛大个心里也不是味道。是他举报了李家，李家十几口子才这么惨，过去毕竟在一起待了二十多年，人都很熟，现在人家遭了难，自己又落井下石，弄得人家娘儿们小孩没个躲处，这事干得不算漂亮。特别是有一天做梦，他梦见了死去的老掌柜李文武，两个人一块套车去看李家的闺女。后来大车陷到一条泥沟里，怎么也拉不出来，这时李文武说：

“大个，我也变个马，到前面去拉套吧！”

接着李文武就变成个马，到前边去拉套。一觉醒来，牛大个心里很不是滋味。老掌柜生前对自己不错呀！自己却举报了他们，落得老掌柜被一手榴弹砸死，死后又被野狗撕吃，连个囫囵尸首都没落下。

但牛大个心里不是味道，也就是在李家。出了李家，到了贫农团，看到大家翻身欢天喜地的，特别是上次开斗争会听人控诉李家的罪恶和血债，又觉得李家可恶，该举报他们。这时又为自己的举报得意。所以在分斗争果实时，工作员老范领他在场子里转，让他看果实齐了没有，他又举报了一项金镏子。但晚上拿着胜利果实回到李家，听到南小院马棚里传来女人和孩子的啜泣声，他又有些后悔，人家人都死了，剩下一堆娘儿们小孩，山穷水尽了，自己何必还要举报金镏子呢？何况人家到底有没有金镏子，自己也没亲眼见到，只是听说，比不得上次秘密埋东西，所以心里又不是味道。原来准备今天晚上将分来的猪肉剁剁包饺子，现在也没心包了。接着他想到南小院马棚去一趟，亲自问一下李清洋李冰洋，问一下他们还有没有金镏子，如果有呢，就劝他们老实交代。如果真没有呢，就是自己举报错了，赶忙去找赖和尚说明情况，免得晚上他们再审问吊打他们。他们在那边吊打抽人，牛大个在这边睡觉，如果真是冤枉了他们，岂不坏了良心？想到这里，牛大个便起身去了南小院。进了马棚，李家大小十几口子全在一堆麦秸上蜷缩着。过去给牲口炒料的一口大锅里，熬了一大锅稀粥，全家都蜷缩着身子在麦秸上狼狈地喝稀粥。见牛大个进来，全家人都吓了一跳，连正在哭泣的十几天的小孙子，也闻到空气突然不哭了。李清洋李冰洋见牛大个进来，也心里一颤。本来他们没喝稀粥，被赖和尚吊打过一夜，身子全烂了，在发高烧，躺在麦秸上喊"哎哟"，现在慌忙停止"哎哟"，从麦秸上滚爬起来，喊了一声"大叔！"低头顺手站到牛大个面前。牛大个心里倒有些不忍，说：

"你们躺着吧，你们躺着吧！"

接着又说：

"我是来问问你们，家里还藏没藏着金镏子！"

李清洋、李冰洋说：

"大叔，家里已经被挖地三尺，哪里还有金镏子？已经让吊打成这样，要有金镏子，我们不早交代了吗？"

接着两人又跪到了牛大个面前：

"大叔，现在我们连个亲人也没有了，还要多亏大叔照应！"

牛大个一见这个，慌忙往外跑，边跑边说：

"快别这样，快别这样。我也就是问问，害怕一会儿赖和尚又来审问你们！"

牛大个跑出南小院，也没弄清李家到底有没有金镏子。但他后悔自己今天的举报。不管有没有金镏子，人家身子已经被打烂了，晚上赖和尚来了怎么办？想到这里，牛大个出门向赖和尚家走去，他想去劝劝赖和尚，今天晚上就别审问了。到了赖和尚家，正好赖和尚喝醉了。牛大个想反正他今天喝醉了，没法审问了，也就放心回来睡觉了。

但李清洋李冰洋不知道赖和尚喝醉了，还以为停一会儿赖和尚就要来审问。一想到又要挨审问，两个人都头皮发麻。李清洋说：

“原以为打咱一回就结束了，谁知道没完没了了。扫地出门，又挖地三尺；挖地三尺，又说有金镏子，弄完金镏子，说不定又说有金元宝，这弄到哪里是个头儿？”

李冰洋说：

“我是再受不了了！再用皮鞭抽我一夜，我也成了咱大叔，被人家扔到野地里喂狗了。哥，事到如今，咱们赶紧逃跑吧！”

一提起“咱大叔”，大家都不寒而栗，于是大家都同意逃跑。李清洋说：

“咱们跑了，剩下些娘儿们小孩怎么办？”

李家少奶奶说：

“你们跑你们的，你们是正主，他们的毒气在你们身上。你们跑了，想来他们也不会对我们娘儿们小孩怎么样！”

李小武的老婆周玉枝也点头同意，又对李清洋说：

“你们跑到大荒洼，见到小武，让他赶紧来接我们母子，再也受不了了！”

接着又捂着嘴哽咽起来。

于是大家简单给他俩收拾一下，两人就翻墙头逃跑了。临别之时，自然又有一番悲伤。但大家都抑住哭声，怕正房的牛大个听到。其实牛大个早已经睡着了，哪里知道他们逃跑？直到第二天凌晨赖和尚酒醒，带民兵来审讯，大家才发觉地主李清洋李冰洋不见了。

李清洋李冰洋踏着冰雪走了一夜。由于身上有伤，走了一夜，才走了三十里。天一明，两个人就不敢走了，躲到一个干河套里。饿了就从包袱里掏出些锅饼吃吃。到了晚上，两人又继续走，到了天明，终于到了大荒洼。

大荒洼是一片沼泽和草地，方圆几十里不见人烟。过去人称“小梁山”，是强盗出没的地方。路小秃带着一帮小土匪，就曾在这里驻扎过。到了秋天，这里蒿草和芦苇长得一人深，弄不好一脚踏错，就会踏到沼泽里。兔子、狐狸、狼，经常出没在草丛和芦苇中。土匪们闲时练枪法，就来撵兔子和狐狸打。后来兔子和狐狸都逃到别处了，这里就没有兔子和狐狸了。土匪们在这里住宿，不盖房子，都是搭的土趴子。即砍些树木，割些蒿草和芦苇，搭成窝棚。由于窝棚藏在芦苇中，外边不易发现。窝棚从外边看东一块西一块，一块短一块长，不像样子，里边地方却很大。由于四周都是蒿草，比房子还暖和。冬天再生一堆树墩火，一点儿不冷。只是这里不长庄稼，也没人烟，吃喝成问题，这就靠土匪们夜里出大荒洼下到各村抢。日本鬼子来之前，这里住过好几拨土匪，之间常闹意见，发生火并。外边一听到大荒洼子里响起枪声，就知道是土匪打架。时至如今，共产党解放了这块土地。大军一到，土匪们都作鸟兽散。路小秃的一支队伍，也是这时被打散的。路小秃就回了村。大荒洼里从此没了人。等到李小武领着一支溃军四处奔逃，没有落脚处，就溜到这个过去土匪出没的地方，暂住下来。但这时李小武手下的弟兄只剩下二十多个。大荒洼住的地方倒现成，过去土匪们留的到处都是窝棚，只是吃喝成问题。四周还有共产党的正规部队，不敢夜里下村去抢老百姓。何况李小武也不甘心沦为土匪，像土匪一样去抢人。于是又有一些弟兄熬不过这苦日子，夜里偷偷溜走了。剩下的铁杆跟李小武的，也就十来个人。李小武原是一介书生，后来弃笔从军，原来是想一步步上去，施展自己的宏图，没想到军容整齐的国军，最终被一些浑身滚满虱子的土八路给打败了，他也落到这步田地。对于目前的处境，他也不是没有考虑。出路只有两个：一、甘认失败，投降共产党。可他总是不甘心，同时担心投降共产党以后自己会落个什么下场。二、负隅顽抗，一直跟共产党干到底。可他也明白，国军已经败退到长江之南，这里光靠他这十来个人，也顽抗不出个什么名堂，最后还是死路一条。所以他左思右想，一直心情不好。同时他心里还有一个担心，他把怀孕的妻子秘密送回村生孩子，现在不知生了没有；家里村子正在土改，不知共产党会对家里怎么样。有时他一想一天，一天一声不响。害得护兵吴班长劝他：

“连长，你瞎想什么，再想也没用，咱们现在是活一天算一天！”

李小武一想吴班长的话也对，可不是活一天算一天。想到这里，心里倒有些宽松。有时白天太阳好，他就从窝棚里走出来，躺在芦苇上晒太阳。有时也翻看些闲书度日。但他没有放松警惕，经常转移宿营地。好在土匪留下的窝棚多，随便到哪里都有住处。剩下的十来个人，以前不是李小武的护兵，就是他手下的班排长，对他都很忠心。他也很关心部下，上次秘密回家从家里带来的一条虎皮褥子，就送给了上次战斗中打坏了腰的倪排长。大家日子苦倒苦，但很齐心，在一起倒很融洽。这一支国民党的溃败流窜部队，就暂时在这大荒洼子里游荡。

也算李清洋李冰洋运气好，他们摸到大荒洼，只向前摸了十来里，正好与正在转移营地的李小武部队相逢上。如果不是碰巧相逢，大荒洼这么大，方圆几十里，哪里找得着？李小武的部队先看到他们，还以为是解放军的侦察兵，急忙隐蔽起来。李清洋李冰洋还在躲躲闪闪往芦苇里摸，已经被人从后边扑翻反绑上了。等吴班长等人把地上的两人解到李小武面前，李小武倒惊叫一声：

"咦，这不是清洋和冰洋吗？"

李清洋李冰洋见到是李小武，只叫了一声"小武哥"，就立即晕了过去。李小武的部队把他们抬到窝棚，怎么叫他们，都叫不醒。摸了摸头，发高烧，解开衣裳，遍体鳞伤。李小武马上皱着眉说：

"不好不好，家里肯定出了大事！"

接着围着李清洋李冰洋乱转。好在吴班长他们身边带的还有一个药箱。让两人服了药，身上搽了药。折腾到晚上，李冰洋仍在昏迷，李清洋醒了。他醒来以后，在松明下看到李小武，"哇"的一声哭了。这时李小武倒镇静，说：

"不要哭，不要哭，到底发生了什么事，慢慢说！"

李清洋才停止哭泣，把家里的情况从头到尾向李小武说了。怎么开斗争会，怎么扫地出门，李文武怎么被手榴弹砸死，死后怎么被野狗撕吃，怎么挖地三尺，怎么把一家十几口子赶到南小院马棚里，嫂子周玉枝怎么生孩子，十几天的孩子也差点被人折腾死，他们又怎么被人吊打，最后又怎么出逃……李小武越听脸越白，最后竟说：

"照你这么说，咱家十几口子不是没有家了吗？"

李清洋说：

"哪里还有什么家，都赶到南小院马棚里了，大叔还让人家打死了呢！"

李小武双手握成拳头，开始使劲往自己头上砸：

"我可真浑，爹都叫人杀了，我原来还想投降共产党。我没想到他们会这么心狠。他们半点退路都不给我留。还叫我投降哪门子呢！"

接着趴到地上"嘤嘤"地哭。

到了晚上，大荒洼子里才恢复了平静。吴班长带人熬了一锅稀粥，十几个人捧碗"呼噜""呼噜"喝。上次杀的一匹军马，还剩下两条大腿，吴班长也炖了一小锅，端到大家面前。但在整个吃饭过程中，没有一个人去捞马肉吃。每人喝了一肚子稀粥。喝完粥睡觉，吴班长爬到李小武身边说：

“连长，要不要我带几个弟兄，去村里为大伯报仇?”

李小武这时已恢复了常态，拍了一下吴班长说：

“去睡吧老吴，现在正在气头上，不能冒失行动，明天可以派人先侦察一下!”

第二天早上，又发生一件事。出去到沼泽地破冰捉鱼的三个弟兄，在沼泽地的窝棚里，又抓到两个身份不明的人。等把他们押到李小武面前，李小武一看，原来是路小秃和许布袋。两人的打扮也像逃难的，一人一身厚衣服，背上背个包袱，脚上踏的都是泥。李小武有些惊奇地问：

“怎么你们两个也来了?”

这时李清洋也转过来，路小秃指着他说：

“怎么他来了?”

李清洋说：

“我们不来，还不让人家吊打死了?”

路小秃说：

“就是，你们俩一来，村里就轮到我们了。你们怕打死，我们不怕打死?”

路小秃原来对土改不大在乎，还抱怨工作员老范不让他参加土改。后来和贫农团团长赵刺猬公开闹翻，泼了他一脸酒以后，也就不再抱怨了，心想：不让参加正好，落得逍遥自在。诈了李文武一件皮袄，拿到集上卖了，置买些年货，回来整天炖肉喝酒。听说还要开他的斗争会，他也没太放在心上，陪斗李文武一场，他回家照样喝酒。斗就斗呗，自己也没万贯家产，不怕贫农团斗了去。但自从李文武被赵刺猬用手榴弹砸死，路小秃害怕了，这才知道斗争和贫农团的厉害。乖乖，不但是收东西，还要命哩！路小秃不怕抄他东西，但他怕要命。他当过土匪，带土匪杀过人，他知道杀一个人无非是眨眼工夫，容易得很。过去他当土匪，人质落到他手里，一时不高兴，前一分钟还让他活着，后一分钟就让他死了。现在他不也落到贫农团和赵刺猬手里了？想什么时候斗争，想什么时候要他的命，只是看人家高兴。上次他泼了赵刺猬一脸酒，以为赵刺猬无非一个窝囊废，没想到他小子还真下得去手，说砸死李文武，就砸死了；他要想什么时候砸路小秃，不也不费吹灰之力？越想越害怕，又听说李清洋李冰洋被堵着嘴吊打，他知道吊打也不是好滋味。当他知道李清洋李冰洋畏罪逃跑之后，知道斗争该轮到自己身上了。他急得像热锅上的蚂蚁，酒也不喝了，肉也不吃了，就在屋里乱转。转了半天，突然对老婆老康说：

"你赶紧给我收拾包袱，我也得跑了！"

老康问：

"你跑到哪里去？"

路小秃说：

"不管跑到哪里去，都比待在家里等死强！"

老康噘着嘴说：

"你跑了挺痛快，丢下我一个人怎么办？"

路小秃上去踢了她一脚：

"×你妈的×，我死到临头了，你还说你！"

老康哭了：

"我不在家里，我要跟你去，家里饿死老鼠，我受不了这罪！"

路小秃说：

"家里不是还有猪肉和一捆韭菜吗？你跟我逃跑就不受罪了？这是逃跑，不是出去拉杆子。鸡巴娘儿们，一遇事就犯浑。我当初就不该听识字小兄弟的话，讨你做老婆！"

说完，不理老康，自己收拾包袱。包袱收拾完，又找水烟袋；水烟袋找到，塞进包袱，背到身上就走。这时老康不哭了，倒关心起路小秃：

"你一个人逃跑，也不找个伴，路上多孤单！"

路小秃说：

"你怎么知道我没伴，我这就去找！"

说完，背包袱跑到许布袋家，要找他做伴，说：

"老叔，李家的男人都跑光了，现在要过咱爷俩的命了！咱也逃跑吧！"

许布袋看到村里的形势，也有些害怕，也正犯愁自己的活路。但他看到路小秃惊慌失措的样子，又有些好笑，说：

"小秃，那天陪斗李文武，我跟你说话，你还跟我发急，不让我往你身上靠，怎么现在你也怕了？”

路小秃摆着手说：

“老叔，以前的事就不要提了，怪我没有认清共产党，现在我不来找你老叔做伴了？”

许布袋说：

“我已经六十多的人了，不想跑了！”

路小秃说：

“共产党可不看你岁数大小，李文武不也六十多了，照样让手榴弹砸死。你想让砸死，你就留下，反正我是要跑了！”

许布袋想了想，也不想让砸死。除了逃跑，也没有别的路可走，于是叹息一声，想想英雄当年，没想到老了老了，落到这么个狼狈的下场，要跟一个小土匪结伴逃跑。他问路小秃：

“你准备跑到哪里去？”

路小秃说：

“大荒洼呀。那里地形我熟悉，咱们先到那里避避风！”

许布袋便让锅小巧也收拾了一个包袱，两人便逃到了大荒洼。没想到一到大荒洼，就被李小武的兵给捉住了。李小武问了他们一番话，想到都是落难弟兄，便将他们留下。可是身边的李清洋不同意，说：

“小武哥，这两个人不能留，该杀！”

李小武问：

“他们也是被共产党逼出村，和咱们一样，怎么该杀？”

李清洋说：

“他们都是咱们家的仇人！许布袋跟咱有老仇，几十年前，咱爷爷就是被他杀的，这个仇可拖些时间了；路小秃跟咱有新仇，前些天他还逼咱迁祖坟还他十斗芝麻。现在他们犯到了咱手里，不杀他们，还等什么？”

李小武想了想，也觉得有道理，说：

“这样吧，咱也不留他，也不马上杀他，咱先把他们关起来再说！”

于是派吴班长把他们俩的包袱没收，然后关到了沼泽地一只铁笼子里，这只铁笼子，也是过去土匪留下的，用来关人质。过去路小秃在这里当土匪头时，关人质就用过这笼子。没想到事到如今，自己也被关到了这笼子里。一进这笼子，路小秃就说：

"老叔，咱俩今天时运恁低，刚跑出共产党的手心，又被国民党关进了笼子，天下是没有咱爷俩的活路了！"

许布袋瞪了他一眼：

"我说不逃跑吧，你非撺掇我逃跑，看这跑的！"

八

腊月三十。村里灯火通明。村里地主恶霸被打倒了。虽然李清洋、李冰洋、许布袋、路小秃跑了，但他们的家产并没有跟着他们逃跑。继将李家扫地出门之后，贫农团又将许家扫地出门，让许布袋的老婆锅小巧住进了马棚，将他家的东西抬到村公所前的广场上，又分了一次胜利果实。孙家也是大地主，也该扫地出门。但由于孙家孙屎根早年参加革命，现在是邻县的一个区委书记，孙屎根又捎信让他的母亲主动将家产交给贫农团，所以这地主老婆婆得到宽大处理，贫农团给她和孙毛旦的老婆、孙毛旦的儿子、孙屎根的姑母等留了一座院子。其他院子和家产被当作胜利果实分了。一下分了三家地主，穷人们家里都富裕了。大家从来没见过这么多东西。于是大家欢天喜地的，家家都置买了过年的东西，买了鞭炮，准备痛痛快快过个年。唯一让大家担心的，是李清洋、李冰洋、许布袋、路小秃跑了，跑到了大荒洼，成了大家的祸根。但接着大家又不担心了，因为解放军的几个连，已经开始向这个县集结，准备扫荡残存的国民党部队和逃跑的地主恶霸。消灭他们，只是早晚的事。所以大家安心过年。工作员老范的老婆从东北过来看他。腊月二十九这天，老范离开村子到区里和老婆团聚。临离开村子时，老范把赵刺猬、赖和尚等人叫到一起，说他过完年就回来，接着村里就搞土改，分地主的土地。老范交代他们说：

"地主被打倒了，我们要珍惜斗争得来的胜利果实，大家不要松劲儿！"

赵刺猬、赖和尚说：

“工作员，我们不松劲儿！”

老范说：

“大荒洼里还有李小武许布袋他们，要多派几个民兵站岗！”

赵刺猬、赖和尚说：

“我们回头就布置！”

老范说：

“地主家属要看管好，不能让他们再跑了！”

赖和尚说：

“我回头一个个将他们捆成猪肚，看他们再跑！”

老范摆摆手说：

“都是些娘儿们小孩，捆倒不必捆了，注意些就行！”

赵刺猬赖和尚点头。老范就离开村子，到区里和老婆团聚。见了老婆，自然十分高兴。夜里两人欢乐罢，老范又想起村里的工作，觉得赵刺猬、赖和尚这两个积极分子不错，等过完年回村，可以发展他们入党了。

工作员老范走后，村里由赵刺猬赖和尚主持。真由他们主持村子，两个人才觉得主持一个村子真是不易。过去老范在时，遇事可以请示老范；现在老范走了，什么事都要由他们自己做主，他们便一下子有些不知这主该怎么做。越不知怎么做主，事情越多。光三十这天，事情就有五六起：一、老范让过节时派民兵放哨，当时赵刺猬赖和尚答应了，但等到派民兵，民兵一个不愿意去，都想在家守着老婆过年。最后是谁放哨发给谁二升芝麻，才找到了几个光棍。二、为了防止再发生地主家属逃跑事件，赖和尚想了一个主意，即把所有的地主家属集合到一个马棚里，外边由一个民兵站岗，十分保险。主意是好主意，但到实行起来，地主家属们死也不到一块去，李家少奶奶说：“我们跟孙、许两家是几辈冤仇，我们不到一块去！”三、上次斗争胜利分果实，张、王、李、赵四个贫农伙分了一头牲口，一家一条马腿，四家轮流饲养。谁知轮到李家，李家起了私心，不喂它饲料，还偷偷用这马到闺女庄上驮了一趟劈柴。到了闺女庄上，庄上人正在放鸟铳过年，一鸟铳打到马腿上，便打折了一条腿。张、王、赵三家，便把老李扭到了村公所，让赵刺猬、赖和尚处理。四、据一个民兵报告，老贫农李守成上次分了一架自鸣钟，他没有放到屋里看时间，而是像地主埋家产一样，也在夜里把自鸣钟埋到自己的窝棚里。民兵问这犯法不犯法，该不该把李守成抓起来。五、土匪头目路小秃的老婆老康，三十上午，描眉涂眼来到村公所，说她家也是贫农，为什么果实一点没有分给他们？现在家家过年，她却米面全无，揭不开锅，这个年该怎么过？接着一手拉住赵刺猬，一手拉住赖和尚，哭着让他们给解决……所有这些事情都不好处理。这些事情以前都没处理过。等把这些事情好歹处理完，天已经黑了。赵刺猬拍着脑门说：

"累死我了！今天我才知道，这人物头儿不是好充的！"

赖和尚倒看着赵刺猬笑，问：

"今天是大年三十，刺猬哥，晚上你怎么过？"

赵刺猬说：

"我浑身成了一摊泥，我还怎么过，我可得回家睡了！"

赖和尚摇着手说：

"别睡呀，我想了个好主意，保你不想睡！"

赵刺猬问：

"什么主意？"

赖和尚说：

"咱俩审问地主吧，看他们家还有没有浮财！"

赵刺猬摆摆手：

"要审你审吧，我是不审，大年三十，你让我消停消停吧！"

赖和尚又捂着嘴笑：

"咱们这次不审男的，男的不都跑光了吗？咱们审女的！"

赵刺猬这倒一愣：

"审女的？"

赖和尚说：

"是呀，像李家少奶奶，李小武的老婆周玉枝，路小秃的老婆老康，咱都没审过。今天年三十不错，人家都是守着老婆孩子玩儿哩，咱俩哩，俩鸡巴光棍，回家有啥意思？咱还是继续工作吧！"

赵刺猬明白了赖和尚的意思，也知道赖和尚过去就有这点毛病，为听房前边肿了半个月。可想想赖和尚这主意也真是不错。不听这主意想睡觉，一听这主意，心里也痒痒的。但他说：

“回头让老范知道了，不是闹着玩的！”

赖和尚撇了一下嘴：

“老范，老范干什么去了？不也是回区上去搂老婆？何况这是地主，咱审审她们怕什么？你知我知，咱不让老范知道不就完了！光积极工作了？这天天晚上硬撅的谁管你了？”

赵刺猬一听硬撅的，下边真的开始硬撅撅的。但他说：

“那咱们只能闹着玩儿，可别来真的！”

于是，这天晚上，在全村人放鞭炮过年的声音中，地主家属李家少奶奶、周玉枝两个人在村公所受审。一听说受审，李家少奶奶、周玉枝就吓得腿肚子发软。周玉枝说：

“他们跑了，开始轮到我们了！”

但她们又不敢不去。周玉枝只好把怀里的孩子给一个婶婶。但等她们到了村公所，赵刺猬、赖和尚却嬉皮笑脸的。赖和尚说：

“本来审你们都得吊起来，今天是大年三十，就不吊你们了，坐到炕沿上吧。”

两个人这才放下心来，坐到了炕沿上。但等她们刚坐下，赖和尚就像狼一样扑向了李家少奶奶，接着就把她捺到炕上，双手在她身上乱摸，嘴里叫道：

“亲娘，过去你老伺候地主，现在也伺候伺候我们这些穷哥儿们吧！”

李家少奶奶和周玉枝这才明白是怎么回事。李家少奶奶一边大骂，一边急忙挣扎。这时赖和尚摸出屁股蛋子上的手榴弹，举在她头上说：

“你再骂，你再骂我一手榴弹砸死你！”

看着头顶上的手榴弹，李家少奶奶立即不敢骂了，也不敢动了。赖和尚就开始往下脱她裤子。但他回头一看，却发现赵刺猬没动，蹲到地上抱着头。赖和尚上去踢了赵刺猬一脚：

“×你妈刺猬，原来你是个窝囊废！当初她大伯把你妈都×死了，现在你都不敢××她？”

赖和尚一说这个，赵刺猬立即来了力量，马上站起来，扑向缩在炕角发抖的周玉枝。

两人一人一个，折腾到半夜。周玉枝在下边哭着求赵刺猬：

“你轻一点，我刚生过孩子！”

这时赵刺猬尝到快乐甜头，倒来了劲，说：

“亲娘，舒坦死我了，当初俺娘就是这么叫你大爷舒坦的吧！”

鸡叫了。大年初一凌晨了。李家少奶奶和周玉枝才出了村公所。

大年初一晚上，路小秃的老婆老康，又被叫到了村公所……

许多年以后，年老的赖和尚还说：

“娘那×，过去的地主是会享福，那娘儿们，一身子白细的嫩肉。我的娘，可舒坦死我了！”

九

许布袋死在了大荒洼沼泽地的铁笼子里。老头是被冻死的。他跟路小秃关在一个笼子里，他冻死了，路小秃却活了下来。先是关了一白天，到吃饭时，吴班长给他们送来两瓢稀粥。两人蹲着喝稀粥，并没感觉到冷，还喝得一身热。但到了晚上，太阳一落山，就感觉到冷了。数九寒冬天，露天铁笼子，小北风一吹，刀割一般，手脚马上就僵了。一个铁笼子关着两个，手脚又没活动处，显得更冷。到了半夜，许布袋已经冻得嘴巴快说不出话。路小秃到底年轻些，手脚还能动弹。他掏出自己的水烟袋，吸烟，取暖。后来看到许布袋越来越不行了，便趴到他脸上说：

“老叔，我喊人让饶了咱们吧？”

许布袋倒咧嘴一笑，说：

“喊也白喊，还落个孬种，要喊你喊，别带上我！”

路小秃就不喊了。这样又过了两个时辰，许布袋眼见不行了。到底上了年纪，没有火力，禁不住冻。路小秃又趴到许布袋脸上喊，许布袋已不会答应。路小秃只好看着他在死。突然许布袋喊了声：

“爹呀，你生我……”

下边就说不出来，头一硬就死了。他这一声喊，把路小秃喊得胆战心惊。临死时喊“爹”，不知他喊的是什么。到了东方泛白，路小秃也觉得自己快冻僵了，他只好趴到许布袋脸上说：

“老叔，你反正是死了，就帮帮小侄的忙吧，把你身上的衣裳，借我穿穿，不然我也快去找你了！”

于是将许布袋身上的衣裳扒下，套在了自己身上。全凭许布袋的衣裳，路小秃才撑到天明。天明吴班长来送稀粥，看到许布袋赤条条被冻死了，衣裳穿在路小秃身上，路小秃眼珠还在转动，便指路小秃说：

“你小子多不是东西，欺负老人，把人家弄得赤条条的冻死，衣裳穿在你身上！”

路小秃这时冻得也快不能说话了，但还断断续续说：

“我……×……你妈！”

喝过稀粥，路小秃身子才暖和过来。这时李清洋、李小武来了。路小秃说：

“李小武，许布袋已经被你们冻死了，把我放了吧。许布袋与你家有杀人冤仇，我就拿过你家一件皮袄，冻我一夜，够本了！”

李清洋说：

“小武哥，别放他，再冻他一夜，看他以后还逼咱芝麻！”

李小武摆摆手，对吴班长说：

“把铁笼子抬到窝棚里吧！”

吴班长他们将许布袋的尸体从铁笼子里掏出来，扔到了沼泽地里。然后他们将铁笼子抬进了一个窝棚。窝棚里到底暖和得多，路小秃十分喜欢，又对吴班长说：

“再给我扔进来一条被子！”

吴班长说：

“你凑和点吧，你以为是请你来当山大王了？”

路小秃说：

“妈拉个×，要是我当山大王那阵，早像切日本头一样把你们切了！”

这样过了两天，新年就过去了。大年初一那天，大家又杀了一匹军马。吃肉时，也让路小秃啃了两块骨头。初二一早，派出去到村里侦察的侦察兵回来了。这些天来，李清洋一直没有忘记报仇，在那里排杀人名单，无非是工作员老范、赵刺猬、赖和尚、牛大个、李守成等人。天天拿着名单缠李小武，让他向村里发兵。他说：

“小武哥，他们杀了大叔，你忘了吗？”

但李小武没有冒失行动，他知道解放军的几个连正在向这里集结，他知道冒失行动的后果和保存这点力量的重要。没有这点力量，成了光杆司令，哪里都藏不住身。藏不住身不说，就是投降人家也没了本钱。他一边安慰李清洋：

“杀的是我爹，我怎么会忘！”

一边先派出去了侦察兵。现在侦察兵一回来，大家马上围上了侦察兵。侦察兵向李小武报告了村里的情况，说村里很安静，大家都在过年。李清洋说：

“小武哥，发兵吧，他们没有防备！”

李小武摆摆手，又问：

“别的还有什么？”

侦察兵这时吞吞吐吐不说。李小武皱着眉说：

“什么事情，你说！”

侦察兵说：

“昨天和前天夜里发生一件事！”

李小武盯住他问：

“什么事？”

侦察兵说：

“连长太太，李家少奶奶，路小秃老婆，都被贫农团的头目给强奸了！”

“啊！”

所有的人都愤怒起来。李小武脸也变得铁青，气得说话哆嗦：

“这是真的？”

侦察兵说：

“李家婶母亲口告诉我的！”

李小武说：

“杀人父，淫人妻，猪狗不如！他们竟干得出来。他们把我爹杀了，我一直忍着，没想到他们欺人太甚，把人逼得没有一点退路！父让人杀了，妻让人淫了，我如果还不说句话，我还叫人吗？”

众人说：

“连长，你下命令吧！”

李小武向倪排长下命令：

“集合队伍，检查武器，夜间行动！”

倪排长曾躺过李小武的虎皮褥子，这时腰全好了，立即严肃立正，又像当年在队伍上行动一样：

“是！”

然后敬礼转身，去集合队伍。

到了晚上，队伍行动，这时李小武脑子又冷静下来，对倪排长说：

“到了村头，队伍要分成两拨，一拨进去抓人，一拨在村外接应，防止让解放军包了饺子！”

倪排长点头：

“我带排里的人进去抓人，让吴班长和几个护兵在村外接应。”

李小武点头，这时又说：

“咱们队伍人少，我再给你添一个人！”

倪排长不解：

“荒郊野外，你去拉谁？”

李小武带倪排长到了关路小秃的窝棚。李小武把铁笼子的门打开，让路小秃出来。路小秃一关让关了四五天，有些生气，这时倒不出去，说：

“关吧，放我干什么？我这里住着也挺舒服！”

李小武说：

“你是住得挺舒服，可你老婆在村里让人给糟蹋了！”

“啊！”

路小秃听到这消息，一下跳了起来。虽然他在告别老康时，对老康的哭哭啼啼有些不大满意，可老康毕竟是他老婆。他问：

“谁把她糟蹋的？”

侦察员说：

“赵刺猬和赖和尚！”

路小秃说：

“给我一把匣子！”

李小武当时就把自己的匣子解下来交给了他。路小秃接过匣子，马上端起来，对准了李小武，把李小武和其他人都吓了一跳。但路小秃接着又把匣子插到了腰里。

队伍出发了。李小武带一个护兵留守大荒洼。李清洋嚷嚷着要跟部队去报仇，让他去了。李冰洋仍在发高烧，留在大荒洼。

鸡叫时分，队伍来到村头。这时路小秃突然不见了。李清洋说：

“看看，小武哥找错人了不是！让路小秃逃跑了，还带着一把匣子！”

倪排长问：

“他不会去给共产党报信吧？”

吴班长说：

“他老婆让人糟蹋了，想来不会！”

李清洋想了想，也点头说：“不会。”

倪排长说：

“那就不会影响今天的行动。老吴，你在村头接应，我和清洋带人进去！”

吴班长点头，把手下的几个护兵埋伏在村边的桑柳趟子里。倪排长、李清洋和十来个兵就进去了。倪排长他们走后，吴班长对几个护兵说：

“咱们可别睡着，防止让共产党包了饺子！”

其实这担心是多余。解放军的清匪还没有开始。四周没有一点动静。只是到三星偏西，倪排长他们还没回来，让吴班长他们有些着急。可村里只有娘儿们小孩的哭声，没有枪声，想来不会出什么意外。到了鸡叫两遍，倪排长他们终于回来了。队伍里押着几个人。吴班长问：

“都抓着了吗？”

倪排长喘着气说：

“没抓全，要不用了这么长时间！”

吴班长问：

“谁漏网了？”

李清洋手握一个手榴弹，在旁边懊丧地说：

“赵刺猬、赖和尚，两个主要的都没抓住！”

吴班长问：

“让他们逃了吗？”

李清洋拍着手说：

“逃倒没逃，咱们今天来，偏偏这两个家伙跑到牛市屯看戏去了，你看多不巧！等到鸡叫，我说再等等，倪排长说怕暴露行动，只好回来了！”

吴班长安慰李清洋：

“跑不了他们，咱们改天再来！”

倪排长摇头：

“以后再来，他们就有防备了！”

吴班长看了看被抓的人。有赵刺猬的哥哥赵长虫，赖和尚的母亲赖朱氏，赖和尚的小弟弟赖道士，另外还有李家过去的马夫牛大个，一个贫农叫冯发景。

队伍开始押着这几个人往大荒洼里赶。过了大沙河，赖和尚的母亲赖朱氏就走不动了，一屁股坐到地上：

“我的娘啊，杀了我吧，我走不动了！”

赖和尚的小弟弟赖道士也开始啼哭。赵长虫、牛大个、冯发景也都坐到地上。

这时吴班长对倪排长说：

“几个娘儿们小孩，一个马夫，押回去也没用处，还费吃食，就地解决算了！”

倪排长也点头。吴班长就去端了卡宾枪。地上几个人见真要杀他们，都慌忙从地上跳起来，说：

“别打别打，我们走得动。”

牛大个这时也慌了，慌忙跪到地上向李清洋哀求：

“少东家，饶了我吧，我再不敢举报了！”

李清洋一巴掌将他打倒：

“这时候你知道不举报了？你不举报，非让你举报，这次让你到阎王爷那里去举报！”

吴班长就要扣动卡宾枪的扳机。这时李清洋上前拦住他：

“不能这样杀他们，这样太便宜他们！”

吴班长问：

“你说怎么杀？”

李清洋说：

“活埋吧，临死得让他们受点罪！”

吴班长摊着手说：

“地都冻了，又没带镐，怎么刨坑？”

李清洋想了想，是没法刨坑。但他仍不让吴班长开枪，低头想了想，突然说：

“这样吧，让他们坐飞机！”

然后让兵用一根长绳子，把几个哭叫的人捆到了一起，在人中间插了十来颗手榴弹，将手榴弹的弦用绳引出来。李清洋和队伍隐蔽到河套里，一拉弦，“轰”的一声响，惊天动地。硝烟散后，再往前去看，一捆人早没了。留下一摊正在向外蔓延的人血和稀肉。牛大个被捆在正中间，长胳膊长腿被抛上了天，又“吧唧”一声，落回到血肉堆里。

倪排长吴班长带着队伍回到大荒洼，已经是第二天中午。倪排长向李小武汇报了情况，李小武点头。李清洋还有些不大满意，嚷嚷着改天再来抓赵刺猬和赖和尚。李小武说：

“他去看戏，是他命大，现在已不是抓不抓人家的问题，咱们这么一行动，共产党的部队马上就会来了，是人家该抓咱了。咱们得赶快转移！”

倪排长和吴班长都点头。

到了晚上，部队准备转移。正在这时，路小秃突然回来了，腰里仍插着匣子，手里提着一个包袱。倪排长说：

“你跑到哪里去了？一到村边就找不见你！”

吴班长说：

“以为你投了共产党呢！”

路小秃大模大样说：

“咱是单独行动！大爷昨夜干的这事，你们谁都干不了！”

接着一抖包袱，滚出两个血肉模糊的人头，把大家吓了一跳。大家上前去看人头，发现一男一女：男的是工作员老范，女的却不认识。路小秃指着人头说：

“这女的是工作员他老婆。我到了区上，两个人还正在被窝里搂着睡觉哩，被我一刀一个，把头给剁了！”

吴班长问：

“你不杀赵刺猬和赖和尚，杀这小子干什么？人家又没×你老婆！”

路小秃说：

“虽然赵刺猬赖和尚也该杀，但我最恨的还是这家伙！当初就是他不让我参加革命，我才落到今天这步田地！既然他不让我革命，我就先把他的命给革了！”

说完，掏出水烟袋，蹲到地上“呼噜呼噜”抽起来。

这时，昏迷十来天的李冰洋突然醒过来，糊里糊涂问了一句：

“这是到哪儿了？”

附记

清匪工作提前了，解放军用两个连的兵力包围了大荒洼。村子遭残匪洗劫的第二天早上，县上就知道了。令人感到愤怒的是，残匪洗劫村子不算，还敢跑到区上杀工作员，可见多么猖狂。原定过完年再扫荡残匪，但李小武这股残匪，非马上消灭它不可。正在休假的解放军马上集结起来，当天晚上就开到了大荒洼。李小武没有想到解放军动作会这么快，解放军到了，他们十几个人还没来得及从大荒洼转移出去。第二天上午，双方就接上了火。到底解放军人多，打到下午，战斗就结束了。李小武十几个人死的死，活捉的活捉。但解放军伤亡也不小，死了十多个，这全怪路小秃和吴班长的枪法好。但后来路小秃和吴班长也被解放军给击毙了。吴班长被一枪打着后脑勺，当时就死了。路小秃被一枪打中下巴，下巴崩没了，人还活着。他一边从喉咙里骂人，一边满地找下巴。但下巴早让崩烂了，哪里找得着？路小秃火了：

“×你娘，谁这么缺德，打我下巴！”

跳出掩体要找打他下巴的人，这时解放军一阵机枪子弹过来，路小秃身上被穿了七八个窟窿，这才一头栽倒在掩体前，死了。李小武的护兵、倪排长排里的人，也被击毙八九个。李小武、倪排长、李清洋、李冰洋等人被活捉了。

正月十五那天，李小武李清洋等人，被解放军押到村里，开他们的斗争会。斗争会开到一半，开不下去了。愤怒的群众，差点将李小武他们打死。赵刺猬、赖和尚、冯发景的家人，更是跳上台就要掐李小武的脖子。赖和尚说：

“我×你个妈，你硬是把俺娘俺兄弟炸飞了天，那天我要不去看戏，不也被你们炸飞了？”

残匪来洗劫那天，是赖和尚提议到牛市屯看戏，拉上赵刺猬的。那场戏是名角“玻璃脆”的女儿“小玻璃脆”唱的。唱得来劲，拖了场，半夜才结束。赵刺猬赖和尚从牛市屯赶到家，已经是下半夜，回来听说残匪刚刚来洗劫村子，主要目标是他们两人，两人当时身子就瘫了。第二天上午又随人到河套里看了人肉堆，兄弟、哥、娘都被炸得稀烂，一大堆血肉已被冻住，分也分不开，当时就大哭了。现在杀人凶手被押到村里斗争，他们如何能不愤怒？赵刺猬也骂道：

“不是和尚拉我去看戏，可不也让你们炸飞了？”

接着从屁股后摸出自己的手榴弹，揭盖子就想往李小武嘴里塞：

“我也让你们尝尝坐飞机的滋味！”

幸亏县上的人阻止得快，斗争会才没发生意外。县上看斗争会开不下去，就不开了，将李小武等人从会场里拖出来，又押到县上。正月二十，县上对李小武等人进行了审判，鉴于他们作恶多端，民愤极大，欠有血债，审判厅决定枪毙他们。在整个审判过程中，李小武一言不发。最后问他有什么话说，他说：

“抗战时候，我捉过几个八路军俘虏，后来把他们放了，现在看，不该放，应该杀了他们！”

审判员笑了：

“这么说，枪毙你更没错！”

李清洋李冰洋一开始就被吓稀了，问什么说什么，跪在地上求饶，说以后再不敢了，要投降共产党，让饶他们一条命，倪排长最后也有些稀松，抹着泪说：

“我十八岁被抓了壮丁，一当兵当了十几年，没想到最后是这么个下场。家里还有一个七十多岁的老娘……”

但审判厅既不接受“投降”，也不管你家里有没有“老娘”，最后判定统统枪毙。这时邻县的区委书记孙屎根因为工作积极，他那个区土改搞得好，已调到这个县当县委书记。枪毙李小武等人的报告送到他手上，孙屎根看了看被枪毙的人名单，拿着名单去找了县长，说：

“老蒋，这个单子你签字吧，上边都是我家过去的仇人，我签字怕涉嫌！”

老蒋接过单子看了看，笑道：

“几个残匪，毙就毙了，谁签字不一样？”

摘下衣服口袋上的钢笔就签了字。

李小武等人被枪毙了。但临到枪毙头一天，老蒋夜里失眠，没有抓挠处，顺手又从桌上拿起那个报告和附在后边的口供看。这时发现一点新情况：李冰洋自进了大荒洼，一直在发高烧，并没有参与杀人。老蒋便用钢笔在李冰洋名字上画了个圈，然后将这个圈拉到了外边。这样，李冰洋被留下了，保了一条命。但枪毙那天让他陪了场。看着李小武、李清洋、倪排长他们在他身边一个个倒下，头上“嘟嘟”往外流血，手脚乱弹蹬，李冰洋当时就吓傻了。一直到一九五〇年，李冰洋还天天魂不守舍。到了一九五三年，李冰洋才恢复正常。恢复正常以后，李冰洋十分感激县长老蒋，多亏他画了一个圈，保了他一条命。于是有一天背了一袋芝麻，跑到县政府去感谢老蒋。老蒋这时在“三反”“五反”中犯了点错误，正在做检查，见一个地主背芝麻来感谢他，心里十分腻歪，说：

“要知道你来感谢我，当初还不如把你枪毙了！”

李冰洋吓得屁滚尿流，忙背着芝麻跑出了县政府，从此不敢提“老蒋”。

第四部分

文化　一九六六至一九六八年

前言（一）

村里分成了两派。支书赵刺猬一派，大队长赖和尚一派，本来村里没必要分两派，“文化大革命”一开始，赵刺猬和赖和尚商量，大家成立一派就可以了，于是成立一派，派名让村中小学老师孟庆瑞给起了一个，叫“锷未残战斗队”。赵刺猬任队长，赖和尚任副队长。但在任命组长和副组长时，赵刺猬和赖和尚发生了分歧。赵刺猬要任命第一生产队和第二生产队的人，赖和尚要任命第三生产队和第四生产队的人。这时赵刺猬和赖和尚都已是四十多岁的人了，身体都有些发胖。赵刺猬在一队二队本家多些，赖和尚在三队四队本家多些。自解放以来，两人就在一起搭伙计，之间有许多矛盾。五五年搞合作化，赵刺猬提倡使用双铧犁，赖和尚反对使用双铧犁，说本地牛拉不动双铧犁，被赵刺猬告到乡里，乡里说赖和尚思想右倾，差一点撤了他的村长。后来到了六〇年吃大伙房，村里饿死许多人，赖和尚主持村里的大伙房，一次赵刺猬到伙房去偷红薯片吃，正好被赖和尚带民兵捉住，差一点把他吊到梁上。后来六四年搞“四清”，两人也有许多矛盾。一次村里干部在吴寡妇家吃“夜草”（即半夜时的夜餐），就着油馍卷鸡蛋，大家喝了些红薯干酒，赵刺猬指着赖和尚说：

“×你妈和尚，你小子忘恩负义，当初土改时不是我拉你出来当干部，你哪有今天？”

赖和尚指着赵刺猬骂道：

“×你妈刺猬，要不是你在这里祸害，村里早搞好了！”

现在到了“文化大革命”，为了任命战斗队的组长和副组长，两人又产生了分歧。但最终赖和尚还是拗不过赵刺猬，组长副组长仍任命成一队二队的人。

战斗队成立以后，先让群众破四旧、立四新，后让大家演戏、背语录、跳忠字舞、早请示晚汇报。村头还派两个儿童站岗，守一块语录牌，让来往行人念语录。赵刺猬便派自己的儿子赵互助去站岗。赵互助虽然年纪小，一只眼球被炮仗崩瞎了，换了个玻璃球，却早通人事，他爹来了不让念语录，赖和尚来了却得念语录；一队二队的人来了可以不念语录，三队四队的人来了却得念语录；男孩子来了得念语录，割草小姑娘来了可以不念语录。赖和尚十分不满，骂道：

"瞎了个鸡巴眼，却成了个小大王，他让谁念语录，谁就得念语录！"

一次赖和尚又从村头通过，赵互助又拉住他念语录。这次语录并不复杂，是"红薯很好吃，我也很爱吃"，赖和尚都认识，但他念道：

"你妈很好×，我也很爱×！"

赵互助立即就火了：

"和尚，你怎么骂我？你妈才好×呢！"

赖和尚见一个小孩子敢跟他顶嘴，上去扇了他一巴掌。血立即就从赵互助嘴里流了出来。赵互助哭了，爬起来就往村里跑。赖和尚以为他去叫赵刺猬，就站在那里等。谁知等了一会儿，赵刺猬没来，赵互助却把他家的大狼狗带来了。赖和尚不怕赵刺猬，却怕大狼狗，撒腿就跑。但已经来不及了，大狼狗上去就将他扑翻了。

赖和尚腿上被大狼狗吞下一块肉。

赖和尚在家养伤，赵刺猬来看望过一次，提了几瓶玻璃罐头。进门看了看赖和尚的伤，赵刺猬说：

"别生气了，别跟孩子和狗一般见识。好好养伤，等伤好了，咱们一块搞'文化大革命'！"

赵刺猬走后，赖和尚把几瓶玻璃罐头都摔碎到床下，骂道：

"×你妈刺猬，以后再不跟你一块弄事！"

三队四队有两个回乡的中学生，一个叫狗蛋，一个叫王八，这时分别改名叫卫东和卫彪。卫东、卫彪来看望赖和尚说：

"老叔，腿上的肉都让人家吞去了，何必再跟人家受气？咱也成立个战斗队算了！你跟人家受气不要紧，三队四队的几百口子群众也得跟着你受气。你出去看看，现在人家赵互助站岗就带着狼狗，你伤好以后，不还得去念语录？你一念语录不要紧，三队四队的人也得跟着念语录。老叔，咱别跟他弄事了。咱自成一派，也成立一个战斗队吧！你在人家那里是个副的，咱自己一成立战斗队，你就成正的了！该翻脸就得翻脸，历朝历代，不揭竿而起，就成不了皇帝！”

赖和尚觉得卫东卫彪说得有道理。伤好以后，果然跟赵刺猬掰了，自己挑头又成立了一个战斗队。上次成立“锣未残战斗队”是让村中小学老师孟庆瑞给起的名字，这次成立战斗队也请孟庆瑞起名字。最后名字起出来，叫“偏向虎山行战斗队”。赖和尚任队长，卫东卫彪任副队长，下边组长副组长任命的是三队四队的人。三队四队的人过去老受气，现在见自己成立了战斗队，都很拥护，“呼啦”一下都参加了。过去已经参加“锣未残”的，现在也退出了“锣未残”，参加了“偏向虎山行”。

果然，一成立自己的组织，大家可以平起平坐。你破四旧，我也破四旧；你立四新，我也立四新；你演戏，我也演戏；你跳舞，我也跳舞；你在村西树下设语录牌站岗，我在村东树下设语录牌站岗；你让大狼狗看着，我也让大狼狗看着。

一成立战斗队，赖和尚心情也舒畅许多，觉得可以和赵刺猬平起平坐。“锣未残”的几个头头夜里到吴寡妇家吃“夜草”，“偏向虎山行”也到四个生产队去起粮食，弄到牛寡妇家，赖和尚、卫东、卫彪和几个小组长也吃“夜草”。你吃油馍，我吃鸡蛋捞面条；你炖小鸡，我炖小鸭；你放辣椒，我放胡椒。想吃什么自己可以做主，赖和尚觉得比过去惬意多了。卫东卫彪说：

“怎么样老叔，比给人家当副手强吧?”

赖和尚摸着光头说：

“强不强我不是光为自己，还不是考虑到你们不再受气！过去我跟着人家也能吃上‘夜草’，你们呢?”

卫东卫彪忙点头称是：

“可不，可不！”

倒是赵刺猬看到赖和尚搞得这么红火，得罪一个赖和尚，弄得失去村里一半人，心里有些后悔。特别是现在他不能自由行动。过去在村里，他想走到哪里去，就走到哪里去，通过语录岗也不怕，是自己儿子守着，现在村西是自己的语录岗，村东却是赖和尚的语录岗，也有儿童和大狼狗看守，到那里得和大家一样念语录。一次赵刺猬回到家，见儿子赵互助把语录牌背到家，又在那里弄狼狗，赵刺猬看着起火，上去扇了他一巴掌：

“×你妈，都是因为你，搅了我的天下！”

前言（二）

老贫农李守成的儿子李葫芦，也成了村里的人物头。李葫芦以前是个卖油的。卖油之前，跟师傅学过铣石磨。不过他不适合铣石磨，他胳膊太细，后来改行卖油。他卖油可以，声音洪亮、记性好，账算得快。卖了几年，附近村子有好几个卖油的，最知名的是李葫芦。不过知名也就是在卖油的行列，在村里李葫芦仍狗屁不是。赵刺猬的老婆、赖和尚的老婆，一到腌菜，就想起了李葫芦，就端着菜碗到他家去放香油。虽然李葫芦家的人都满肚子不高兴，但都下油罐提上来一撇子香油给她们放。一次李葫芦正跟老婆生气，赵刺猬的老婆又端着菜碗来放香油，看到李葫芦脸上不高兴，便问：

“葫芦，我常来放香油，你是不是不高兴了？”

李葫芦拿起油撇子说：

“我没有不高兴。”

赵刺猬老婆说：

“这就对了，别看着放撇子香油就不高兴。我能到这里来放香油，是觉得你不错。要是换个人，给我放香油我还不一定要呢！”

李葫芦忙说：

“可不，婶子能来放香油，是看得起我！”

久而久之，双方面习惯了。赵、赖两家一到腌菜就想起李葫芦，李葫芦一见赵、赖两家的婆娘就下撇子提香油。有时赵、赖两家不腌菜，不到他家来，李葫芦还感到有些别扭，不知是不是两家的婆娘不高兴了。到了“文化大革命”，李葫芦仍然卖香油。一直到村里破完四旧立完四新，李葫芦仍不显山不露水，没看出除了卖油，还有什么大的作为。可到了演戏、跳忠字舞、背语录阶段，李葫芦突然显示出他除了卖油之外的天才。公社破完四旧、立完四新，便布置各村比赛背语录。任务到达村里，赵刺猬和赖和尚都想让自己的战斗队里出现背语录模范。可两个战斗队的人，都比赛不过李葫芦。李葫芦卖油记账记性好，现在运用到背语录上，像卖油一样见成效，十天背了二百多条。不但短的会背，长的也会背。连“白求恩同志我仅见过一面”“自由主义有各种表现”“无数革命先烈为了人民的利益牺牲了他们的一切，难道我们还有什么个人利益不能抛弃吗?”等等都会背。村里背语录比赛，他得了第一。到了公社，他仍是第一。十天之内，李葫芦突然出了大名。不过这次出名不像他卖油出名。卖油出名仅卖个香油，这次出名轰动了整个公社，公社造反派头头握了李葫芦的手，县上造反派头头也握了李葫芦的手，李葫芦成了学习毛主席著作积极分子。一时全公社有不知道赵刺猬和赖和尚的，但没有不知道李葫芦的。这让赵刺猬、赖和尚心里很不高兴。赵刺猬、赖和尚各有各的战斗队，过去街上碰面从不说话，这天碰面却不约而同说了话。赵刺猬说：

“一个鸡巴卖油的，现在也成人物头了，不知这运动咋鸡巴搞的!”

赖和尚说：

“人走时运马走膘，谁让你记性不好了？你要记性好，还能轮着他到公社背语录?”

但两个人回到家里，都嘱咐自己的老婆，以后腌菜，不要到李葫芦家放香油了。晚上两人又分别到李葫芦家去，拉他参加自己的战斗队。但李葫芦不同意参加战斗队，说背语录还要卖油。赵刺猬和赖和尚都说：

“会背毛主席语录，还卖个啥鸡巴油!”

当天深夜，两人都拉他去参加自己的聚餐，去吃“夜草”。

这样，李葫芦有几天没卖香油，一开始过这样的生活，李葫芦很不习惯，胳膊腿没有放处。老父亲李守成也唠唠叨叨，说背语录不如卖香油。但过了几天这样的生活，天天夜里到寡妇家吃“夜草”，李葫芦觉得还是比卖香油强。过去辛辛苦苦卖香油，不是照样被人家老婆欺负，一到腌菜就来放油；现在不卖香油，背毛主席语录，就有人请他到寡妇家吃油。吃了几天油，李葫芦觉得寡妇做饭也比一般人做得好吃，炸油馍，捞面条，炖鸡炖鸭，油水真大，吃得浑身酥软。半个月过去，李葫芦再听不得老父亲李守成唠叨，觉得以前卖了十几年香油真是傻蛋，人家赵刺猬、赖和尚才知道怎样做人。做人就得做人头，可以天天吃“夜草”，推小车卖香油就像做了人屌，纯粹瞎鸡巴混。以后再不卖香油，也要做人头。决心一有，就把香油摊子给砸了，下决心参加战斗队，跟人搞“文化大革命”。只是村里两个战斗队，一个“锷未残”，一个“偏向虎山行”，到底参加哪一个，他有些拿不定主意。两个战斗队又都拉他参加。他想：×他妈，过去你们老到俺家放香油，这次我也放放你们的香油。赵刺猬又来找他谈，说：

“葫芦，‘夜草’也吃了几天了，怎么样，参加过来吧，我好给你安排？”

李葫芦说：

“怎么给我安排？”

赵刺猬说：

“给你个小组长！”

李葫芦说：

“别了老叔，要安排就一下安排‘得’，给我个副支书，能一辈子吃‘夜草’！”

赵刺猬哭笑不得：

“你过去光卖油了，连个党员都不是，怎么安排副支书？”

李葫芦噘着嘴说：

“不安排副支书，我就参加赖和尚！”

赖和尚来找他谈，也谈怎么安排，李葫芦说：

“刺猬不让我当副支书，我不参加他的，参加你的，你起码给我个副队长！”

赖和尚比赵刺猬痛快，兜头吐了李葫芦一脸唾沫：

“也不撒泡尿照照你自己，一个鸡巴卖油的，会背两条语录，就想当副队长了？老子土改时就参加革命，现在才混了个队长，你倒想一步登天了！”

这样，李葫芦高不成低不就，两个战斗队都没有参加成。这时他有些沮丧，当人物头也没有那么容易。可事情到了这种地步，不当人物头，再重新去推车卖油，他又有些拉不下面子，二百多条语录也白背了。正在这时，赖和尚的“偏向虎山行战斗队”内部发生矛盾，副队长卫东和卫彪起了内讧，起内讧的原因，是因为一个姑娘，两人都愿意跟这个姑娘一起学“毛选”。这个姑娘叫路喜儿，今年十九岁，是土改时被解放军打死的土匪头目路小秃的女儿。路小秃虽然长得丑陋，但路小秃的老婆老康曾当过三十里外李元屯大地主李胥碌的小老婆，长得却十分漂亮，路喜儿像老康，所以也长得很漂亮，圆圆的脸，大大的眼睛，细细的腰肢，宽宽的臀部，再加上一根大独辫，全村里年轻人夜里都把怀里的枕头当成她。路喜儿是“偏向虎山行战斗队”的队员。本来路喜儿是土匪的女儿，没有资格当战斗队队员，可公社给村里分了一个指标，要在地、富、反、坏、右子女中找一个“可教育子女”，作为典型。村里地主有李、孙、许三家，富农有赵、钱、张三家，反革命有一家，坏分子有一家，土匪恶霸有路小秃一家。赵刺猬、赖和尚找来找去，找到路喜儿头上，她就成了“可教育子女”，就成了赖和尚手下的队员(为争这个队员，赵刺猬赖和尚还吵了一架)。路喜儿自知是土匪女儿，现在成了“可教育子女”，所以表现非常积极，发挥自己的特长，张罗大家演戏。演戏演什么？演“老两口学毛选”。一个男的，一个女的，装扮成老头老太婆，弯着腰走场唱戏：

收了工，吃罢了饭，
老两口坐在窗前，
学呀嘛学毛选。
老头子！
哎！
老婆子！
哎！
你看学哪篇？
我看就学这篇，你看沾不沾？
沾！
沾！
咱们的二小子，
干活可有得懒，
你可要多多地，
给他提意见！
…… ……

演戏过程中，“老太太”由路喜儿扮演，“老头子”由另外一个男孩子扮演。问题复杂在于，由于“老太太”由路喜儿来扮，一到演戏，大家争着扮“老头子”，愿意跟路喜儿一块学“毛选”。男孩子争来争去，最后只剩下两个副队长，两个副队长又争起来。一次临到开锣演戏，为谁穿老头子衣服，戴假胡子，两人竟动了拳脚。两人的鼻子都出了血。两人互相揪着对方的脖领子，把官司打到赖和尚跟前，问赖和尚到底谁该演老头子，跟路喜儿一块学“毛选”。赖和尚这天犯痔疮（五八年大炼钢铁落下的），心情很不好，看着眼前的两个血鼻子，朝他们脸上一人吐了一口唾沫，心里骂道：

“为了一个小×，至于打成这样？土改时她妈我都×过，也无非是那么回事。”

接着摆了摆手说：

“你们还接着打吧，谁打过谁，谁就跟路喜儿学‘毛选’！”

卫东和卫彪就接着打。最后卫东打了卫彪。卫东身体强壮，卫彪身体单薄。卫东打败卫彪，将他支了个“老头看瓜”，然后自己洗洗脸，就去穿上老头衣服，戴上假胡子和路喜儿学“毛选”；卫彪从地上爬起来，自己给自己解开“老头看瓜”，捂着一个血脸跑回家，蒙上被子开始连哭带骂娘。既骂了卫东，又骂了赖和尚。骂完，觉得和这帮土匪一样的粗人凑到一起实在没有意思。这时又想脱离他们，再立一个门户。可再立一个门户单凭一个卫彪不行，这时他就想起了李葫芦，李葫芦背语录闯出了名气，招牌比他大，何况李葫芦目前正在困难时期，在赵刺猬、赖和尚那里都碰了壁，正需要人帮助。当天晚上，卫彪就跑到李葫芦家，撺掇他另立门户。李葫芦这两天正情绪沮丧，人物头做不成，重新卖油又不甘心，二百多条语录都等于白背了，一直闷闷不乐。现在见卫彪来，撺掇他另立门户，成立一个新战斗队，也不禁心里一动。但他又有些不敢，觉得立门户是赵刺猬、赖和尚的事，他过去是一个卖油的，怎么能自立门户？卫彪给他解释说：

“你现在不是不卖油了，你是学习毛主席著作积极分子，名气比赵刺猬、赖和尚还大，怎么不能立门户？完全有挑头立门户的资格！男子汉大丈夫在世，该闯荡的时候，就得闯荡，不然过了这个村，就没这个店，等你后悔就来不及了！”

接着又给他讲了自立门户的种种好处，可以自己做主，可以吃“夜草”，可以组织大家演戏、跳舞、学“毛选”等等。工作做到鸡叫三遍，终于把李葫芦的胆子做大了。李葫芦拍了一下桌子：

“×！干他一家伙！就是干不成，大不了接着再卖油！”

卫彪拍着巴掌说：

“葫芦，这就对了，只要有这句话，天下没有干不成的！”

第二天，村里又多了一个战斗队。战斗队的名称，仍是小学老师孟庆瑞给起的，叫“捍卫马列主义、毛泽东思想造反团”，李葫芦任团长，卫彪任副团长。李葫芦对这个名称很满意，叫“造反团”，觉得“团长”总比赵刺猬、赖和尚战斗队的“队长”大。只是村里已经成立了两个战斗队，村里的人都参加得差不多了，他这个造反团成立起来，来投奔的只有三十多人。不过大旗一树起来，团长、副团长齐全，也就成了一支队伍。别的战斗队组织人演戏、跳舞、学“毛选”，他们也组织人演戏、跳舞、学“毛选”。别的战斗队头目半夜分别到吴寡妇和牛寡妇家吃“夜草”，他们也选了一个吕寡妇，下四个生产队起些粮食、油和肉，运到吕寡妇家，到了半夜也吃“夜草”。现在村里成了三国鼎立的形势。一到半夜，三个寡妇家分别飘出油香、面香和肉香，香满一街。

李葫芦一成立“造反团”，令赵刺猬和赖和尚心里很不高兴。赖和尚赵刺猬心想：老子革命十几年，成立个战斗队还可以，你过去一个卖油的，怎么能成立“造反团”呢？可是李葫芦背语录背出了名，公社造反组织批准李葫芦成立“造反团”，赵刺猬赖和尚也没办法。只是当半夜赵刺猬赖和尚分别在吴寡妇、牛寡妇家吃“夜草”时，想到在吕寡妇家有一个卖油的也在吃“夜草”，他们心里就不舒坦。一次赵刺猬赖和尚在街里碰面，两个人又说话了。赵刺猬点着赖和尚说：

“上次是因为我，这次可是因为你，又逼出一个‘造反团’，看这村里以后怎么收拾！”

赖和尚回到家，把自己的副队长卫东叫过来，也骂了一通，说：

“都是因为你，为了一个小×，逼走了卫彪，让村里多了一个‘造反团’。不是卫彪叛变，单凭一个李葫芦，哪有胆子成立‘造反团’？”

卫东听了批评，却不以为然。正因为逼走了卫彪，这些天他才可以天天与路喜儿一块学“毛选”。天天一起学“毛选”，神情才可以专一。一块演完老头老太太学“毛选”，已近半夜。他和路喜儿卸了装，便邀请路喜儿一块跟他到牛寡妇家里去吃“夜草”。路喜儿晃着辫子说：

“‘夜草’是你们干部吃的，我哪里敢去？”

卫东体贴地说：

“你不要怕，我给你偷一个肉饼，明天送给你！”

当天夜里卫东便在“夜草”上偷了一个肉饼，第二天偷偷给了路喜儿。看着路喜儿倚在麦秸垛上，扭扭捏捏吃了，卫东兴奋地用两只大手拍打着自己的胸脯。当天夜里做梦，就梦见他跟路喜儿在一起，路喜儿变成个肉饼。现在见赖和尚埋怨他，他有些委屈，当初他和卫彪打架，可是赖和尚批准的。但他不敢埋怨赖和尚，只是说：

“成立就成立呗，不就二三十个人，还能弄到哪里去！”

赖和尚朝卫东脸上吐了一口唾沫：“不是叫你论人多人少哩！毛主席一开始人就少，不是打败了蒋介石？村里叫你弄复杂了。过去就一个赵刺猬，现在又多了个李葫芦，这以后村里怎么收拾？”

卫东擦着脸上的唾沫，不敢再说话。

前言（三）

喂牲口的黄瓜嘴倒了大霉。黄瓜嘴姓吕，叫金玉。由于嘴长得像雷公，小时候大家就叫他黄瓜嘴。自合作化以来，黄瓜嘴一直在村里喂牲口。解放前民国时期，村里人有贩牲口的习惯，黄瓜嘴他爷和他爹，都是牲口贩子。常到张家口、内蒙古一带贩毛驴。到了黄瓜嘴这一辈，没有毛驴可贩，才喂了牲口。在黄瓜嘴家几辈人里，他爷爷聪明，贩毛驴带回一个蒙古姑娘，后来成了黄瓜嘴的奶奶（现也已作古）；他爹愚笨，贩牲口常查不过数目；到了黄瓜嘴又聪明，三岁就知道把别人家的凳子往自己家搬。黄瓜嘴小时候村里办过一个月公学（许布袋做村长的时候），黄瓜嘴跟别的孩子在那里上过一个月。别的孩子什么都没学会，他却学会了“九九归一”，端着算盘在街里打。解放以后，他娶妻生子；

到了合作化，他喂上了牲口。刚实行合作化时，大家的牲口拉在一块，谁也不愿意喂它们，说夜里得起来添草，耽误瞌睡，黄瓜嘴却愿意喂，不怕夜里起来。为这村里支书赵刺猬还发给他一个“模范民兵”的奖状。后来证明，在村里喂牲口是最轻的活计，整天在屋里待着，不用下地，风吹不着雨打不着，白天牲口、人都下地干活，黄瓜嘴就端着一个水烟袋在牛屋院里转，后来渐渐养得胖了。奇怪的是到了六〇年，黄瓜嘴却不知怎么除了喂牲口，又当上了大食堂的会计。牲口的料可以偷吃，大食堂的红薯片可以偷吃，这年村里饿死许多人，黄瓜嘴家的人一个没有饿死。只是在一次偷豆面的时候，被主持食堂的赖和尚抓住了，赖和尚便让民兵把黄瓜嘴吊到梁上用皮带打。到了半夜，民兵睡着了，黄瓜嘴解下绳索跑了。当天夜里带着一家人到山西逃荒去了。到了山西，倒是在那里饿死一个小女儿。一直到六三年他才又带着全家回来。虽然在山西饿死了一个小女儿，但他在那里却学会一门手艺：做木工。回来后一开始到地里干活。但他利用晚上做了一个可以折叠的小饭桌给赵刺猬送去，几个月之后又喂上了牲口。“文化大革命”开始，黄瓜嘴仍喂牲口。村里成立了战斗队，黄瓜嘴就参加了赵刺猬的“锷未残战斗队”。本来黄瓜嘴家在四队，三队四队是赖和尚的地盘，赖和尚成立“偏向虎山行”以后，他应该参加“偏向虎山行”才是，可他记着六〇年赖和尚把他吊在梁上打，逼他到山西逃荒，在山西饿死一个小女儿的事，所以他不参加赖和尚的“偏向虎山行”，仍留在“锷未残”。如果是个一般人，不管他参加“锷未残”还是参加“偏向虎山行”，赵刺猬和赖和尚都不会在意，但黄瓜嘴是个聪明人，所以他参加“锷未残”，对赵刺猬帮助很大。他会木工，可以做语录牌贴墙报；他虽然只上过一个月学，识字不多，近来却又学会用木匠尺子比着描美术字。赵刺猬很高兴，觉得黄瓜嘴不错，有时半夜吃“夜草”，还让人到牲口院把黄瓜嘴叫来。赖和尚却对黄瓜嘴恨得牙根疼，骂道：

“他身为四队的人却当了叛徒，六〇年他偷豆面那会儿我怎么没把他打死？”

后来村里又成立了李葫芦的“捍卫马列主义、毛泽东思想造反团”，副团长卫彪也是四队人，他见黄瓜嘴是个人才，自己团势力又小，便与李葫芦商量，想拉黄瓜嘴参加自己的“造反团”。李葫芦当然同意。所以一天夜里卫彪就到黄瓜嘴家里去，对黄瓜嘴说：

“老黄，今天来不为别事，想动员你参加我们的‘造反团’！你不是恨赖和尚吗？我们这个团就是专门对着赖和尚的！参加我们吧，赵刺猬是土鳖一个，成不了大气候，跟着他有什么意思？”

黄瓜嘴当时正在做一个长条板凳，一边继续在木料上打墨线，一边回答：

“成了成不了气候，不是一时半会儿能看清楚的。你们团当然也不错，我也想参加，只是这边赵刺猬对我不错，天天拉我吃‘夜草’，我要马上翻脸不认人，不是太不够朋友了？再说你们团不是有葫芦当团长吗？有他就行了，他过去卖油，头脑清楚着哩。前年我欠他四两油钱，大年三十来找我要账，像地主逼债一样！他厉害，我不敢跟他在一起！”

说完继续打墨线。结果不欢而散。卫彪回来向李葫芦汇报，李葫芦也很生气，说：

“他现在威风了，他不就是喂个牲口吗？他欠我油钱，我不找他要就对了？看他说话的口气，离了他，咱们团就搞不成了？谁一出戏不能唱到天黑，咱们走着瞧吧！”

虽然说“走着瞧”，但现在人家是“锷未残”的红人，“锷未残”势力又最大，李葫芦、卫彪一时也不能把他怎么样。

这时村里开忆苦思甜大会。因为是忆苦思甜大会，全村虽然分成了三派，但这个会得在一块开。由于大家要在一起开会，所以三派的头头得先在一起碰个面。碰面是在牛寡妇家，由三派分摊东西，大家在一起吃一次“夜草”，一边吃一边商量。这是自“文化大革命”开始，村里三头目第一次正式碰面。当天的“夜草”是烙饼卷鸡蛋。但烙饼快吃完，大家还没有商量事。没有商量事不是因为大家派别、观点不同，而是大家相互看不起。特别是赵刺猬和赖和尚看到过去的卖油郎李葫芦也果真成了人物，开始和自己平起平坐吃烙饼，商量事情，心里很不舒服。虽然不舒服，但人家现在是一派的头目，又不能不和他坐在一起商量，心里就更加不舒服。另外，赵刺猬还有些看不起赖和尚，觉得如今天下大乱，派系林立，全是赖和尚最初跳槽引起的；赖和尚也看不起赵刺猬，看他脑袋像个斗，两只小眼睛像老鼠一样，就成不了什么大气候。自己跟他搭十几年伙计真是晦气，总有一天得把他干下去，自己取而代之；李葫芦到底是第一次参加这样的会议，样子有些拘谨，烙饼吃得很慢，吃完烙饼喝鸡蛋汤，也尽量不让出声。但他看到两人对自己看不起，心里也有些愤怒：妈拉个×，你们不就比我大几岁，多当了几年干部吗？管得着这样看不起人！别看老子现在人少，将来谁胜谁负还难说哩。最后烙饼吃完，鸡蛋汤喝完，才开始商量事情。其实事情商量起来很简单，定下开会的日期，让村里的地主富农都陪斗，然后一派出一个诉苦的，再让村里当过伙夫的老蔡做一筐糠窝窝，会议就结束了。不过日期、陪斗、诉苦人分配、谁做糠窝窝，都是赵刺猬和赖和尚你一言我一语定下的，最后才征求李葫芦的意见：

"葫芦你看怎么样？"

李葫芦又起了愤怒，但他压住愤怒说：

"就这样吧。"

于是大家解散。

到了七月初七，全村开忆苦思甜大会。大会开始之前，先唱"天上布满星"，是"偏向虎山行战斗队"的"可教育子女"路喜儿打的拍子。然后诉苦。批斗地主，最后吃糠窝窝。诉苦时候，赵刺猬这边出的是黄瓜嘴，赖和尚那边出的是朱老婆子，李葫芦那边出的人是李葫芦他爹李守成。这时黄瓜嘴出了风头。那天三头目开完会，赵刺猬就找到黄瓜嘴，让他诉苦。黄瓜嘴说：

"做语录牌描大字你找我，诉苦找我就不一定合适。旧社会俺爹俺爷贩牲口，和地主接触不多！"

赵刺猬说：

"什么多不多，谁也没整天在地主家住着。你嘴会说，还是你吧。换个人，虽然有苦，却倒不出来，等于没苦。三派各出一个人，被人家诉苦比下去，岂不丢了大人！"

黄瓜嘴只好接下任务。临到开会，赵刺猬又征求黄瓜嘴意见，问他诉苦喜欢在前头还是后头，黄瓜嘴说：

"咱搁到后头吧，先看人家怎么说。人家说完咱再说，才能说得比别人好；搁在前头，还不知人家怎么说，怎么能比得过别人？"

赵刺猬连连点头：

"对对对，你到底有头脑。冲这，你就说得过他们！"

由于赵刺猬是会议主持人，这样，赵刺猬就把黄瓜嘴放到后面。赖和尚、李葫芦见赵刺猬把自己诉苦的人放到前边，心里还有些高兴。但一到开诉，才知道上了当。第一个诉苦的是朱老婆子。老婆子倒是苦大仇深。她丈夫是大年三十被地主李文闹逼租子上吊死的。但老婆子有苦说不出，到了台上就哭，一看到台下那么多人，又有些发毛。哭着哭着，忘了诉丈夫的苦，诉起了自己的命，说六〇年自己怎么差点被饿死。把大家吓得脸都白了。赖和尚赶忙让卫东上台把她拉了下来。接着诉苦的是李守成。李守成在旧社会经历的事情也比较多，但他说话容易走板，穷人的苦讲得少，地主如何威风，李文闹、孙殿元、孙毛旦如何欺负村里的妇女讲得多。讲着讲着，看到下边听众都很爱听，又有些得意，最后竟讲起李文闹如何搞赵刺猬他妈，台下发出哄笑声，气得赵刺猬想上台打他。李葫芦、卫彪在台下也是干着急。最后上台诉苦的是黄瓜嘴。黄瓜嘴上台以后，和朱老婆子、李守成不同，既不哭，也不闹，而是先规规矩矩向台下鞠了一躬。这一招很新鲜，立即集中了大家的注意力。然后他开始诉苦。诉苦也慢声细气，讲他爹他爷爷怎么受地主欺负。按说他爹他爷爷当年主要是贩牲口，和本村地主接触不多。但他避轻就重，讲天下乌鸦一般黑，出外贩牲口也受外边地主欺负。一次他爷爷投宿到塞外一家地主家，当天夜里地主家丢失一口铡刀，这家地主硬说铡刀是他爷爷偷的，罚他爷爷在他家干了十天活；一次他爹到内蒙去贩毛驴，内蒙的地主也特坏，看他爹老实，付过款查驴，少给查了两头，他爹十天十夜赶毛驴回到家，才发现少了两头驴，一趟驴白贩了，为此他爹差点投了井……讲完外边的地主，他又回到本村的地主，虽然他家受本村地主欺负不多，但别的人家当年受李家、孙家、许家、路家欺负不少，于是就讲天下穷人一条心，讲别人家怎么受这几家地主的欺负。有妻离子散的，有家破人亡的。别看这么替别人诉苦，效果比光诉自己的苦还好。因为许多受苦者的后代都在台下坐着，他一诉，台下想起自己的先人受苦，倒是比他先哭了。这样诉过几家，台下一片唏嘘声。气氛非常好。这时赵刺猬就站起来举手臂喊口号：

“不忘阶级苦！”

“牢记血泪仇！”

大家都在台下跟他喊。

诉苦会结束了。黄瓜嘴出了风头。赖和尚、李葫芦都非常沮丧，赵刺猬却十分得意。当天夜里，赵刺猬又把黄瓜嘴叫到吴寡妇家吃“夜草”。这天吃炖小鸡，喝白干酒。赵刺猬不住地往黄瓜嘴跟前夹鸡，劝他喝酒，说：

“老黄，我说让你诉苦，你还不诉，看今天怎么样？一场苦诉下来，大家都另眼看你，快比得上李葫芦背语录了！他赖和尚、李葫芦还别得意，咱们再弄几次这样的事，保管让他们不战自败！他们还想跟咱们较量呢，也不问一问，他们才过过几次沟坎？论这上头，我吃的盐比他们吃的粮还多！李葫芦年轻不懂事，会背几条语录，就成了精；赖和尚忘恩负义，当初不是我拉他当干部，他现在不照样杵牛屁股？”

黄瓜嘴喝了些酒，头一发晕，也有些得意，但又故作谦虚说：

“今天诉苦会效果也不是太好，关键是俺爹俺爷爷过去在咱村受地主的苦不多。如果受的苦像朱老太婆和李守成，咱再诉诉试试！”

赵刺猬忙说：

“那是，那是。”

经过这场事，黄瓜嘴在村里威信提高不小。大家突然觉得黄瓜嘴也是个人物。赵刺猬对他更加客气，遇事找他商量，天天拉他吃“夜草”，还准备提拔他当“锷未残战斗队”的小组长，因为二小组组长金宝能力太差，说话串不成句子，让赵刺猬不满意，不但赵刺猬对黄瓜嘴客气，连赖和尚和李葫芦，也开始从心里承认他不是一般人物。虽然对他恼怒，但恼怒归恼怒，能从心里承认他，这就不容易。如果照此发展下去，黄瓜嘴迟早会成为村里另外一个头面人物，可以在许多事情上起举足轻重的作用。黄瓜嘴也感到这一点，在村里走路开始把手背到身后。接着还要求赵刺猬又给牲口院派了一个劳力，派了一个半傻不傻的小伙子藏六，作为他的副手。半夜就让藏六起来给牲口添草，他在一边指挥。这样时间一长，大家越来越觉得黄瓜嘴是个人物。赵刺猬已准备撤掉金宝的小组长，换成黄瓜嘴。可惜这时黄瓜嘴突然出现一桩事，倒了大霉，一下从高台子上跌了下来。

事情出在养“忠”字猪，喂“忠”字牲口上。诉苦会开过不久，公社号召大家戴毛主席像章，养“忠”字猪。戴像章、养“忠”字猪，黄瓜嘴都没出问题。像章戴在胸前，养“忠”字猪即在每家饲养的猪的脑袋上，用烧红的铁丝烙一个“忠”字。本来烙猪就烙猪，这时黄瓜嘴自作聪明，觉得既然可以烙一个“忠”字猪，为什么不可以烙“忠”字驴、“忠”字马？于是就向赵刺猬建议，将队里的牲口脑袋上，也烙一个“忠”字。赵刺猬听这建议，也十分高兴，觉得黄瓜嘴脑瓜到底灵，干事情比别人高出一招。如果这事情干成，又像诉苦会一样，让赖和尚、李葫芦大吃一惊，打打他们的威风。于是就同意黄瓜嘴烙驴马、养“忠”字牲口。黄瓜嘴回到牲口院就干上了，烧红一根铁丝，让藏六搂着牲口脑袋，他往脑门上烙字。但驴马不像猪那么老实，又比猪劲头大，见一根烧红的铁丝伸过来，立即发惊，嘶嘶一声叫，前腿就抬了起来，要挣脱缰绳。这样弄了两个小时，一个字没烙上去。一会儿铁丝凉了，还得重新放到火里烧。最后傻子藏六首先不耐烦了，说：

“为什么非烙头，烙到屁股上不得了？”

黄瓜嘴觉得说得有理，反正一个“忠”字，烙到哪里不一样？于是就让藏六把所有牲口的眼捂上，往屁股上烙“忠”字。这很好烙，牲口戴着捂眼，非常老实，一小时下来，十几匹牲口都烙了“忠”字。黄瓜嘴扔下铁丝，擦了擦头上的汗，又退到远处看了看，十分满意，烙的都是美术字。也是一时忘乎所以，他马上就让藏六把十几匹牲口牵到村里让大家看。藏六就把“忠”字牲口牵到了村里。村里立即轰动了。说黄瓜嘴又有了新东西，快来看。谁知大家一看，却全都傻眼了：乖乖，他竟敢把“忠”字烙到牲口屁股上，这不是恶毒攻击吗？赵刺猬听到人声，也兴冲冲跑出来看，他一看也吓了一头汗，上去扇了黄瓜嘴一个耳光：

“你他妈不往头上烙，怎么把字烙到牲口屁股上？你这是……”

黄瓜嘴这时也突然觉出问题，吓得一身冷汗，赶快上去用手去擦牲口屁股上的字。但字是用红铁丝烙上去的，用手哪里抹得掉？

这时赖和尚和李葫芦听到人声，也跑出来看。他们听人声乱嚷出了事，一开始还看不明白，后来终于看明白了，都拍手称快。李葫芦架着膀对身边的卫彪说：

“看他诉苦怪聪明，这下看他怎么收场！”

赖和尚更绝，接着赵刺猬，上去又扇了黄瓜嘴一个耳光：

“你小子也有今天，你知道你犯了什么罪？你恶毒攻击伟大领袖！”

接着命令身边的卫东：

“找几个民兵，把他捆起来，送到县上去！”

卫东立即回家去拿绳子。卫彪也忘了和卫东的私仇公怨，主动上来帮忙。黄瓜嘴这时早吓傻了，见卫东、卫彪果真带人拿绳子来捆他，忙趴到地上向赖和尚、李葫芦、卫东、卫彪磕头，用手抱住卫彪说：

“卫彪老兄弟，饶我一回，我不是故意的！你饶了我，我这次参加你的‘造反团’！”

卫彪这时冷笑：

“现在你要参加我的造反团了？可你现在成了反革命，你参加谁敢要你呢?”

黄瓜嘴又爬过去给赵刺猬磕头：

“支书，支书，救我一救，当初给牲口烙字，可是你同意的！”

赵刺猬摊着手说：

“我同意你往头上烙字，谁同意你往屁股上烙字了？你再这么说，不连我也拉进去了?”

当天下午，县公安局军管组来了一辆摩托，把黄瓜嘴抓到了县里。来抓黄瓜嘴的人中，有一九四九年第一次来村里搞土改的工作员老贾。老贾虽然土改时犯了右倾错误，但后来经过学习，把右倾改掉了，之后分到公安局，一直至今。老贾一来，赖和尚和李葫芦就分别找老贾谈，向他汇报情况，说黄瓜嘴历来对毛主席、共产党、“文化大革命”不满，恶毒攻击是肯定的；但光抓一个黄瓜嘴还不行，黄瓜嘴烙字，是赵刺猬在背后指使的。赵刺猬闻到风声，也赶快找老贾谈，说黄瓜嘴往牲口屁股上烙字，他确实不知道，另一个喂牲口的藏六可以做证。好在赵刺猬与老贾相熟，过去一块搞过土改，后来赵刺猬经常到县上开三级干部会，也在街上碰到过老贾。所以老贾说，共产党的政策，一人做事一人当，就不要攀扯别人了。于是只把黄瓜嘴一个人抓走了。

但赵刺猬在这件事上受打击不小。半个月情绪沮丧，“锷未残战斗队”也没安排什么活动。倒是赖和尚、李葫芦都很高兴，将各自的战斗队、造反团的活动安排得满满的，又是唱戏，又是跳舞。

一个月以后，传来一个消息，黄瓜嘴被判了十五年徒刑。消息传来，大家知道这是必然结果，都没什么惊奇，只有黄瓜嘴他老婆一个人在家哭了，边哭边骂：

“×你妈黄瓜嘴，嫁给你真算倒霉！过去跟着你喂牲口，现在你成了犯人，给我丢下一堆孩子！你判十五年，叫我如何等得了你?”

于是当天夜里就回娘家商议，准备跟黄瓜嘴离婚。

前言（四）

邻县县委书记孙实根回乡住了几天，被乡亲们当作“走资派”斗了一把，灰溜溜而去。县委书记孙实根，就是抗战时的八路军连长孙屎根，到邻县当了县委书记以后，才改名孙实根的。土改时候，孙实根曾在邻县当区委书记，后来调到本县当县委书记，又到邻县当县委书记，五五年还一度升为本地区的行署副专员，五七年因说过一句“共产党，像月亮，初一十五不一样”，被定为思想右倾，幸亏思想转得快，改成“共产党，像太阳，照到哪里哪里亮”，才没有被划为右派，又降到邻县当县委书记，一直至今。孙实根虽然才四十多岁，但头发已经花白了。幼年时候，他和赵刺猬、赖和尚都是玩尿泥的朋友，无非他是地主的儿子，后来到开封读书；赵刺猬、赖和尚是佃户的孩子，在村里干割草打架偷瓜摸枣的勾当。自土改以来，孙实根一直在外做官，很少回村里来。虽然县委书记说起来官不大，但他已是本村历朝历代出外做官职位最高的了，村里人提起他，都觉得十分了不起。他有一个吃斋念佛的老母，现在七十多岁，仍在人世，住在村里。孙实根自当县委书记以后，来接过老母几次，但老母总是在儿子那里住几天，就又回来了。虽然她是地主老太太，但“文化大革命”以前，支书赵刺猬、大队长赖和尚对待她和对待别的地主不一样。有时有事没事还过去坐坐，让人给挑一担水。六〇年村里吃大食堂，豆糁吃完，村里饿死许多人，这时赵刺猬、赖和尚两个人一人拿了三根红萝卜，到邻县去找孙实根。孙实根这时也瘦了一圈，但他毕竟是县委书记，见家乡的支书和大队长来了，吩咐县委伙房给蒸了一锅白菜粉条包子。赵刺猬、赖和尚每人吃了十个包子。吃完包子，赵刺猬、赖和尚向他诉说了家乡的灾情，说村子已经饿死二十多口人。孙实根听着流了泪，但流过泪说：

“各地情况都一样，我这里也没法帮助你们！”

赵刺猬赖和尚感到很失望，第二天下午就赶了回来，路上还骂孙实根忘恩负义，他“已有包子吃，却不管家乡人的死活”。但等赵刺猬赖和尚回到村里第三天，孙实根却从邻县批过来两马车红薯干。这从百里之外运来的红薯干，救了村里不少人的命。这救命的红薯干，至今还被人记起。常有老人对孩子说：

“多亏了孙实根的红薯干，不然哪里还有你？”

灾荒年过去，孙实根来接母亲，村里许多人围着他的吉普车哭。因为这村有孙实根，本县本公社，对这村都另眼相看。

但孙实根也有自己的不幸。虽然他在外当着县委书记，但他革命二十多年，仕途并不顺。二十多年才当了个县委书记，这本身就证明混得不好。五五年那年形势比较好，一下升为副专员，如果后来不出事情，照直升上去，现在混个地委书记或省里的干部也料不定。但他后来犯了右倾，又从副专员位置上给打了下来。从上边位置打到下边位置，证明以后再没有升迁的可能，可能一辈子也就是个县委书记了。一想到这一点，虽然每天有吉普车坐着，但心里总感到窝囊和憋气。和他一起参加革命的开封一高的同学，现在就有比他混得好的，有在别的地方当着专员和副省长的。有一位姓赵的同学，和他一块参加的八路军，后来随军南下，现在竟在南方某省当着省委书记。想想别人，比比自己，只怪五七年说错了一句话，落得如此下场。但有时想着想着就又想通了，觉得官大官小还不是那么回事，当来当去没个完，官大操大心，官不大可以少操心，在县城待着也不错。同时你还不能消极，你越消极，越升不上去，工作搞不好，说不定连县委书记也保不住；你不嫌职位小，不论职位高低，当县委书记把县委书记当好，说不定再有升迁的可能也料不定。这样，他虽然思想上常有这样那样的考虑，但工作上并没有耽误多少，邻县的工作一直搞得不错。

这时发生了“文化大革命”。“文化大革命”一发生，孙实根像所有的县委书记一样，很快被打倒了，成了“走资派”，被造反派拉着游街和批斗，戴高帽子。孙实根一开始很生气，觉得自己辛辛苦苦工作，没有什么对不起大家的，怎么说打倒就打倒了？但后来看到那么多的县委书记都被打倒了，许多比他大的官都被打倒了，就又想通了。想通了就不再生气，对游斗戴高帽子不再太在意。这时令他在意的倒是他的家庭生活，他那个令人头痛的老婆。

说起老婆，孙实根比仕途不顺还感到自己不幸。这个老婆长得倒不错，年轻时人称小祝英台，是八路军团部的一个护士。孙实根在八路军当连长时与她认识，后来土改当区长时与她结了婚。婚前接触，觉得她还不错，有说有笑，声音很脆，两根辫子一甩一甩。但结婚后才发现，这个女人与她一起不得，原来性子既急又躁，心地狭隘，又异常自私，遇事稍不如意，有时孙实根一句话说错，她就哭闹个没完，小则摔盆打碗，大则撒泼打滚；有时脾气上来，还敢打孙实根的耳光。每三天要发生一件这样的事。这令孙实根十分头疼。有时孙实根想起来，真想跟她离婚了事，但当时孙实根在仕途上正处于上升时期，怕离婚对自己影响不好，那样的女人，真要离婚，她能给你闹得天翻地覆，这样想想也可怕，于是就拖了下来，一拖拖了二十多年，有了三个孩子，这时想离婚也已经晚了。

当然，并不是说孙实根和老婆在夫妻生活中就没有高兴的时候。孙实根回想二十来年的婚姻史，发现这样一个规律，当他在仕途上顺利，大家可以同享福时，老婆就跟他愉快，比如五十年代初他由区长升到县里，又由县里升到行署，老婆与他就处得不错；可当他倒霉的时候，老婆就忙中添乱，时常与他找气，比如他由副专员又降为县委书记，现在“文化大革命”被打倒时，老婆就天天与他吵闹不休。你越在外边不顺，她越找你的事。比如现在你在外面挨批斗一天，回到家老婆肯定在生气，饭也不做，水也不烧，惹她生气的事情一定是说不清道不白的鸡毛蒜皮小事。不管你回来心情如何，累与不累，都要接着与你大闹一通，你还得与她赔些不是，说些好话，把她的火气给安慰下去。常常要安慰到半夜。这时孙实根想想，和这样只可同享福不可同受罪的女人在一起，实在是没有意思。外边遇到不顺，心里还可排解，与老婆生气，找谁排解去？孙实根乡下有一个老母亲，他曾将老母亲接到自己县上几次，但每次老太太都是住上几天就要往回返，与老人看不惯这个儿媳和这个儿媳在语言上虐待老人大有关系。

这天，孙实根作为“走资派”又被县城的造反派批斗。批斗完回家，老婆又找茬儿与他生气。生气的原因是因为她娘家兄弟的一件什么事。因为牵涉到娘家，所以她这次生气的程度，比过去不牵涉娘家的其他事程度要大。孙实根这天被批斗得有些劳累，劝解她神情有些不集中，更激起了她的火气，劝解到半夜，劝解不下，她撒泼打滚，还扇了孙实根几个耳光。孙实根一气之下，不再劝解她，摔门而去，离开吵闹的家庭，走到清冷的大街上，他似乎一下想通了，胆子一下也壮了，于是不再回家，也不再管明天造反派如何，径自走出县城，开始步行向百里之外的家乡走去。一来他想回农村清静几天，二来也探望一下半年没见的七十多岁的老母。但他没有想到，他一回到村里，在村里也没法清静，他又被村里的造反派给斗了一回。

孙实根回来的当天，全村人就知道了。看他步行回来而没有坐吉普车，大家知道他在外面倒了大霉。最先起出斗争孙实根念头的，是“捍卫马列主义、毛泽东思想造反团”团长李葫芦。李葫芦所以想斗争孙实根，是因为他觉得在村里，他是第一个知道孙实根倒霉，由县委书记成为“走资派”的。在他还没背语录成为名人和团长之前，他就知道孙实根被打倒。那时他仍然推着油车卖油。一次卖油到了邻县县城，他看到满街的“打倒孙实根”的标语，就知道本村出去的县委书记倒霉了。虽然六〇年他也吃过孙实根批来的红薯干，但他看到满街的标语，心里却产生出一丝快意。卖完油回到村里，他就把这消息给发布了。全村人能知道孙实根倒霉，还是他卖油的功劳。现在他不卖油了，成了“造反团”团长，而倒霉的孙实根现在从邻县逃到了村里，他觉得如果不趁此机会斗他一把，有些说不过去。同时他这个“造反团”自成立以来，一直没干什么大事。成立一个组织而长时间不干事，久而久之就等于这个组织没有成立。现在一个倒霉的县委书记到了他的跟前，如能顺利斗上一把，对提高“造反团”的威望肯定大有好处。全村三个造反派，过去也无非是斗斗地主，现在如能斗一下县委书记，肯定比斗一个地主要有意思得多。他把这想法向副团长卫彪说了，卫彪也很兴奋，说多亏李葫芦想出这么个主意，这肯定会成为“造反团”命运转折的一个契机。接着两人就规划起来，怎么具体斗争孙实根。但真到规划起来，两人又感到茫然，毕竟过去他们一个是卖油的，一个是刚毕业的中学生，没有和县委书记接触过，不知道县委书记有多粗多细，具体斗起来怎么安排，揭发他些什么罪行。这和斗本村地主可不一样，地主犯的罪行村里人熟悉，而一个县委书记，他的罪行决不是一个卖油的和一个中学生所能清楚的。两个人规划到半夜，没有规划出个所以然，都有些着急，这时李葫芦骂道：

“娘的，主意是个好主意，只是黄鼠狼吃刺猬，不知怎么下嘴！”

这时卫彪想出了主意，说看孙实根这次回来的意思，三天两天走不了，不如先以“造反团”的名义，到邻县去“外调”一下，“外调”些罪恶回来，再斗争也不迟。事到如今，李葫芦也只好同意这么办。第二天一早，卫彪拿了一百多块钱盘缠，就到邻县外调去了，但李葫芦、卫彪没有料到，他们一“外调”不要紧，他们就失去了斗争孙实根的机会。因为在他们“外调”期间，村里另一个造反派“锷未残”，已经把孙实根给斗上了。

“锷未残”一开始并没有想斗孙实根。“锷未残战斗队”队长赵刺猬，与孙实根是老相识。六〇年他到邻县去，还吃过人家的包子，要回来两马车红薯干。“文化大革命”之前，他也经常照顾孙家老太太。孙实根每次坐吉普车回来，他闻讯就赶过去，里外招呼，一直到孙实根离去。包括这次孙实根回来，他虽然也知道孙实根倒台，由县委书记变成了“走资派”，但过去毕竟是老相识，那天街上碰面，他还上去与孙实根握手，笑着说了很多话，根本没想到要斗他一把。一直到他闻到信息，听说李葫芦的“造反团”要斗孙实根，已派卫彪到邻县外调，这才猛然醒悟。醒悟之后，他也马上觉得这是个好主意，觉得到底李葫芦过去卖油，脑子聪明。以前“锷未残”的黄瓜嘴也像李葫芦一样聪明，可惜后来一步走错，进了监狱，让他失去了臂膀。如果黄瓜嘴在，说不定黄瓜嘴也能想出这样的主意。什么叫聪明？聪明就是看到一件事大家熟视无睹，他却能想出新点子，这就是聪明。比如村里有三派，三派都知道孙实根回来了，大家都熟视无睹，李葫芦就能想出要斗争他。斗争孙实根，一个县委书记，对自己造反派的威望，能有多大提高！某某某的战斗队斗了县委书记，一下四邻八乡都会知道，那是啥劲头？越想越觉得斗争孙实根是好主意，可惜这主意不是自己想出来的。如是是自己想出的，也派人“外调”，回来斗争一把，自己的“锷未残”就可以提高威望。上次黄瓜嘴聪明反被聪明误，把“忠”字烙到牲口屁股上，坐了大牢，使“锷未残”受损不小，四乡八邻都知道，“锷未残”出了一个反革命。让“锷未残”的人几个月抬不起头。如果这次能由“锷未残”斗争一个孙实根，名声肯定会重新大振，挽回上次丢的面子。可惜这事被李葫芦抢了先，已派人去“外调”。后来又一想，什么外调不外调，从小与孙实根在一起玩尿泥，对他还不了解？不外调就不能斗了？照样可以斗。虽然主意是李葫芦想出的，但他现在不是还没有斗吗？自己完全可以在他们“外调”期间，捷足先登，提前斗孙实根一把，把这个重振威风的机会给抢过来。李葫芦也许会怪自己不仗义，可到了这个时候，还有什么仗义不仗义？他过去一个卖油的，现在与人平起平坐，他就仗义了？于是就下定决心，抢在李葫芦前边斗孙实根，主意一定，赵刺猬就像变了一个人，不再蔫巴，十分冲动和兴奋。但这时他又有些担心，真要斗起来，自己磨不开面子，人家当县委书记时，自己毕竟吃过人家的包子。但接着又想通了，自己过去求他时，他是县委书记；现在要斗他，是因为他成了“走资派”；自己斗的是“走资派”，并不是县委书记；如果他一时想不通，也只有求他原谅了；退一步讲，就是他不斗争，李葫芦也会去斗争；反正是斗争，与其李葫芦斗争，还不如自己斗争。这样思来想去，就彻底想通了，就一不做二不休，决定第二天斗争孙实根。接着就向自己战斗队的副队长冯松明（以前任大队会计）做了布置。冯松明是个麻子，人们一般不叫他冯松明，叫他冯麻子。冯麻子膀大腰圆，十分有力气，但头脑简单，没有主意，赵刺猬很看不起他。不过这次他听了赵刺猬的主张，却提出一个主意，说斗争孙实根可以让村里地主陪斗，因为孙实根多年不在村里，大家毕竟陌生；让村里地主陪斗，大家才能提高胆量，也感到有话可说。赵刺猬觉得冯麻子这次说得不错，马上就同意了。

于是，第二天“锣未残”召开大会，批斗“走资本主义道路的当权派”孙实根。当“锣未残战斗队”副队长冯麻子到孙实根家通知他第二天参加斗争会时，孙实根吃了一惊。孙实根回家乡是来躲清静的，没想到在家乡却又有人批斗他。他当时正在灯下给老母洗脚，与老母说些笑话，现在见冯麻子来通知这个，便说：

“麻子，我回来就住几天，你们批斗我干什么！”

没想到冯麻子却说了一句水平非常高的话：

“你是‘走资派’，到哪里都得挨批斗！”

孙实根哭笑不得，说：

“我多年在外面工作，在村里没什么事呀！”

冯麻子说：“你当县委书记有什么事，人家不照样批斗你？人家批斗你多少次，现在哪差我们这一次？”

孙实根听冯麻子这么一说，思想倒通了，没想到一来“文化大革命”，冯麻子的水平也提高了，于是说：

“你们真要批斗，你们就批斗吧。不过时间不能长！”

冯麻子也很痛快，说：“不长，也就两三个小时吧！”

就这样达成了协议。冯麻子回去向赵刺猬作了汇报，赵刺猬很高兴，拍了一下冯麻子的后脑勺说：

“麻子原来会说话，以前还真小瞧麻子了！”

冯麻子倒不好意思地笑了。

第二天，批斗会如期举行。孙实根很守信用，到了八点就来了；村里的几家地主富农也按时来了。他们在台前一站，赵刺猬一宣布，批斗会就开始了。赵刺猬在台上红光满面，显得很高兴，只是他还不敢看孙实根，与他直接打照面。批斗会之前，照例先唱了一遍“天上布满星”，然后开始批判。说是批判孙实根，其实也就是喊几句“打倒孙实根”的口号，因为大家对孙实根到底是不了解，不知如何批他。批他不得，大家喊过口号，就把注意力集中到陪斗的地主身上。这次已故国民党连长李小武的太太、地主婆周玉枝倒了霉，几个批判者把矛头对准了她，倒是把她批了个体无完肤。这样，批判会开了两三个小时，就按时结束了。这是孙实根经过多少次批判会中最轻松的一次，没人揭发他的问题，没人让他坐飞机，没人当场逼他交代问题。到底还是乡亲，对他客气。他一感到轻松，又感到因为批斗自己，让地主婆周玉枝替他受了过，被人揪住问这问那，一场批斗下来，浑身衣裳湿透，心里有些过意不去。批斗会结束，他与身边的周玉枝说：“今天都是因为我，让你受了大罪！”

当年的周玉枝是安阳的女中学生，现在的周玉枝也徐娘半老，这时答：“觉得是受罪，就是受罪；不觉得是受罪，就不是受罪！”

孙实根见她这么回答，倒有些另眼看她，说：

“当年我和小武是同学。”

周玉枝啐了一口唾沫：

“当初不是嫁给你同学，还不至于受这么大罪！”

孙实根憋不住笑了，就与周玉枝分手分头回家。第二天一早，他就回邻县去了。

经过批斗孙实根，“锣未残”的威望果然在村里有了提高。大家都觉得“锣未残”干了一件大事。赵刺猬也一扫几个月前黄瓜嘴事件的晦气，开始重新在街里理直气壮地走。只是另外两个战斗队有些憋气。

“偏向虎山行”的赖和尚觉得这么好的事让赵刺猬抢去，有些天理不公。“捍卫马列主义、毛泽东思想造反团”的李葫芦更是愤怒，自己首先想好的主意，已经派人“外调”，煮熟的鸭子，却被别人抢吃了。只是这事不好找人论理，“走资派”又不是你家的私产，你斗得，别人也斗得，谁抢先谁占便宜，你要去“外调”，等成熟了再批斗；别人却不要“外调”，半生不熟就斗上了。谁斗上了就是谁的影响，外边人还管你成熟不成熟了？别人已经斗过了，你再跟着去斗，就没有了当初的意思，何况第二天一早孙实根就从村里走了，想再批斗也来不及了。这时卫彪从邻县“外调”还没有回来呢。

一

小学老师孟庆瑞将村里写满了标语。树上、墙上、牛屋、猪圈，都写满了标语。赖和尚给他批了三桶墨汁。墨汁写完，孟庆瑞就去找赖和尚，说墨汁用完了，标语写好了，他是否可以回学校了？赖和尚瞪着眼睛问：

“不到两天时间，你三桶全写完了？”

孟庆瑞答：

“写完了，街里墙上都写满了。”

赖和尚摇着头说：

“你不能回学校。”

孟庆瑞说：

“墨汁写完了，我还待在这干什么？”

赖和尚说：

“我再给你买五桶墨汁，你再接着写！”

孟庆瑞说：

“街里墙上都写满了，你再给我五桶墨汁，我往哪里写？”

赖和尚说：

“那我不管，反正你再用两天时间，把五桶墨汁给我写完！”

赖和尚这么说，孟庆瑞只好又留下来写。可街上墙上实在写满了，五桶墨汁没地方用，孟庆瑞只好见缝插针，自己找空地方，把字写得密一些，笔画粗一些。最后牲口桩上，碌碡上，各家厕所里，厨房，写的都是标语。标语一共四条，是赖和尚规定好的。孟庆瑞不用想标语，所以写起来倒不困难。这四条标语是：

打倒村里最大的走资派赵刺猬！

火烧刘少奇在村里的爪牙赵刺猬！

赵刺猬压制革命群众罪责难逃！

赵刺猬是地、富、反、坏、右在党内的代理人！

其中遇到“刘少奇”和“赵刺猬”两人，一律头冲下写，再打上一个红“×”。

赵刺猬在村里倒霉已经好几个月了。他的倒霉并不是他自己做错了什么事，或是他的“锷未残战斗队”又出了什么问题。按说他的战斗队自从斗争了孙实根，威望还有提高。但形势的发展，已经到了该他倒霉的日子。走资派县里揪了，公社揪了，现在轮到了村里。村里既然搞“文化大革命”，总该有一个走资派揪出来，不能总是停留在背语录、斗地主、忆苦思甜的阶段。村里谁是“走资派”？谁过去当权谁是。村里过去当权的是赵刺猬和赖和尚，一个支书，一个大队长。赵刺猬和赖和尚都着了急，只有另一个造反团头目李葫芦高兴。李葫芦过去卖油，总不能说人家是走资派。所以一听说揪“走资派”，李葫芦非常欢迎，觉得赵刺猬、赖和尚马上就要倒了，由他来掌管天下。后来又听说村里揪一个走资派就可以了，李葫芦感到很失望，赖和尚却松了一口气。过去赵刺猬是第一把手，既然是一个，就该轮着他。但赵刺猬也不甘心，说自己不是走资派，“文化大革命”一开始，他就第一个起来造反，成立战斗队，怎么会是走资派？走资派该是赖和尚才是。赖和尚听赵刺猬这么说，并不着急，说：

“不是叫你论谁造反早哩，是论谁官大哩，支书总比大队长大。‘文化大革命’前搞资本主义，总是你的主意，支书领导大队长，还是大队长领导支书？”

赵刺猬说：

“不是叫你论谁的官大哩，官大也不一定是走资派，官小也不一定不是走资派，毛主席就比刘少奇官大，刘少奇怎么是走资派？赖和尚就是村里的刘少奇！”

当然这都是二人的背后争议，双方并不见面。这时已经是秋天，赖和尚“偏向虎山行”的三队四队种了一片西瓜。赖和尚想澄清一下村里到底谁是走资派，就让三队四队的群众摘了两马车西瓜，拉到公社造反派的驻地。公社造反派这时也斗争得如火如荼，大家都口渴，见赖和尚送来西瓜，都很高兴，用拳头砸开西瓜就吃。吃完西瓜，造反派头目问赖和尚有什么事，赖和尚说：

“各位领导，各位同志，我想来问一下，俺村到底谁是走资派！赵刺猬过去一直当着支书，明明是走资派，现在他却不承认，对这样的人应该怎么办！”

造反派头目没有到过村里，并不知道谁是赵刺猬，但听了赖和尚的话却感到很愤怒：

“什么，他不承认？他不承认就不是走资派了？走资派有几个是自己承认的？刘少奇还不承认他是走资派哩！现在不是他承认不承认的问题，而是如何打倒他的问题！”

赖和尚听了这些话，十分高兴。当天赶着马车回村，就向群众传达了公社的指示，说公社领导说了，村里走资派不是别人，就是过去的支书赵刺猬。接着就把村里的小学老师孟庆瑞找来，叫他书写标语。并参照县里、公社写打倒走资派标语的样式，给定了四条。孟庆瑞看到四条标语，一时还有些不敢，因为赵刺猬现在还没有倒台，手里还有一个战斗队，于是说：

“和尚，你叫我写打倒刘少奇，我写；这打倒赵刺猬，我可不敢！”

赖和尚瞪着眼睛说：

“赵刺猬就是村里的刘少奇，你怎么不敢写？你要不写，就等于保他。他将来要倒了，你还了得？我老实告诉你，赵刺猬的问题，是公社领导已经定了性的！”

孟庆瑞见他这么说，头上有些冒汗，说：

“我写，我写。”

于是花了八桶墨汁，将“打倒赵刺猬”的标语写了一街。

赵刺猬看到一街的标语，特别是听说赖和尚花了两车西瓜，已到公社讨得了指示，定他为村里的走资派，心中当然十分着急。他所在的“锷未残战斗队”，也人心惶惶。标语写了四天，他四天没有睡着觉，觉得自己真要完了。村里干部当了十几年，现在一想到要完了，心里就特别难受。本来他是怕女人大白鹅的，这天夜里大白鹅不称他的意，被他用皮带狠狠抽了一顿她的屁股。大白鹅倒在炕上哭了，也骂他是走资派，使他更加窝火。不过他战斗队中的副队长冯麻子、二组组长金宝对他都很忠心，找他商量，要派“锷未残”的人将街上的标语撕去，将书写标语的小学老师孟庆瑞给打一顿。赵刺猬过去觉得无论冯麻子还是金宝，都是头脑简单的人，看他们不起，没想到头脑简单有头脑简单的好处，到关键时候特别忠心，这叫他感动。不过赵刺猬不同意他们将街里的标语撕去，也不同意打小学老师孟庆瑞。他支书当了十几年，毕竟有些斗争经验。他说：

“标语不能撕，人也不能打，越是这种时候，越是得沉住气！”

冯麻子说：

“眼看就让人打倒了，还沉个啥鸡巴气！”

金宝也眨着眼说：

“咱就眼看着你被打倒不成？”

这时赵刺猬说：

“我知道二位贤侄的好意，是怕我被人家打倒。打倒咱不能看着让人家打倒，但还是不能打人撕标语。再说，我打倒不打倒，问题不大，都快五十的人了，老了，无所谓了，无非背个箩筐拾粪，我是考虑你们俩。当初我拉你们俩成立战斗队，就有想法，想等‘文化大革命’结束，让你们来接村里的班，一个支书，一个大队长，我就退到一边凉快了。没想到遇到个赖和尚，跟咱们爷们儿过不去。我要倒了，你们不也得跟着背黑锅？再说还有一队二队几百口子群众哩，如果让人家得了天下，咱这几百口子别过了。我一直当支书，赖和尚定我是走资派，他把我打倒，他还不是惦着当支书？只是这事不能莽撞，他要打倒咱，咱就等等看，看他怎么把咱打倒，咱再对付他不迟！”

冯麻子、金宝听了赵刺猬一席话，觉得说得有道理；听到赵刺猬主要是考虑他们俩和几百口子群众，又有些感动；看到赵刺猬不慌不忙的态度，不像被打倒的样子，对赵刺猬又有些佩服。于是都说：

“那就等等看。咱也几百口子哩，砍头放血，也好几水缸哩，还能看着让人打倒不成！”

这样等了几天，果然中了赵刺猬的话，街上的标语已经发旧，赵刺猬并没有给打倒，“锣未残战斗队”依然成立着，支部的印把子仍在赵刺猬手中。这时赖和尚倒是有些着急。在赖和尚有些着急的时候，赵刺猬也拉了两马车西瓜到公社去。公社造反派也分好几派。上次赖和尚找的是甲派，这次赵刺猬找到了乙派。乙派头目是个戴着柳条头盔的胖子，他吃了赵刺猬的西瓜，听了他的汇报，拍着手中的皮带说：

“别听甲派瞎鸡巴说，到底谁是走资派，谁是革命派，谁是保皇派，现在还没定论哩！关键看谁最后打得过谁。谁打得过谁，谁就是革命造反派！”

赵刺猬听了这番话，顿开茅塞，连说：

“对对对，还是领导有水平！”

从公社回来，赵刺猬立即把乙派头目的话给“锷未残”传达了，大家也开始心明眼亮，过去泄气的群众，现在又重新有了劲头。这时冯麻子和金宝说：

“既然谁是走资派还没确定，上次赖和尚为什么写咱的标语？×他娘，咱也把孟庆瑞找来，咱也得写他的标语！”

这时赵刺猬胆子大了，说：

“可以，标语哪个革命派都可以写，不能街上的墙都让赖和尚占着！”

当天晚上，冯麻子和金宝派人把小学老师孟庆瑞找来，让他重新书写标语。叫孟庆瑞是在夜里。孟庆瑞一进“锷未残战斗队”的房子，发现地上摆着八桶墨水和一根绳子，冯麻子和金宝手里一人拿着一根柳条，就知道不是好事。孟庆瑞过去见到冯麻子和金宝，都相互说话，有时还说几句笑话，但看今天这架势，不像是说笑话。孟庆瑞就站到屋子正中不动。冯麻子和金宝两人在灯下炕上抽烟，相互说笑，也不理他。直到冯麻子“嘟”“嘟”放了俩屁，金宝用柳条戳着笑他，冯麻子感到不好意思，才把注意力转移到地上孟庆瑞身上。冯麻子问：

“老孟，知道今天为啥叫你？”

孟庆瑞小心答：

“不知道！”

冯麻子说：

“不知道！会写俩鸡巴字，不是你了！前几天你写了一街标语，要打倒刺猬，今天咱们算算这账吧！”

孟庆瑞忙说：

“打倒刺猬也不是我要打倒，是赖和尚让我写的，他手下一个战斗队，我哪里敢不写？”

冯麻子说：

“好，他让你写，你不敢不写，我手下也有一个战斗队，我让你写，你敢不写吗？”

孟庆瑞盯着冯麻子和金宝手里的柳条说：

“不敢！”

冯麻子说：

“好，你既然不敢，今天叫你来，就是想告诉你，上次你怎么给赖和尚写的，今天你怎么给我写！上次你写标语花了几桶墨汁？”

孟庆瑞答：

“八桶！”

冯麻子指着地上说：

“好，今天我也给你买了八桶，你照样把这八桶给我写完！”

孟庆瑞低着头说：

“麻子，咱俩过去关系不错，你何必难为我。我刚给赖和尚写，又给你们写，赖和尚知道了，肯定会打我！”

冯麻子跳起来说：

“嘿，你这王八蛋，说来说去你还是怕赖和尚呀！你怕他打你，就不怕我打你呀！我现在就把你王八蛋吊起来，用柳条抽你！”

接着就指挥金宝用地上的绳子去吊孟庆瑞。孟庆瑞见真要吊起来打他，吓得慌忙说：

“别吊，别吊，我写，我写！”

冯麻子用手止住金宝，用柳条指着孟庆瑞说：

“你写什么？”

孟庆瑞吓得出了一身汗，说：

“你让我写什么，我写什么！”

冯麻子说：

“好，你上次怎么写打倒刺猬的，这次怎么写打倒赖和尚！”

孟庆瑞说：

“可街上没地方了呀，上次写打倒刺猬给写满了！”

冯麻子说：

“没地方你给我找地方，上次给赖和尚写有地方，这次给我写就没地方了？你给我把上次写的抹掉，换成这次写的！”

孟庆瑞摊着手说：

“这，赖和尚要知道了，肯定打我！”

冯麻子又指挥金宝去吊人，用柳条抽他，问：

“你到底怕哪一边打你？”

孟庆瑞哭了：

“我两边都怕！”

冯麻子说：

“你那边怕过一回了，这次怕怕这边吧。你说，明天你抹不抹？写不写？不抹不写我先吊你一夜！”

孟庆瑞说：

“我抹，我写，我明天就写！”

冯麻子问：

“你上次写标语花了几天时间？”

孟庆瑞说：

“四天！”

冯麻子说：

“我也给你四天期限，你给我把八桶墨汁写完。要是到了四天头上，你还没有写，你就把八桶墨汁给我喝下去！”

说完，就让金宝把孟庆瑞放了回去。

但孟庆瑞回去以后，四天过去，他一个字没有抹，一个字没有写。他没抹没写并不是他不想抹不想写，而是赖和尚的战斗队得到信息，知道走资派赵刺猬要反扑，要抹标语写标语，已经派卫东带着战斗队一帮人拿大棒子到街上看守。孟庆瑞看到标语有人看守，他去抹去写不是等着挨大棒子？所以他一个字没抹，一个字没写。到了四天头上，这边战斗队的冯麻子和金宝十分生气，带着一帮人，拿着柳条到小学校去捉拿孟庆瑞。四天既然没有写，就要逼着他把八桶墨汁喝下去。可等冯麻子一帮子来到学校，推开孟庆瑞的屋门，发现孟庆瑞正在屋里主动捧着大桶喝墨汁，脸上、脖子里，全是黑乎乎的墨汁，一边喝还一边打自己的脸：

“谁叫你识字，谁叫你识字？你识字，你受罪挨打是活该！”

孟庆瑞这样一个模样，倒叫冯麻子等人吓了一跳。人家主动将墨汁喝了，就不好再找理由逼迫人家。但冯麻子还是上去踢了他一脚：

“别以为喝了墨汁就没事了，你今天先喝着，明天我再来找你算账！”

可等第二天冯麻子再带人到学校去，发现已经无法再找孟庆瑞算账了，因为孟庆瑞已经直挺挺倒在床上不会动弹，他墨汁中毒，死了。

孟庆瑞的死，令冯麻子十分愤怒，骂道：

“妈拉个×，让他写个标语，他喝墨汁死了，他以为他死了，我们就不写标语了？这村里就成了赖和尚的天下了？我们还得照样写！”

第二天，“锷未残战斗队”又找了个小学老师小胡，去写标语。因为标语被“偏向虎山行战斗队”队员拿大棒子把守着，这次“锷未残”这边也出了一些队员，拿大棒子去开道，强行改写标语，让小胡将“打倒赵刺猬”改成“打倒赖和尚”。在改标语的过程中，双方的大棒子发生了冲突，标语改了十条，双方各伤五人。其中“锷未残”这边一个叫瓦碴的小伙子，被对方一棒子打在头上，成了脑震荡，昏昏迷迷，从此躺在床上，一直没有醒过来。

二

“捍卫马列主义、毛泽东思想造反团”团长李葫芦在坐山观虎斗。坐山观虎斗是个开心的事情，看别人在那里打，自己坐在一边看，既无打架的危险，又能看到打架的结果，让人开心。李葫芦小时候放过山羊，孩子们在一起，就爱看山羊抵架。不过赵刺猬、赖和尚不是山羊，看他们两个在一起打，自己坐在一边闲着，李葫芦心里很不高兴。他感到有些寂寞。他觉得他们两个在一起打不拉上他，是因为他们看不起他，他们觉得他的“造反团”太小，没有参加这次打架的必要；他们觉得李葫芦过去是个卖油的，村里政权的斗争，似乎包在他们身上，李葫芦没有资格参加。这让李葫芦不服气。一开始看到满街的标语，既有打倒赵刺猬的，又有打倒赖和尚的，李葫芦心里很高兴，觉得他们俩迟早都要倒下，天下由自己掌管。鹬蚌相争，渔人得利。后来才发现不是那么回事，他们两个打来打去，原来只倒一个，剩下的就是胜利者，由这个胜利者来掌管天下。胜利者在两个被打倒者中间。将来不管谁胜，坐天下都不会轮到李葫芦。原来被打倒也需要资格，没有现在的被打倒，就不会有将来的胜利。现在街上没有一条标语是打倒自己的，并不意味自己将来会有多大发展，而是因为过去自己老卖油，没有被打倒的资格。就像两只山羊在一起抵架，自己只是一只苍蝇，两只山羊都不屑于理睬他。这让李葫芦愤愤不平。可别人不写打倒自己的标语，自己也不能去写打倒自己的标语。街上没有一条打倒自己的标语，证明自己是个苍蝇，让李葫芦好生晦气。再说，就是现在想写标语，街上写标语的地方也都被赵、赖两派占满了，到哪里写去？这证明村里没了自己的地盘。这让李葫芦闷闷不乐。一天夜里吃“夜草”，他把这想法向自己造反团副团长卫彪说了，卫彪停下筷子，也感到是这么回事，看着别人在那里打，自己在旁边没有事，感到自己这个组织在村里无足轻重。他甚至有些后悔当初为了一个姑娘脱离赖和尚投奔李葫芦；现在姑娘没捞着，又落个无足轻重，这才是狐狸没打着，落下一身臊。所以他感到自己比李葫芦还不幸。李葫芦过去是一个卖油的，就会背几条毛主席语录，如果不是他脱离赖和尚来帮他，他如何能成为一个造反团的团长？虽然这个造反团无足轻重，但当团长总比卖油强，起码可以天天吃“夜草”。自己呢？本来就有“夜草”吃，在赖和尚那里就是副队长，现在到李葫芦这里也是副团长；横竖都是副的，自己脱离一派大组织来投奔这个无足轻重的小组织，到底是为了啥呢？这都是成全了李葫芦，牺牲了自己，现在李葫芦还愤愤不平，那么卫彪就更应该愤愤不平了。所以卫彪除了为组织感到懊丧，还对李葫芦有些愤怒。再看到他那愁眉不展、无计可施的样子，更看他不起。他想有朝一日如能把李葫芦干下去，团长由自己来当，说不定这个组织还能有发展。这样思来想去，当晚的“夜草”没吃好，两人就不欢而散。但等第二天，李葫芦又来找卫彪，想出一个解除寂寞、介入斗争的办法，对卫彪说了，又让卫彪对李葫芦有些佩服。心里说：

“别看这小子过去卖油，心里也有点小主意！”

就同意李葫芦的办法。什么办法？原来李葫芦让卫彪下到四个生产队再起一次粮食，把粮食卖了，去买一个大喇叭和扩音机，将大喇叭架到村头大槐树的老鸹窝上，日夜广播。赵刺猬、赖和尚不让咱们介入，咱们自己想办法介入。你们打你们的仗，我们放喇叭。喇叭日夜放，不证明自己的组织日夜存在？李葫芦、卫彪都为想出这么个主意高兴，觉得可以从新开辟自己的天地了。卫彪当天就收粮食，到集上去粜，去县上买大喇叭和扩音器，第三天就把大喇叭架到了老鸹窝上。村里从此就响起了大喇叭声。李葫芦、卫彪在里边讲话。两人讲完话，就放唱片，放的是“对歌”：

> 我说那个一来呀谁给我对上一，
> 什么人最爱毛主席？
> 你说那个一来呀我给你对上个一，
> 贫下中农最爱毛主席。
> 我说那个二来呀谁给我对上二，
> 什么人不让咱过好日子？
> 你说那个二来呀我给你对上个二，
> 刘少奇不让咱过好日子。
> …… ……

但喇叭日夜放，容易让人夜里睡不着觉。连赵刺猬都有些厌烦了。人家都在干事，你架个喇叭瞎捣乱什么？不过喇叭一响，使他意识到村里除了赖和尚，还有一个战斗队存在。一个赖和尚就够他对付的了，李葫芦又架喇叭，不知是什么心思？不过他现在迫切需要对付的是赖和尚，对李葫芦三十多人的造反团并没有放到眼里。所以一次在街上碰到李葫芦，他拿出过去的威严说：

“葫芦，你喇叭说架就架，也不请示一下了？”

喇叭放了两昼夜，李葫芦终于听到了自己造反团的声音，意识到了它的存在，李葫芦十分高兴。现在见赵刺猬来管喇叭，说明也引起别人的重视了。引起重视总比默默无闻要好。所以他听到赵刺猬的责问，心里倒有些兴奋，觉得自己架喇叭的主意真是高明。过去他跟赵刺猬说话，觉得人家当了多年干部，自己过去是一个卖油的，尽管后来在一起吃过“夜草”，心里总是有些发虚，现在也是一时胆壮，说话也有了底气，便对着赵刺猬说：

“请示？我就是团长，还要请示谁呀？”

赵刺猬见他这么说话，不由一愣。照他过去的脾气，他会马上给他两个嘴撇子，让他知道说话的规矩。不过现在他听李葫芦说话的口气，真是一个“团长”的口气了，也就不敢太要过去的威风。再说，他手下真有二三十个人哩。一个赖和尚正在与自己闹，如再得罪一个李葫芦，他这二三十人再跟自己捣乱起来，也是给自己再找个小倒霉。所以他只瞪了李葫芦两眼，心里骂道：

“妈的，这鸡巴年头，连老鼠都成精了！”

但他表面仍压住了火气，说：

“你不请示也就罢了，以后要放白天放，三更半夜就不要放了，吵得人一夜睡不着！”

李葫芦答：

“我那里放的全是毛泽东思想，贫下中农听着就能睡着，你听着就睡不着了？”

这时赵刺猬火了，说：

“我就是听喇叭睡不着，睡不着就不是贫下中农了？我当贫下中农搞土改时，你还在你娘裤裆里呢，你家的大座钟，就是老子打倒地主，才分给你家的！”

李葫芦也火了，说：

“现在不是分座钟的时候了，现在是搞‘文化大革命’，揪走资派！”

赵刺猬说：

“好，好，你也知道揪走资派了！可到底谁是走资派，还在各人弄呢！我要成了走资派，咱们什么都别说了；我要成不了走资派，那时候才叫你知道马王爷三只眼哩！”

两人吵到这里，不再吵了，都恨恨而去。赵刺猬回到家继续考虑怎样对付赖和尚，李葫芦回去继续放喇叭。不过经过这次争吵，两人心里真正产生了隔阂。赵刺猬想：

“妈拉个×，猖狂不是一时哩，等我们打倒了赖和尚，再遇到个小运动，我不把你卖油的打成一个反革命，我就不姓赵！那时才叫你不是东西哩！”

李葫芦回去想：

“赵刺猬真他妈是个走资派，这回要不把他弄下台，将来他还真要杀害咱这贫下中农哩！”

赖和尚听到赵刺猬和李葫芦争吵的消息，心里却很高兴。他不像李葫芦，他手下战斗队大，有势力，所以有资格坐山观虎斗。李葫芦一架喇叭，他也突然意识到村里第三派的存在；现在听到李葫芦敢跟赵刺猬争吵，也感到以前自己对李葫芦有些忽视。他现在正与赵刺猬处在相持不下的阶段，李葫芦在旁边架喇叭，意味什么？如果自己能把李葫芦这一派拉过来，和他联合起来对付赵刺猬，那村里会是一个什么样的格局？想到此，他有些兴奋，他想立即就去找李葫芦。可他脚迈出门槛，又退了回来。他派人先把自己的副队长卫东叫了过来。他先将自己的想法给卫东说了，卫东却不同意与李葫芦联合。说李葫芦所以能成立造反团，是卫彪叛变造成的。双方之间本来就有矛盾，联合起来如再窝里斗，还不如不联合有力量哩；到时候再叫赵刺猬钻了空子，那时后悔就来不及了。赖和尚觉得卫东说得也有道理，也是一时犯懒，就把这事放下了。

但等三个月后，大局的发展，出现一个转机，使赖和尚又重新考虑要和李葫芦联合。出现什么转机？各地兴起了“夺权”，即将过去掌权人的木头公章，用武力把它夺过来。谁夺过来谁掌权。这一形势的出现，对赖和尚非常有利。因为这个事情的本身就说明，现在拿着公章的应该被夺，现在不拿公章的才是革命派。涉及到村里，赵刺猬拿着公章，该夺，应该是走资派；赖和尚没有公章，应该去夺，应该是革命派。可这公章是“夺”而不是让别人“送”，这就增加了问题的复杂性。人家赵刺猬手下也有一个战斗队，也有几百口子人拥护他，这公章岂是好夺的？这就令赖和尚又想起了李葫芦，想与他联合。两派联合去夺一派的公章，必然人多势众，有把握一些；何况李葫芦手里还有一个大喇叭，可以借它造造舆论，形成攻势。所以这次他不顾卫东的劝阻，派人去通知李葫芦和卫彪，想请他们俩共同吃一次“夜草”。“夜草”是在牛寡妇家吃，炖小鸡，有酒。李葫芦和卫彪接到共同吃“夜草”的通知，为赴不赴这次“夜草”，紧急磋商过一阵子。两人一开始闹不清赖和尚的意图。无风无火的，赖和尚为什么请自己吃“夜草”？这“夜草”里肯定有内容。但到底是什么内容，两人一时也猜不出来。最后还是卫彪有文化一些，根据形势发展，猜出可能是要和他们联合。提起联合，两人都犯了思考。李葫芦一开始觉得联合没什么，联合就联合，联合起来热闹，人多势众，把赵刺猬打倒也不错。赵刺猬不倒，将来人家都没有好日子过。再说，现在赖和尚主动来找他们联合，说明赖和尚现在看他们算个人物，看得起他们，这又是架喇叭的功劳，心里还有些得意。但卫彪却不同意联合，觉得李葫芦的想法有些幼稚，首先就看李葫芦不起。什么联合，人家人多，咱们人少，与人联合，等于被人吞并。小猫与老虎联合，就成了老虎的奴仆，老虎让干什么，你就得干什么。现在咱们独立，虽然人少，可以发号施令，想架喇叭就架喇叭；和人联合，人家人多势众，哪里还有咱说话的地方？李葫芦听了卫彪的话，也猛然清醒，照自己头上拍了一巴掌，说：

“对，对，还是你眼眶子大，咱们不能当奴隶，咱们不能和他们联合，咱们还干咱们的。原来赖和尚这‘夜草’里拌的有毒药，咱们不去吃就是了！”

卫彪说：

“‘夜草’还是要去吃。人家请你吃‘夜草’，你连去都不敢去，又让人家看不起。咱吃‘夜草’只管吃‘夜草’，不上他当，不同意和他联合就是了！”

李葫芦又觉得卫彪说得有道理，朝卫彪肩上拍了一掌：

“还是老弟说得有道理。别看我会背几条毛主席语录，遇到事情，还是不如老弟会考虑。那咱们就去吃他这个‘夜草’！”

这样，李葫芦、卫彪就去与赖和尚、卫东共同吃了一次“夜草”。不过这次“夜草”吃得很沉闷。卫东和卫彪有矛盾，相互不说话，两人见面招呼都不打；炖小鸡上来，两人都各自低头吃鸡。他俩一不说话，气氛就不好。赖和尚也只是笑着让大家吃鸡，让大家喝酒。最后倒是李葫芦有些沉不住气，问赖和尚：

“和尚请咱们吃‘夜草’，到底有什么事？”

这时赖和尚倒十分大度，什么都不说，挥了挥手说：

“没什么事，就是在一起吃鸡喝酒。喝酒不说事，说事不喝酒，吃鸡！”

这倒叫李葫芦和卫彪有些吃惊。当天夜里果真就是喝酒、吃鸡，没说什么事。但等第二天夜里，赖和尚又单独把李葫芦找来，两个人在一起吃“夜草”，赖和尚才说起要联合的事。李葫芦一听要联合，马上就有了警觉，但奇怪赖和尚为什么昨天不说，放到今天？卫彪不在身边，他一时就没主意，便说：

“联合嘛，是个好事，但得等我回去和卫彪商量商量！”

赖和尚摆摆手说：

“不要找卫彪。你看，我也没带卫东。他们两个为了一个姑娘有矛盾，在一起商量不成事。昨天有他俩在，所以没说。家里千口，主事一人，有咱们两个正头就行了！你一个人在你们造反团还做不了主？”

李葫芦一听赖和尚这么说，忙拍着胸膛说：

“怎么做不了主，架喇叭还不是我的主意！”

赖和尚说：

“那好，咱们在一起商量商量，咱们两派联合起来，共同打倒赵刺猬，把他的公章夺过来！事情弄成了，我当支书，你当革委会主任，都是村里的正头！”

李葫芦听赖和尚这么说，心里不禁一动。事情弄成了，他可以当村里的正头。可他又想起卫彪的话，说：

“当不当正头，我不在乎。只是你们人多，我们人少，合在一起，不等于你们把我们吞并了？”

赖和尚又一笑，摆着手说：

“葫芦不必多虑，我说的联合，不是要合并你的组织，咱们不合并组织，你还是你的造反团，我还是我的战斗队。只是在打倒赵刺猬这一点上，咱们统一就行了。咱们统一行动，出动两派的人马，去把赵刺猬一派打下去，把他手里的公章夺回来。”

李葫芦心里又不禁一动。原来不合并组织，看来卫彪也是多虑。如果是这样，组织不合，只是共同打倒赵刺猬，赵刺猬也该打倒；打倒以后，他还能当村里一个正头，这事情是好事，何乐而不为？可他觉得这么好的事情，赖和尚怎么会双手送给他？过去他背毛主席语录那阵，赖和尚拉他参加战斗队，他只提出当个副队长，赖和尚就吐了他一脸唾沫；现在他会平白无故给他一个正头？这里边肯定有名堂。但到底是什么名堂，李葫芦一时又想不清楚。所以他说：

“事情当然是好事，但等我回去商量商量，两天以后，再给你回信。”

赖和尚说：

“可以。只是有一点，主意别老跟下边人商量，将来当革委会主任是你，又不是下边人，老跟下边人商量，就什么事也干不成了。”

李葫芦点点头，两人分别。这次李葫芦听了赖和尚的话，没有跟下边人商量，自己一个人在家里想。想了两天，假设了许多情况，到底没有想出赖和尚的名堂。没从赖和尚那边想出名堂，他倒从自己这边想出了名堂。赖和尚所以以前吐自己唾沫，是因为那时候自己单枪匹马，力量单薄；现在所以来拉自己联合，事成之后给村里的正头，是因为现在自己有了一个造反团，虽然人少，却也是一个组织，又架了高音喇叭。大家可以联合，共同打倒赵刺猬。虽然事成之后，赖和尚给他一个正头，但也无非是革委会主任，更大的正头是支书，赖和尚还是留给了自己。共同联合，他得大头，让李葫芦得小头，这就是赖和尚的名堂。不过如果是这名堂，倒叫李葫芦放心。李葫芦觉得这样安排也合情合理。后来又想，总是疑神疑鬼，瞻前顾后，也成不了什么大事。革委会主任想当吗？想当，这就结了！

两天之后，李葫芦给了赖和尚回话，同意联合，共同打倒赵刺猬，向他夺权，把他手里的公章夺回来。

三

李葫芦的大喇叭不再广播“对歌”，开始广播口号。口号有：

“打倒走资派赵刺猬！”

“赵刺猬是村里最大的走资派！”

“无产阶级革命派要向赵刺猬夺权！”

“舍得一身剐，敢把皇帝拉下马！”

…… ……

由于“打倒赵刺猬”“向赵刺猬夺权”一类的口号没有唱片，李葫芦让卫彪组织造反团四个小伙子，在话筒前轮流喊，吃饭时替换。两天下来，四个小伙子嗓子全哑了，又换了四个。

但卫彪没有参加喊口号。他对这些做法有些不满。打倒赵刺猬他是同意的，但对李葫芦私自决定和赖和尚联合，他很愤怒。本来两个人已经商量好，不能和赖和尚联合，被他吞并，但事后李葫芦又背着他私下与赖和尚交涉，投降赖和尚，这是他不能容忍的。你是团长，我是副团长，这个团到底何去何从，你起码得商量一下嘛！你商量都不商量，就擅自做主卖身投靠别人，眼里太没有这些弟兄了！不过经过这件事，他也感到自己以前把李葫芦小看了。过去看他是一个卖油的，头一回当头头，遇事没有主意，得找自己商量；自己虽然是个副头，但还可以控制他；现在看不行了，这想法有些小看李葫芦，一到关键时候，这小子还挺有气魄的。所以恼怒归恼怒。他又有些佩服李葫芦。李葫芦也知道卫彪有些不满，在一次吃“夜草”时，也给了他些安慰。说识时务者为俊杰，咱们得面对现实。与赵刺猬、赖和尚的两个大战斗队相比，单凭咱们这个小造反团，单独行事是成不了什么气候的，说吞并就是吞并，说联合就是联合，被人家吞并或联合，无非是早晚的事。与其将来被人家吞并，还不如现在同意加入联合，这样更主动一些。因为现在天下还没打下来，早联合打天下就有资本；你一直坐山观虎斗，等人家天下打下来，谁也不会那么傻，白面馒头自动送到你嘴上吃。通过单独与赖和尚接触，这个人有毛病，但这次给咱的条件还是不错的，名义上两个组织不合并，只是两支人马联合起来向赵刺猬夺权，把他手里的公章夺回来。等夺了权，赖和尚当支书，同时给咱个革委会主任。只要我当了革委会主任，你卫彪就少不了一个副主任。那个主任、副主任是全村的，不是现在造反团的团长、副团长了。不与人家联合，单凭咱们的造反团，能打下天下得个主任、副主任吗？是有被赖和尚利用的地方，可咱不也利用赖和尚了？是像被赖和尚吞并，可咱不也吞并他了？这样翻来覆去地说，令卫彪气消一些。但气没有消尽，仍然有不满。可不满又怎么样呢？不满他的决定也做过了。你现在还能再脱离李葫芦，自己再单枪匹马干不成？那样就更幼稚、更势单力薄了。待在造反团还能当副团长，单枪匹马可就成草民一个了。想到这里，卫彪也只好将余下的火气压一压，不再说什么，看着自己的造反团与赖和尚联合，看着自己的广播成了赖和尚的，开始呼喊向赵刺猬夺权的口号。不过喇叭喊尽管喊，他不喊，他只是找别人喊。

但喇叭喊夺权口号的效果，在村里却特别大。喇叭日夜喊，口号一遍遍重复，使大家觉得是真要夺权了，赵刺猬是真要站不住了，向赵刺猬夺权是应该的了等等。它使村里有了打倒赵刺猬、向赵刺猬夺权的气氛。赖和尚、李葫芦两派的人，听到喇叭，觉得这是自己的喇叭，马上就要夺权了，马上就要胜利了，权马上就是自己的了，所以个个摩拳擦掌，劲头十足。赖和尚看到这形势十分高兴，对副队长卫东说，怎么样？和李葫芦联合还是正确的吧？到了这时候，卫东也承认这样做有效果，有夺权的气氛。也是一时高兴，晚上他又跑到路喜儿家，在路喜儿屋里，又提出要求，要和路喜儿亲热。但路喜儿只让他摸脸，其他仍给拒绝了。

喇叭声传到赵刺猬这边，令赵刺猬坐卧不安。自从各地兴起夺权，赵刺猬就感到事情有些不妙。他觉得目前的形势有些像土改，说打倒谁就打倒谁，说哪个地主倒霉，哪个地主就倒霉。现在是说夺权就夺权了。权在自己手里，竟也成了被动，就得等着别人来夺。不过赵刺猬认为自己和当年的地主不一样，当年的地主是旱地上的王八，想怎么摆弄它，就怎么摆弄它；而赵刺猬除了有权，还有一支几百口子的队伍呢。这队伍和赖和尚的队伍旗鼓相当。你说夺权就夺权，那么容易？同时以前赖和尚是赵刺猬的部下，赵刺猬知道他吃几碗干饭，本来就对他有些看不起，现在他倒要看看他是怎么把权夺过去的。所以对这夺权还有些期待，对保住自己的权很有信心。但当他听到赖和尚和李葫芦联合起来向他夺权的消息，心里却很受震动，对以前的信心有些怀疑了。按说李葫芦他也很看不起。可是两个看不起的联合起来，就不能让人看不起了。大喇叭一遍一遍广播打倒他向他夺权的口号，也令他胆战心惊。过去广播“对歌”他就睡不着，现在不停地要打倒他，他更是懊恼非常。所以在一次吃“夜草”时，吃着吃着，他突然叹了一口气。副队长冯麻子、二组组长金宝问他叹什么，他说：

“说不定这回咱真完了，权真要让人家夺去了！”

冯麻子、金宝倒对联合、大喇叭没有太放到心上，认为不过是鸡狗联合瞎折腾。冯麻子说：

“老叔太当回事了，他联合就联合呗，他们联合起来，不就比咱们多十来个人？看他能一口把咱们的鸡巴咬下来！”

赵刺猬瞪了冯麻子一眼：

“不是叫你论人多人少哩，他们联合起来，就成了两派合并，有声势哩。看这大喇叭整天响的！”

金宝说：

“老叔要觉得听大喇叭心烦，我带俺小组的人，去把大喇叭砸了，把李葫芦抓起来，打他一顿，把他们那个小造反团给‘呼啦’了算了，看他们还联合！”

赵刺猬说：

"要'呼啦'你早点'呼啦'呀，现在人家联合了，你去'呼啦'，就等于'呼啦'人家两家，赖和尚会坐着不管？你能连赖和尚那一派也一块'呼啦'了吗？"

金宝不说话了，他不能连赖和尚那一派也一块"呼啦"了。这时冯麻子、金宝才感到人家联合的重要性。他们都开始不说话，看着赵刺猬。赵刺猬这时又叹了一口气：

"我还是那句老话，其实权夺不夺，我倒是不太在乎。按说咱掌权十几年了，也该让人家夺了。夺了我去住闺女家。问题是你们俩怎么办？一队二队几百口子人怎么办？要一下都成了人家的奴隶，这倒叫我放心不下！"

赵刺猬这么一说，冯麻子、金宝又有些热血沸腾，捋胳膊卷袖说：

"老叔，你不能去住闺女家！咱一队二队也几百口子哩，咱也不是吃素的，让他来夺，看他能给咱们夺了？"

这次"夜草"吃完，赵刺猬回家歇息，冯麻子、金宝却没有歇息，第二天就发动群众去了。召开大会，把形势向一队二队的群众讲了，一队二队的群众认清形势，也有些愤怒了，知道赖和尚、李葫芦马上要带着三队四队的人向他们夺权，如果权让人家夺过去，今后就都成了人家的奴隶了。奴隶谁想当，谁不是五尺高的男儿，谁没有一腔热血？大家愤怒地喊：

"×他奶奶，要动真格的了！"

"咱也不是吃素的！"

"要夺咱的权，先拼了二斤半！"

群情激愤，斗志昂扬。有的小伙子散会以后，就回家开始准备铁锹、粪叉和铡刀，防止赖和尚、李葫芦他们来夺权。冯麻子、金宝把这情况向赵刺猬作了汇报，赵刺猬倒是有些感动，在这种困难的情况下，底下的群众斗志还这么昂扬，是令他没想到的。他当时就说：

"多亏了这些爷儿们，使我心里有了主儿！这次只要权叫人家夺不走，我非给咱们这些爷儿们办几件好事不可！"

赵刺猬心里真是有了主儿。有了主儿就有了精神。这天夜里他睡着了。自己这边的群众斗志昂扬，他倒要看看赖和尚他们怎么来夺权。但等第二天，他思摸一天，觉得光干等着人家来夺权，也不是办法，自己也得想些积极的主意。想到第二天，他忽然做出一个让冯麻子和金宝吃惊的决定：他让他们通知赖和尚，想和他共同吃一次“夜草”。冯麻子、金宝当时十分愤怒，问：

“老叔，你这是干什么？权还没被人家夺，你心里就发虚了？就要向人家低头了？”

赵刺猬笑着说：

“一块吃一次‘夜草’，就叫低头了？能大能小、能屈能伸是条龙，前后一样长是条虫。过去一块共事，现在虽然分成了两派，找他谈谈有什么妨碍？他要向咱夺权，咱跟他说说利害，如果不动一刀一枪，就能把他说服，双方都不损失，咱的权又保住了，岂不更好？”

冯麻子、金宝还噘着嘴不理解，他们对赖和尚还有一股不服气的愤怒，但也觉得赵刺猬说得有道理。于是就同意派人给赖和尚下通知。不过冯麻子临走时又说：

“老叔，你这心思肯定是白费，‘夜草’肯定是白吃，赖和尚不会听你的话罢手！”

赵刺猬说：

“咱做到仁至义尽。如果他不听劝，仍要夺权，咱们只有说打就打，说干就干，等着人家了！”

第二天，赖和尚接到了赵刺猬一块吃“夜草”的邀请。他对接到这样的邀请，感到有些吃惊，一时还弄不清赵刺猬葫芦里装的什么药。不过他自己以前就邀请过李葫芦一块吃“夜草”，所以对赵刺猬这种做法也能理解。两军交战，不耽搁两边的首领共同吃饭。吃饭是首领的事，交战是下边的事。吃饭归吃饭，交战归交战。接到邀请，他开了一个“偏向虎山行战斗队”“捍卫马列主义、毛泽东思想造反团”两方面头目的联席会议，向大家通报情况，征求意见。说是征求意见，其实在征求之前，他已拿出一个意见，无非现在说出来让大家知道。赖和尚好赖当过十几年大队干部，有领导经验，自两派一合并，他就知道头目由两个变成了四个；头目一多，就不能像过去一样商量事情，征求意见，因为人越多越尿不到一个壶里，应该家有千口，主事一人。副手越多，你越不能依靠，越得自己做主拿意见。这次他拿的对付赵刺猬邀请的意见是：见。他想见赵刺猬，倒不是想与他谈什么，他只是出于好奇心，想弄一弄赵刺猬这小子正在想些什么。他们眼看就要夺他的权了，大喇叭整天广播着，他害怕不害怕？赖和尚一说要见，李葫芦、卫东（卫彪说他肚子疼，没有参加），就不好说不见。于是就定下来见。只是对会面的地点，李葫芦有些看法。因为会面地点原来是赵刺猬定的，定的是吴寡妇家，而吴寡妇家是赵刺猬的根据地。你提出邀请，又由你定会面地点，不妥；既然你提邀请，会面地点就应该由我们定，应该定在牛寡妇或是吕寡妇家，这样才公平。其实李葫芦倒不是真对会面地点有什么看法，在哪个寡妇家都无所谓，只是联合之后第一次参加赖和尚的会议，总得说些什么；一句话也不说，只知道仰着脸听赖和尚讲话，岂不被人看不起？不过赖和尚听了李葫芦的话，却觉得说得很有道理。他提邀请，就不能提会面地点；如果要见面，就得改会面地点，就得你来，我们不能去，就得在我们寡妇家。联合会开后，赖和尚便让卫东派人将这个意见通达给赵刺猬。赵刺猬接到通达，对会面地点倒不太计较，只要赖和尚同意见面，地点在哪里他无所谓，于是就同意会面地点改在牛寡妇家。不过在会面的前一天，他让冯麻子给牛寡妇家送去一条牛腿，两只鸡，四瓶白干，二十多个咸鸭蛋。赖和尚知道赵刺猬送东西，也只是一笑。

这天夜里，自“文化大革命”开始以来，赵刺猬、赖和尚又重新第一次在一起吃“夜草”。由于这次会见的意义重大，引起了全村人的注意。牛寡妇也提了精神，将这次“夜草”做得很丰盛。有炖牛肉，有炖鸡，还有一盘烩蛤蟆；旁边有八瓶白干。两人在一起吃过十几年“夜草”，对双方的饮食习惯都很熟悉。赖和尚是吃饭之前先喝酒，赵刺猬是吃上一点饭垫底然后再喝。两人仍像过去一样，谁也不让谁，各自吃喝各自的，这倒有一种亲切的气氛，似乎一下子又回到了过去的时候。过去两个人都是吃到一半停下去说事，说完事再接着吃，所以这次他们也吃到一半停下，准备说事。只是过去两人都是在吴寡妇家吃，现在第一次共同在牛寡妇家吃，牛寡妇不熟悉两个人在一起的习惯，见两人停下筷子不吃了，在一旁殷勤地劝：

“吃呀，别停筷子，锅里还有一只蛤蟆哩！”

这让赖和尚觉得有些丢脸，瞪了她一眼：

“出去，这里没你的事！”

倒是赵刺猬宽厚地一笑，看牛寡妇出去。他这一笑，有些惹恼赖和尚。牛寡妇出去以后，他不像往常一样停下筷子专心说事，仍拿起酒杯，慢慢地往肚子里喝。

赵刺猬却完全停止了吃喝，专心地说事。赵刺猬看着赖和尚说：

“和尚，‘文化大革命’搞了两年多了吧？”

赖和尚喝得脸通红，答：

“可不。”

赵刺猬说：

“咱俩也两年多没在一起吃‘夜草’了吧？”

赖和尚说：

“可不！”

赵刺猬说：

“自打土改到现在，咱哥俩也搁十几年伙计了吧？”

赖和尚说：

“可不！”

赵刺猬向前探探身子说：

“我今天找你来，就是想向你说句话，十几年中，我要哪些地方对不住兄弟，还望兄弟高抬贵手，原谅我一次！”

这时赖和尚身子往旁边铺上一歪，倒在那里，嘴里嘟嘟囔囔地说：

“不行了，今天喝醉了，一瓶酒下去，把人就打翻了，不行了，老了。”

接着又响起了鼾声。

赖和尚这个举动，令赵刺猬十分愤怒。两人在一起共事多年，他知道赖和尚的酒量。他这肯定是装醉。自己放下架子低声求他，他连句话都不吐就装醉，一方面证明他多么看不起自己，另一方面表明他不肯“高抬贵手”，原谅自己。这让赵刺猬心中的怒火一股股往上蹿。妈的，自己低头求他，也无非是一种高姿态，他倒拿根针当棒槌，摆上了架子。看样子他是要与自己战斗到底，中途罢休是不可能的。自己的实力不比他差，早知道这样，谁低头求他，与他一块吃“夜草”！当年不是老子拉你出来搞土改，你现在也无非是个穷小子，也不装醉摆威风了。不过他觉得今天和他一块吃“夜草”，探一下他的口气也好，知道他要战斗到底，自己也有个思想准备。那咱们就战斗到底吧！想到这里，赵刺猬又生出一股豪情，等待战斗开始。所以他不再说话，就看着赖和尚装醉。

赖和尚还真是装醉。他来和赵刺猬一块吃“夜草”，本来就不想和他商量什么事，只是想探探赵刺猬的口气，看他搞什么阴谋诡计。都已经成了阶级敌人，还有什么可以商量的？他想知道的，也无非是赵刺猬要商量什么。当他听到赵刺猬商量的目的，也无非是要他“高抬贵手”“原谅他”，心里不禁一阵惊喜。原来是这个。这说明自己联合的策略成功了，赵刺猬有些心虚。而对方一心虚，他这边夺权就胜利了一半。就好像两个人打架，一个心虚，一个不要命，不要命的肯定打得过心虚的。但赖和尚决不准备“原谅”赵刺猬。两人的矛盾，不是一天两天了，是十几年了，已经成了阶级矛盾，无法更改，无法“原谅”了。什么“原谅”？现在你听他说得好听，他要你“原谅”，是因为现在你得势；你真要“原谅”他，等到他得了势，他决不会再“原谅”你。牵涉到谁上台谁下台，不是你死就是我活，还有什么“原谅”不“原谅”的！别听那些废话。赖和尚好歹也当了十几年干部，这点斗争经验还是有的。但他又不好正面回答人家“原谅”还是“不原谅”，像战场上交兵一样，兵打得你死我活，血肉模糊，但当官的见面，还得握手讲些礼貌。所以他既不回答“原谅”，也不回答“不原谅”，倒在铺上就醉了过去。

赵刺猬看着赖和尚在那里装醉，知道再说什么都是白废，与其在这里求人，不如回去加紧练兵，等着人家攻击。因为政治斗争就是这个，知道对方已经下了决心，你就不要再犹豫了。战场上没有通过求饶求得和平的，除非你当人家的俘虏。具体到村里，除非你现在把公章捧出来，双手递给赖和尚，赖和尚才肯原谅你。一想到这个场面，赵刺猬就觉得赖和尚太无赖太不自量，头上一股股火苗往上蹿。既然你要执迷不悟，我也只好奉陪到底，看这权、公章是好夺的？想到这里，他不再在这里浪费时间，朝地下吐了一口唾沫，剩下的一半饭也不吃了，站起身走了。

赵刺猬一走，赖和尚一骨碌从铺上爬起来，又接着喝酒吃肉，又说又唱，还高声喊叫，让牛寡妇上蛤蟆。

第二天，全村都知道了赵刺猬和赖和尚和谈破裂。和谈既然破裂，大家都开始互相谩骂对方不仁义，接着开始磨刀擦枪准备战斗，准备夺权和反夺权。赵刺猬的副队长冯麻子、二组组长金宝埋怨赵刺猬说：

“早就劝老叔不要找赖和尚谈，你非要去谈，看，受了人家一顿侮辱不是！与其去受人家侮辱，还不如在家磨两口大铡哩！”

赵刺猬叹口气拍了一下巴掌说：

“怪老叔脑子糊涂，从今往后，再不说和人家谈，你们都回去磨铡吧，等着人家来夺权！人家剁了咱的脑袋，咱就把权交给人家；要是剁不下咱的脑袋，咱还掌权，就把他的脑袋给剁下来！”

冯麻子和金宝这才高兴起来，欢天喜地回去动员大家磨铡。

赖和尚这边，也向李葫芦、卫东、卫彪宣布了当天的情况。大家都觉得赖和尚装醉侮辱了赵刺猬一番很开心。赖和尚说：

“既然拒绝了人家的‘原谅’，咱就得争口气，回去动员大家做好准备，随时准备夺权！别大话吹了半天，到时候权夺不回来，可就丢大人了！”

李葫芦、卫东、卫彪下去，也动员两个组织的群众磨刀擦枪，随时准备夺权。群众也很高兴，磨刀的磨刀，擦枪的擦枪，准备夺权。村里出现前所未有的兴奋气氛。

李葫芦的大喇叭，口号喊得更响了。

四

夺权开始了。

夺权提前了。

夺权在七月中旬。

本来赖和尚没想这么早夺权。虽然县上、公社、周围别的村已经有许多夺权的，但赖和尚跟李葫芦、卫东、卫彪定下的夺权日子是八月一日。“偏向虎山行”和“捍卫马列主义、毛泽东思想造反团”两个组织的群众也是这么准备的。赖和尚认为八月一日是毛主席搞秋收起义的日子，搞事情容易成功，倒不在乎早两天晚两天。但先因为村里一个鸡蛋，后因为村里一头猪，在七月中旬，夺权竟出乎意料地提前了。

鸡蛋事件是由两派队员张石头张砖头引起的。张石头张砖头是兄弟俩，现在都三十多岁。哥俩小时候一块长大，感情很好，一块到地里割草偷毛豆，一块下河里摸泥鳅；和外边孩子打架，哥俩说上一块上，说下一块下，弄得满街的孩子都怕他哥俩。但兄弟俩长大娶媳妇之后，之间开始产生隔阂。一开始娶媳妇，大家在一块过，之间没有什么。但后来大媳妇二媳妇闹矛盾，弄得两个兄弟也有了隔阂。石头说砖头太自私，砖头说哥哥没个当哥哥的样子。两个媳妇都说：

“这个鸡巴家，还成它干什么！”

于是哥俩分了家。但分家之后仍在一个院子住，为了孩子、鸡、鸭、鹅、猪、狗，也断不了闹矛盾。有一天，张石头张砖头的父亲张拳头死了，为给张拳头做棺材，两家往一块凑棺材板，两个媳妇埋怨凑得不公，互相吐了一阵唾沫。丧事办完，两家分丧筵上撤下来的杂菜，两个媳妇又吵起了架，最后石头砖头也卷入进去，石头将砖头砸掉一颗门牙，砖头朝石头裤裆里踢了一脚。等到“文化大革命”起来，村里开始分派，兄弟两个就参加了不同的派别。本来两个都在一队，都该参加赵刺猬的“锷未残战斗队”。但砖头媳妇见石头参加了赵刺猬，便不准砖头参加赵刺猬，非要参加赖和尚，说：

“咱跟他有仇，门牙都让他打去了，咱不能跟他一派！”

但砖头觉得全队的人都参加了“锷未残”，自己一个人参加赖和尚恐怕不好。媳妇说：

“你要参加赵刺猬，我就不跟你个龟孙过！”

这样，砖头只好参加赖和尚，成了“偏向虎山行战斗队”的队员。兄弟俩自参加不同的派别，一个拥护赵刺猬，一个拥护赖和尚，双方都盼望自己的一派胜利，好压倒对方。他们共同居住的院子，还是父亲张拳头创下的。自兄弟俩闹纠纷以后，院子显得很乱，一地的鸡屎、杂草和猪粪。两家虽然有分歧，但两家的鸡、猪、狗不懂事，还常在一块玩儿。两家的狗常在一起抢东西吃，两家的母鸡常在一块做伴下蛋，为了狗食和鸡蛋的归属，两个媳妇常在一起骂架。“文化大革命”刚开始，赵刺猬一派在村里势力大，石头参加的是赵刺猬，大媳妇在吵架中就稍占上风，有时有事没事还跳着门槛骂：

“瞧那鸡巴样，啥时候毛主席一声令下，就叫你们成了地主富农反革命，那才叫你们吃不了兜着走！”

二媳妇也自知自己的组织比人家弱一些，说话骂架底气就差些。这时她也有些后悔让丈夫参加了赖和尚。后来随着“文化大革命”的深入，特别是兴起“夺权”以来，赖和尚又明显占上风，赵刺猬就显得有些被动，二媳妇又高兴起来，她也开始跐着门槛骂：

“觉得自己抱了个粗腿，弄了半天，原来是个走资派！听听大喇叭吧，快打倒了，快夺权了！等打倒了，夺权了，都装到监狱枪毙了，那才叫解恨呢！”

这时大媳妇又有些心虚，担心自己的权真有一天被人夺去。如果权真被人家夺去，二媳妇那样的泼妇，还不骑到人脖子上拉屎？只是后来听丈夫开会回来说，赵刺猬不承认自己是走资派，权不是好夺的，村里到底谁胜谁负还料不定，这才放下心来。

七月十三日，院子里有鸡在草屋下了一个蛋。听到鸡叫，大媳妇二媳妇同时从屋里出来，看这个蛋到底是谁家的鸡下的。两人跑到蛋前，蛋前站着两只母鸡，一只是大媳妇的，一只是二媳妇的，于是发生了纠纷，大媳妇说这个蛋是她家的母鸡下的，二媳妇说这个蛋是她家的母鸡下的。以前发生过这样的事，那时大媳妇在院子里占上风，鸡蛋就被大媳妇捡去了；这次二媳妇认为自己这边快夺权了，该占上风，这个鸡蛋也该归自己捡去。可这次这个鸡蛋确实是大媳妇家的鸡下的，因为她家的鸡下蛋有一个特征：鸡蛋上有血丝。这次这个鸡蛋就有血丝，如果平白无故捡去，就太没有道理。两人先是争吵，后开始厮打。厮打一阵，地上的鸡蛋已经被两人来回翻滚的身子压碎了。这时老二砖头从自己的战斗队开完会回家，见两个媳妇在一起打，便跑上去劝架。他一劝架，二媳妇便不和大媳妇打了，照丈夫脸上就是一巴掌：

“妈拉个×，你老婆被人欺负，你不报仇，反倒劝架。要是这样，还夺那个鸡巴权干什么？”

老二砖头怕老婆惯了，挨了老婆一巴掌，也怒气上升，反过来照嫂子脸上扇了一巴掌。没想到大媳妇平日有头昏的毛病，脸上突然挨了一大巴掌，立即昏倒在地。但砖头和二媳妇以为她是装蒜，又一人朝她脸上啐了一口唾沫，拍拍屁股上的土就回了屋。这时老大石头也从自己的战斗队开完会回来，见老婆昏倒在地，急忙弄了一碗凉水泼到老婆脸上。老婆醒来，扑到丈夫身上就哭了起来。石头听了老婆的哭诉，也怒火上升。但他没有立即找老二报仇，而是拉着媳妇就出了门，去找自己的组织。石头平时和自己组织二组组长金宝混得不错。他拉老婆来到队部，金宝正好散会还没有走，留下来和副队长冯麻子一块喝干酒（即没有菜的酒)。石头将老婆推到金宝面前说：

“看看，刚才你们还说咱们的权人家夺不了，村里夺了夺不了，家里可已经让人家夺去了！仗着是‘偏向虎山行’的，一巴掌就把人打昏在地。我想问问你们当头的，这事你们管不管？你们要不管，我也不参加你们了，早晚是被人家打倒，还不如早些向人家缴枪投降，免得天天挨巴掌！”

接着让老婆把刚才发生的事哭诉了一遍。

金宝、冯麻子这时都已喝得有些脸红，金宝听后挠着头说：

“管谁不想管，只是你们这是家务事，清官难断家务事，叫俺如何管？”

冯麻子却用手止住金宝，说：

“这不是家务事，这事情不一般！以前他怎么不打人，现在他怎么打人了？是看着咱们‘锷未残’快败了！要是这样，咱还不能不管。咱要不管，他更该得寸进尺了！这风气传染开，最后弄得咱们的人到处受欺负，那还了得？这次咱要吃个哑巴亏，就证明咱快被打倒了，这不行。金宝，你带几个人去，去把砖头家‘呼啦’了，看到底谁先被打倒，看他以后再打人！”

金宝这时也想通了，立即放下酒盅，去集合了几个人。临走时冯麻子又交代：

“记着用柳条抽他，问他还夺权不夺权了！”

金宝答应了，就带着人，拿着柳条，由石头和他媳妇领路，去到砖头家打人。可到了砖头家，砖头和他媳妇早闻风而逃，逃到了“偏向虎山行”的队部。石头问：

“他两口跑到了他们队部，怎么办？”

金宝刚才喝了酒，出门风一吹，现在已经有些微醉了，说：

“麻子说了，这次不同往常，他就是跑到天边，也得把他抓回来！”

于是带着人又去了“偏向虎山行”的队部。等他们来到队部，卫东已经带着“偏向虎山行”的一帮人在门口等着。自从知道把石头老婆一巴掌打昏了，砖头和他老婆就有些着慌。后来闻到金宝要带人来替石头老婆报仇，就急忙避到了自己队部，将情况向副队长卫东汇报了。卫东听后一笑：

“又没有打死她，怕他个屌哩。让他们来人，咱们正要夺他们的权，还怕他们来人？”

所以金宝带人来时，卫东已带人在门口等着。金宝和卫东本来就有些相互看不起，金宝觉得卫东胎毛还没褪尽，年轻不懂事，上了几年学，就不知道天高地厚，要不是“文化大革命”，他是生产队长，卫东无非是生产队一个劳动力，叫他往东他不敢往西，叫他打狗他不敢打鸡。卫东觉得金宝大字不识，有勇无谋，赵刺猬手下都是这样的人，哪有不败的道理？但今天金宝来势很猛，见面就将柳条伸了出来，用柳条指着卫东说：

“狗蛋，今天明着告诉你，我喝了点酒，别惹大爷生气。大爷今天来事情也不大，无非抓一个凶手，差点把人给打死！你要识相，把凶手给交出来，大爷仍回去喝酒；你要不识相，别怪我手里的柳条认不得你！”

卫东听到金宝叫自己过去的名字，感到非常恼怒，又见金宝说话这么不讲礼貌，弄个柳条在他眼前晃，心中更加生气。这老王八真是活腻了，哪天把权夺过来，一定要好好用柳条教训他。但卫东现在没有发火，而是将膀子架起来，对金宝嬉皮笑脸，说：

“金大爷，你不要生气，我今天也喝了点酒。告诉我谁是凶手，我就将凶手交给你！”

金宝说：

“砖头家两口子就是凶手，一巴掌把石头老婆打昏在地！仗着谁的势力了，这么猖狂？”

这时砖头媳妇在屋里喊：

“她先下的手！她仗着谁的势力了，这么猖狂？”

卫东止住屋里的砖头媳妇，指着金宝身后的石头媳妇说：

“金大爷，你说石头媳妇被打昏了，她怎么在你身后好好地站着？”

金宝这时有些结巴，说：

“现在她好了，刚才她昏来着！”

卫东说：

“刚才她昏我没看见，现在她没昏我可看见了！”

接着又转身向屋里的砖头和砖头媳妇：

“你们把石头媳妇打昏了吗？”

砖头和砖头媳妇在屋里异口同声答：

“没有！”

卫东拍着巴掌说：

“看看，金大爷，一个没昏，一个没打，你这不是带人无理取闹吗？你无理取闹不说，手里还拿着柳条想打人，我看你不是来捉凶手的，你倒是来当凶手了！”

金宝被卫东的话绕了进去。他到底没文化，嘴上说不过卫东，所以急得脸都白了：

“什么，你倒说我是凶手？权还没夺过来，你倒血口喷人了！我说不过你，我不跟你说，我今天先捉走砖头两口子拉倒！”

说完，一挥柳条，就指挥“锷未残战斗队”的人进屋捉拿砖头两口子。卫东见金宝来硬的，倒有些害怕，不过他身边的十几个战斗队员倒是不怕，仇怨已积了两三年，有的人之间本来就有矛盾，这次可找到一个发泄的机会，于是一个对一个，拦住不让进门。砖头和砖头媳妇也从屋里走出来，又对上石头和石头媳妇。大家先是扭在一起，后来是厮打，后来动起了柳条，后来动起了棍棒和铁锹把。金宝冲锋在前，卫东却退后溜了。不过他没有溜到别处，而是溜到地里，把正在地里干活的“偏向虎山行”“捍卫马列主义、毛泽东思想造反团”的人叫回一些助战。助战的人一到，打得更热闹了。卫东又通知李葫芦，让他把喇叭打开了。

一场混战，双方各有损伤。“偏向虎山行”“捍卫马列主义、毛泽东思想造反团”到底人多，又有喇叭助威，取得了战斗的胜利；“锷未残”这边人少，伤的较多，其中两个脑袋开花，三个腿被打断了，一个腰被打坏了，都血里糊拉的；金宝的脸、眼睛也被打肿了，脑袋上开了两个口子，往下淌血。“偏向虎山行”“捍卫马列主义、毛泽东思想造反团”的人也伤了几个，其中一个脑袋开花，其他都比较轻。在这次混战中，石头媳妇又被砖头扇了一巴掌，又昏了过去，这次没醒来；砖头在扇石头媳妇时，被石头从背后拍了一铁锹，头上开了花，也昏倒在地。混战结束，两派各自抬着自家的伤员，急忙奔了公社卫生院。

双方混战的消息，传到了双方的最高领导赵刺猬和赖和尚耳朵里。赖和尚这两天又犯痔疮，在家里躺着。当时他听到街上一阵喧嚷，但当时痔疮正疼，他没有放到心上。到了下午，卫东、李葫芦、卫彪来了，向他汇报今天中午发生混战的情况。卫东说：

“幸亏咱们今天人多，才没有吃亏，不然非被他们撂倒几个！老叔，既然今天咱取得了胜利，索性乘胜追击，明天正式把他们的权夺了算了，何必要等到八月一号！”

赖和尚躺在床上没动。听到今天混战取得了胜利，他心里也有些高兴，他问了问自己这边伤了几个人，是否都送到了医院。但他对今天混战的起因有些不满意，说打就打，何况因为一个鸡蛋？理由听起来有些不大方。不过既然打过了，又取得了胜利，也就算了。但他对卫东提出的要乘胜追击，提前夺权的说法，有些不以为然。说好八月一号，就是八月一号，哪里差这几天？再说自己现在正犯痔疮，如何到现场指挥？大概卫东看出了他的心思，接着又说：

“其实夺权十分简单，咱们人多，像今天这样，把他们的人一包围，大喇叭喊着，再撂翻他几个，还怕他不交出公章？他不交公章连他也撂翻！要是你老叔犯痔疮，不方便，你不用动，由我跟李葫芦去指挥就行了，保证把权给你夺回来！”

听到卫东这番话，赖和尚马上有些警觉，从炕上坐起来，两眼盯着卫东看。他从这番话里，突然听出卫东有野心。他今天指挥了一场战斗，有些忘乎所以，有些不知天高地厚；革命要胜利了，他想篡权，想在他不在场的情况下自己指挥部队。以前没有看出来，关键时候看出来了，原来他是个有野心的人。不过赖和尚没有从脸上露出来，只是转过头问李葫芦：

“葫芦，你看呢？”

李葫芦到底卖过几天油，他已看出赖和尚脸上有些不高兴，也觉出了卫东太忘乎所以，说话不注意。于是他说：

“依我看，夺权还是不能提前，起码得等老叔的痔疮好了。老叔在村里多年，没有老叔，这权恐怕夺不回来！”

赖和尚看了李葫芦一眼，十分满意地点点头。真是我中有敌，敌中有我，情况复杂。过去他与李葫芦联合，只是想借用他的大喇叭和造反团壮声势，从心里并没有把他当成自己人。他原来给李葫芦许愿，联合夺权成功，给他一个革委会主任，其实那只是一个空头支票，只是骗他来联合。真夺权成功，革委会岂能给他个正主任？顶多给个副的，正的还得给自己人。现在看，李葫芦倒比卫东还强。他已经下定决心，将来夺权成功，空头支票可以兑现，卫东则应该往后排一排。想到这里，他又重新躺到炕上，板着脸说：

“夺权不能提前，还是八月一号，没事你们散了吧！”

这时卫东、李葫芦、卫彪都看出赖和尚有些不高兴。本来卫东还想说什么，但看到赖和尚的脸色，头脑也有些清醒。于是大家高兴而来，败兴而归，散了。

赵刺猬得到混战的消息已经是傍晚。当时他没在家，在村西贫农吴老贵家躺着。吴老贵的老婆，就是当年地主李家的少奶奶。李家少奶奶当年的男人李清洋，土改时被政府镇压。男人被镇压以后，李家少奶奶一个人没法过，这时村里已经没有地主，为了改变自己的成分，她嫁给了贫农吴老贵。吴老贵是个老实疙瘩。自从赵刺猬在村里当了支书，就开始到吴老贵家来找她。吴老贵害怕赵刺猬，也不敢不让他来找自己的老婆。倒是李家少奶奶一开始并不愿意与赵刺猬来往，看不上他那下嘴唇比上嘴唇长的模样。但赵刺猬开导她：你看不上我，就看上吴老贵了？你看不上他，不照样嫁了他？现在解放了，不是你当少奶奶的时候了，一切凑合着吧。李家少奶奶想了想，只好与赵刺猬相好。好在土改时赵刺猬曾把她叫到贫农团半夜审讯，所以两人也不是人生地不熟。自与赵刺猬相好，赵刺猬倒对她十分照顾，她可以不下田劳动，在磨坊看驴拉磨。年轻时赵刺猬来得勤，来了吴老贵必须出去。后来年纪大了，赵刺猬来得便少了，再来也无非是遇到烦心事时，过来聊聊天开心，大不了再让李家少奶奶掐掐脑袋，这时吴老贵出去不出去都可以。自从“文化大革命”开始，赵刺猬心烦的时候增多，来吴老贵家又勤了。自从开始夺权，他每天都要来。这天他又心烦，出于习惯，他又到村西吴老贵家来，让李家少奶奶给他掐脑袋。从上午一直掐到傍晚，中午饭、晚饭都是在吴老贵家吃的。吃过晚饭，赵刺猬又让李家少奶奶给他掐头，这时突然闯进两个人，一个是冯麻子，一个是金宝。金宝头上缠着绷带，浑身上下血糊糊的。把赵刺猬等人吓了一跳。等看清是冯麻子和金宝，赵刺猬问：

“你们俩跟谁打架了？”

金宝“哇”的一声哭了，说：

“老叔，不得了了，咱们的人都让人家打倒了！”

冯麻子接着将混战的过程向赵刺猬作个汇报。赵刺猬听说发生混战，吃了一惊。这是不好的征兆。就怪冯麻子、金宝没事找事，为一个鸡蛋，为人家的家务事，去跟人家搅事端。听说发生混战以后，自己这边伤的人多，人家取得了胜利，心里又十分窝囊。又怪冯麻子、金宝有挑事的本事，没打仗的能耐。既然没有这个能耐，为什么还挑事？既然挑事，就该把这个事弄胜才是。他从这次部下的失败上，似乎隐约预感到最终失败的结果。又看到金宝被人家打得一头血污，在那里“呜呜”地哭，更气不打一处来，不过金宝满头是血，他也不好马上把金宝怎么样，只是瞪起眼睛问：

“你们平常不是都挺厉害，怎么一上战场就草鸡了？听说人家八月一号准备夺权，照你们这样子，还不如把公章早些交给人家，免得你们再挨人家一顿打！”

这时冯麻子说：

“老叔不要生气，这次发生得有点突然，没有准备，所以失了败；下次咱们准备好，看打得过他们不！”

金宝噘着嘴说：

“他们手里都有凶器，棍棒的棍棒，铁锨的铁锨，咱们都是赤手空拳！”

赵刺猬朝他们俩人脸上一人啐了一口唾沫：

“谁让你们赤手空拳了？他们会拿凶器，你们就不会拿凶器了？什么都要我教给你们！回去给群众布置，从今往后，一人怀里揣一把镰刀头，等着他们再来打人！等着他八月一号来夺权！他夺咱的权，咱就开他的肚子；开了他肚子，他就夺不了咱的权！就这样人家还给你们打得鼻口出血，要等人家夺了权，人家还不烧吃了你！”

事情就这样结束了。冯麻子和包着脑袋的金宝，就下去布置群众揣镰刀，等着再一次打仗，等着八月一号赖和尚和李葫芦的战斗队和造反团来夺权。

没等到八月一号，七月二十二号这天，双方又发生一次冲突。这次冲突比上次大，死了八个人。这次冲突导致了夺权的提前。上次冲突因为一个鸡蛋，这次冲突因为一头猪。猪在村子里已经不多了。“文化大革命”以前，村里跑的到处都是猪。村里人一般不吃猪，不是死了老人，或是娶儿媳妇，谁家吃猪干什么？只是村里干部吃“夜草”，才杀一头猪，将肉腌起来慢慢吃。不过那时村干部就一拨，村里的猪吃不过来，所以街上跑的到处都是猪。但自从起了“文化大革命”，村里的干部由一拨变成了三拨，三拨干部吃“夜草”，猪下去得就快。现在“文化大革命”已经快三年了，村里的猪剩得已经没有几头了。七月二十二号这天，赵刺猬的“锷未残”派一队人下到各生产队征猪，赖和尚与李葫芦的联合派也派一队人下到各生产队征猪。“锷未残”领头的是冯麻子，联合派领头的是卫东，双方在贫农晋大狗家碰了面。晋大狗家有一头花猪，冯麻子要征，卫东也要征，双方又起了纠纷。上次因为一个鸡蛋双方打过一仗，大家心里都存着仇恨。“锷未残”上次吃了亏，这次冯麻子也有些逞能，想将上次金宝丢的面子由他再捡起来。卫东这边上次打了胜仗，士气正旺，这次想乘胜追击。双方纠缠一阵，开始抢猪。猪没抢着，人又打在了一起。一边打着，双方又派人去各自的大本营搬兵。因为快到八月一日，各自大本营都有准备，在金宝和卫彪的率领下，双方全体出动，拥到了晋大狗家，全村五六百口子，打在了一起。晋大狗家盛不下，就在晋大狗家墙外的街上打。这是自村子成立以来，村里发生的一次最大规模的械斗。除了不会爬的孩子，全村男女老少都参加了。从上午一直打到下午，血顺着晋大狗家的水道往外流。按说赖和尚、李葫芦联合派的人多，应该占上风，但这次赵刺猬、冯麻子“锷未残”的群众一人揣着一把小镰刀，现在都派上了用场。所以这次赵刺猬派占了上风。械斗结束，全村重伤八十五人，轻伤三百二十一人，死八人。死者中除一人是赵刺猬“锷未残”派那边的，其余七人都是联合派的，都被人家的镰刀开了肚子。七人中还有一个是女的，就是当初演学“毛选”的路喜儿。她本来不是来打架的，是和一帮妇女来救护本派的伤员的，也被人开了肚子。她的肚子还比别人开得更往下，所以顺晋大狗家水道流出的，除了有血，还有一截一截的肠子。

仗打到傍晚，停了。仗是突然停的，也不知为什么，大家突然不打了，丢下家伙，开始往公社卫生院抬人。死了亲人的，开始趴到尸体上哭。老康扑到路喜儿身上，哭得上气不接下气，最后又“哈哈”笑起来。这时一街筒子鬼哭狼嚎。

在整个械斗的过程中，双方的最高头目都没有出现。赖和尚在自己家躺着，赵刺猬仍在吴老贵家让李家少奶奶给掐头。战斗结束，两人分别在不同的地方听取冯麻子和李葫芦的汇报。从战斗一开始，到规模扩大，赵刺猬一直担心自己的队伍打不过人家，像上次因为鸡蛋打仗一样窝囊。当听说这次因为猪自己的队伍打胜了，心中十分高兴，说：

“好，好，这次打得好，看他们再夺权！”

接着查问伤亡情况。当听冯麻子说这次不但伤了三百多，还死了八个，规模这么大，他又有些害怕，从炕上爬起来说：

“我的妈，真闹成大事了！”

冯麻子擦着脸上的血说：

“多亏你老叔，让大家揣镰刀头，才取得了胜利。一开始胜败不分，最后‘唰’‘唰’开了他几个肚子，他们才害了怕！”

赵刺猬吓得脸都白了，甩着两只手说：

“我让你们揣镰刀头，是让壮壮自己的胆，怎么真的开了肚子！人又不是韭菜，割了肚子就活不回来了！”

冯麻子瞪着眼睛说：

“不割他肚子，咱就得失败，权就保不住。你老叔支书不就当不成了！”

赵刺猬搓着手说：

“你保住了权，割了这么多肚子，这支书就是好当的啦？”

接着开始在地上转。转了半天，突然对冯麻子说：

“我马上回家去，你赶紧去找赖和尚和李葫芦，让他们到我家说事！”

冯麻子一愣：

“找赖和尚和李葫芦？刚和人家打过仗！”

赵刺猬挥着手说：

“让你找你就去找，不然事情可就闹大了！”

可没等冯麻子去找赖和尚和李葫芦，赖和尚和李葫芦已经到了赵刺猬家门外。不过不是他们两人去的，身后带着全体没打死没受伤的“偏向虎山行”“捍卫马列主义、毛泽东思想造反团”两派的群众，前边抬着七具尸体。赖和尚这两天痔疮已见好转。战斗结束，李葫芦、卫东、卫彪向他汇报战斗情况，说自己这次打败了，让人家打死七个人，三个汇报的人就“呜呜”哭了。赖和尚也大吃一惊，但他没有哭。他只是怪自己手下三个头目窝囊，联合两派的人，没有打败一派，当初还联合他干什么？原来还定八月一号夺权，这仗都打败了，人都叫人家杀了，八月一号还怎么夺权？所以心里十分窝囊烦躁。这时七个死者的家属也来了，找赖和尚哭诉。赖和尚看到一屋子死者的家属，忽然灵机一动，觉得权还是可以夺的。虽然仗打败了，但仗打败也可以夺权，而且马上就可以夺。于是对一地哭泣的死者家属说：

“×你们的妈，你们的人又不是我杀的，找我哭有什么用？赵刺猬的人杀了人，你们怎么不找他去？把尸体抬到他家门口，看他怎么办？”

死者家属觉得赖和尚说得有道理，一哄而出，抬尸体的抬尸体，喊人的喊人，要到赵刺猬家门口。赖和尚也下了地，带头走在前边，同时让李葫芦去开大喇叭，让卫东卫彪在队伍里领群众呼喊口号：

“向赵刺猬讨还血债！”

“血债要用血来还！”

“赵刺猬血债难逃！”

等等。

到了赵刺猬的家，人们便包围了院子。这时村里的大喇叭也开始广播。这时已经是晚上，人们打起了火把。火把灯笼，映红了半边天，映红了赵刺猬家的院子，映红了一群愤怒的人。刚刚庆祝完胜利的“锷未残战斗队”的队员，见到这阵势，见到七具尸体，都着了慌，纷纷作鸟兽散，回家闭门不出。冯麻子、金宝也害了怕，也随人溜回了家。街上就剩下联合派的人。赵刺猬这时也回到了家，他是从后院跳墙头进去的。家里老婆孩子老母亲都被院子外的人群吓傻了，在抱头“呜呜”地哭。他那个玻璃球眼大儿子满院子乱跑。狼狗吓得也躲到了窝里。赵刺猬本来想立即与赖和尚、李葫芦坐下谈判，商量时局，没想到他们利用这件事包围了自己家。他从门缝里看了看外边愤怒的人群和七具尸体，又看到满街没有一个“锷未残战斗队”的人，就剩下他一个光杆司令，被人困住，心里也十分害怕。但他突然看到人群正中的赖和尚，赖和尚在尸体后镇定自如的样子，他突然明白了一切，明白了赖和尚的用意。这时卫东卫彪已经指挥人在用大木桩撞门，死者家属开始喊：

“杀了赵刺猬全家！”

“让赵刺猬全家替俺偿命！”

等等。

赵刺猬老婆孩子都跑过来抱住赵刺猬的腿，哆嗦着让他救命。赵刺猬这时倒不害怕了，长叹一声：

“想不到真要完了！”

于是到自己住室去了一趟，然后来到院子，不慌不忙打开了“咚咚”响的大门，从院子里走出来，走到了灯笼火把下。赵刺猬突然从院子里主动出来，令灯笼火把下的人吃了一惊。抬大木桩的人也愣到了那里。所以一时倒没了口号声，也没人说话，都看着他。人群中唯有赖和尚没有吃惊，也没看赵刺猬，他在看地上的尸体。赵刺猬倒没看众人，只看着赖和尚，对赖和尚说：

“和尚，咱哥俩也搭伙计十几年了，今天我头一回佩服你。”

赖和尚说：

“现在还扯那些干什么？你是血债累累的走资派！”

赵刺猬一笑：

“我血债累累？打仗的时候我在场吗？咱俩不知谁血债累累呢！”

接着从怀里掏出一个小圆木头疙瘩：

“你不就是要这个小木头疙瘩吗？我给你不就完了，还管得着花七八口人？”

接着将那个木头疙瘩扔给了赖和尚。不过小木头疙瘩没有扔准，还落到一具血迹斑斑的尸体身上，然后再滚落到地上。卫东上前捡起木头疙瘩，递给赖和尚。赖和尚接过疙瘩反过来看，上面已布满红红的血迹，转着疙瘩的一圈字倒没错，是这个村子的名字。

附记（一）

夺权胜利了。赖和尚成了支书。大家掩埋过尸体，开始庆祝夺权胜利。赖和尚让庆祝胜利的人，共同吃了一次“夜草”。几百口子在一块吃，十分热闹。赖和尚让杀了两头牛。夺权以后，赖和尚又拉着一车西瓜，到公社作了汇报。公社现在夺权掌权的正好是甲派，甲派吃完西瓜，就承认了赖和尚的夺权。赖和尚上台做的第一件事，是号召大家大养其猪。

赵刺猬下台以后，离开村子，住到闺女家去了。“锷未残战斗队”被人家夺了权，大家树倒猢狲散。几百口子战斗队队员，有几个月见了人不敢抬头。赖和尚倒也宽宏大量，将他们进行了收编。站队站错了，站过来就是了。凡是愿意反正参加“偏向虎山行”的，一律收编。大家都踊跃改正站队，参加“偏向虎山行”。在收编队伍中，赖和尚和李葫芦又发生了矛盾。李葫芦也想收“锷未残”一部分人，编到自己“捍卫马列主义、毛泽东思想造反团”中去，并派卫彪私下里去做工作。赖和尚发现这一苗头后，约李葫芦单独吃了一次“夜草”。赖和尚不知让人从哪里弄了两根驴鞭，让牛寡妇卤了卤，两人一人一根，用手握着吃。当驴鞭啃到一半，赖和尚问：

“葫芦，早就想找你商量商量，夺权取得了胜利，你有些什么想法?”

李葫芦啃着驴鞭说：

“我没有什么想法。”

赖和尚说：

“听说你也在搞收编?”

李葫芦心里有些发虚。他看着赖和尚，又为自己心里发虚感到有些恼怒。妈的，两派联合取得了胜利，你能收编，我就不能收编？于是说：

“上次打仗，我这边也死了两个人，所以这次也招了几个!”

赖和尚一笑：

“招吧，招吧，我同意。宁肯我少招几个，你那边也该多招几个!”

李葫芦吃了一惊，看着赖和尚，不知他葫芦里卖的什么药。这时赖和尚从怀里掏出一张纸，递给李葫芦。李葫芦看他纸上写着：

兹任命李葫芦为村革命委员会主任。

下边盖的是村里的公章。红牙牙的印迹。

赖和尚说：

“自夺权以来，这枚章是头一回用!”

李葫芦这时倒有些感动，捧着那张纸说：

“老叔，你看你，我想都没想，你就替我考虑到了!”

赖和尚扔下半截驴鞭，倚到炕上被子垛上，手掐一个席篾子剔着牙：

“我年纪一大把，总有退的时候，退了以后怎么办？还得依靠你们年轻人！要是单为我自己，我连这个权都不夺!”

李葫芦说：

“这么说，倒是我心眼儿小了。老叔，听你一句话，我算明白了，这个编我不收了!”

赖和尚一笑：

“该收还要收。”

又问：

“小癞整天干什么？”

小癞是李葫芦的兄弟，小时候学过编牛套，长大爱到地里看瓜，现在西瓜秧拔了，他整天没事，在家待着。李葫芦说：

“他还能干什么，在家待着。上次打仗，他伤了一根手指头！”

赖和尚说：

“我准备将你们的广播站升一级，升成村里的，你是革委会主任，由你管着。等小癞手指头好了，就让他当广播员算了，也算革委会里的人，每天给他记十工分！”

李葫芦又有些感动，说：

“老叔全是好意，为侄子好。只怕小癞干不好！”

赖和尚说：

“谁一开始能干好？干干不就会了！”

这样这个事情就算定了。事情全部决定以后，“夜草”就结束了。从第二天起，李葫芦就停止了收编，广播站也归了村里。李葫芦的副手卫彪有些不满，埋怨李葫芦为了自己一个革委会主任，出卖了“捍卫马列主义、毛泽东思想造反团”和造反团的广播站。卫彪找到李葫芦，气呼呼地说：

“编还得收，广播站不能交出去，要投降你自己投降，我还要领着大伙干！”

李葫芦给他倒了一碗水，说：

“一开始我也不想投降，可赖和尚这人不可小看。夺权刚成功，就真把个革委会主任让给咱。再说斗还能斗出个什么结果？赵刺猬不比咱厉害，还斗不过他，咱能斗过他？斗来斗去，说不定咱也成了个赵刺猬！”

卫彪噘着嘴说：

“可不，你自己弄合适了，当然你不愿意斗了，可丢下俺这一帮弟兄怎么办呢？”

李葫芦拍着巴掌说：

“老弟你说到哪里去了，我当了革委会主任，还能扔下你不管？好赖得给你弄个副的！”

卫彪不再说话。

赖和尚任命李葫芦为革委会主任，也引起了卫东的不满。他的不满主要是针对赖和尚。自己给他出生入死卖命，临到头却卸磨杀驴，革委会主任不给自己，却让他双手捧送给别人。这样处理事情，以后谁还给你卖命？所以他也气鼓鼓地找到赖和尚，要撂挑子，连战斗队的副队长也不干了。赖和尚以前发现卫东有野心，所以不敢重用他；现在见他来撂挑子撒气，更证明了自己的判断。不过他没有发火，也只是倚在被子垛上一笑：

“老叔知道了，知道你为李葫芦生气！”

卫东说：

“让他当革委会主任，我死也不服！”

赖和尚用手点着他说：

“说你年轻，你还真是年轻，不懂老叔的心思。一个革委会主任有什么好？无非是个空架子，关键还是这个！”

用手握了握拳头，又说：

“你当你的战斗队副队长，现在战斗队又收编得那么大，手下一帮人马，将来说什么不算？为什么非争一个空职？”

卫东说：

“他过去一个卖油的，有什么资格当主任？”

赖和尚说：

“蒋介石过去是一个流氓，不也照样当了委员长，他要现在投降咱，毛主席照样给他弄个副主席，这你还不懂？毛主席真能把他当个副主席用？老叔眼不瞎，将来依靠的还是你！”

卫东噘着嘴不说话。

这样，村里大局已定。支书赖和尚，革委会主任李葫芦，副主任卫东、卫彪。从此村里的“夜草”又成了一摊，恢复成“文化大革命”以前的样子。只是过去赵刺猬当政时吃“夜草”在吴寡妇家，现在改在牛寡妇家。

大局已定，赖和尚又回过头处理上次械斗打死人的事。上次械斗死了八个人，其中七个是赖和尚、李葫芦联合派的，凶手是赵刺猬“锷未残”的。死者家属常来找赖和尚，让他做主报仇，赖和尚说：

“你们不要慌，不是不报，时间不到，时间一到，一定要报！”

现在村里大局已定，赖和尚就腾出手来处理这件事。县公安局军管组得知这村闹派性打死人，已催过几次，现在赖和尚通知他们来人调查。来人中又有老贾。老贾一进村就说：谁杀人谁偿命，还管你派性不派性啦？村里赖和尚亲自协助老贾他们工作。其实案子很好查，当时谁用镰刀开的肚子大家都知道。只是大家当时开肚子时，都想到是为了“文化大革命”，为了夺权和反夺权，没想到日后还要追查，开了肚子还要偿命。开肚子的“锷未残战斗队”队员，现在都被查出来，用绳子捆上了。其中有两个是站队站错了又站了过来的队员，已经参加了赖和尚的“偏向虎山行”，但因为站过来之前杀了人，所以也不能逍遥法外。冯麻子、金宝当时虽然没有直接开肚子，但他们是开肚子的指挥者，所以也被抓了起来。冯麻子倒没什么，捆他的时候，还意气昂扬的；金宝一见老贾的绳子就吓稀了，以为一捆走就活不成了，所以赶忙跪到地上向跟老贾站在一起的赖和尚磕头：

“老叔，饶小侄这一次吧。怪小侄年轻，站错了队。早知这样，我说什么也不会保赵刺猬，早参加你这个战斗队了！”

赖和尚照他脸上啐了一口唾沫：

“早知这样，那你早干什么去了？现在你后悔了，当初你可威风着哩。也尝尝跟老子作对的滋味吧，下辈子你就改了！”

一挥手，老贾就上去把他捉上捆住了。

照卫东、卫彪的意思，光捆冯麻子、金宝还不行，除恶务尽，还得捆赵刺猬。赵刺猬是“锷未残”的总头目，一切罪恶应由他承担。赵刺猬不在村里，住到了闺女家。卫东、卫彪就要派人到他闺女家村上抓他。但老贾止住了他们。因为老贾与赵刺猬很熟，同时也考虑杀人时他不在现场，不知不为过，不应担多大责任。他征求赖和尚的意见，劝赖和尚说：

“过去都是一块的伙计，谁还不知道谁？他现在已经把公章交给了咱，人家又没杀人，应该留条活路！”

赖和尚说：

“当然应该留条活路。这是他住到了闺女家。他不去闺女家，住在村里，我也不会太让他过不去。每天吃‘夜草’，还少不了他！”

于是赵刺猬就没有被抓起来。

赖和尚“偏向虎山行”这边也被抓起一个。因为“锷未残”那边也死了一个人，是这边人杀的。这人叫吕二球，过去是个剃头的。那边开肚子用的是镰刀，他开人家肚子用的是剃刀。因为这边只有他一个人有剃头刀，所以肯定是他开了人家肚子，现在老贾也把他抓了起来。吕二球被抓起来，感到十分委屈："锷未残"被夺了权，抓他们的人是应该的；自己在胜利这边，为何抓自己？所以他在被捆时，朝赖和尚吆喝：

"和尚，你抓人可抓错了！我是为了保你，才用剃刀杀了人，现在你怎么把我抓起来了？和尚，你可得讲良心！"

赖和尚叹口气说：

"我知道兄弟你是保我，可我并没有叫你拿剃刀杀人！兄弟你过去保我，现在我不会不讲良心。兄弟你放心去吧，家里老婆孩子我替你照顾，不用你操心！"

说完转身离去。吕二球也被绑了起来。

人全绑齐，开始往县里送。本来说县里派大卡车来拉，可大卡车走到半路坏了，只好由村里出一辆马车去送犯人。犯人们挤在车厢里，周围扶手上坐着公安局军管组的人。路上犯人问老贾：

"老贾，这回到县里不会杀了我们吧？"

老贾说：

"你们杀了人，怎么不该杀你们？"

犯人说：

"这次我们没有一个人是为自个，都是为了'文化大革命'，为了刺猬和和尚！"

老贾冷笑一声：

"为了'文化大革命'，为了刺猬和和尚，刺猬和和尚在哪里？人家一个在闺女家住着，一个当了支书，你们呢，要进监狱！"

犯人说：

"这回饶了我们，下次我们不这样了！"

老贾说：

"下次？那就等下辈子吧。也许下辈子你们清楚些。"

犯人听老贾这么说话，料定这回必杀无疑，要见阎王爷，于是都掩面"呜呜"哭起来。

犯人被押走一个月，下来一个通知，除了冯麻子和金宝，其余八个直接杀人者一律枪毙，让家属做好准备，枪毙那天去刑场收尸。

附记（二）

过去的邻县县委书记孙实根又从邻县回村里一趟。上次回来是步行，这次回来又坐上了吉普车。“文化大革命”一开始他被打倒，现在各级政权实行三结合，他又被结合成革委会副主任。虽然当副主任不如当县委书记，但当副主任总比仍让打倒强。当了副主任，各方面关系也理顺了。老婆闹了两年之后，也不再跟他闹了。里外心情都舒畅许多。在当了革委会副主任不久，他又想念起老母亲，于是就坐吉普车回来一趟。他的吉普车在村里一停，大家马上就知道了，支书赖和尚，革委会主任李葫芦，副主任卫东、卫彪都赶到了他家。上次他步行回来，被村里造反派抓去斗了一把，现在见赖和尚等人来，还心有余悸，问：

“和尚，上次我回来斗了我一把，这次你们是不是又要斗我？”

赖和尚拍着巴掌说：

“老叔说哪里去了？上次斗你的是赵刺猬，赵刺猬已经被打倒了，我们是保老叔的，怎么会斗老叔？”

孙实根笑着说：

“看你们这么多人来，把我吓了一跳！”

李葫芦说：

“你上次回来是‘走资派’，所以有人斗你；现在你是县革委会副主任，巴结还巴结不上，怎么会有人斗你！”

见李葫芦这么说话，赖和尚瞪了他一眼。到底是刚当干部，连个话都不会说。但孙实根并没介意，捋着满头的白发笑，边笑边点头：

“还是葫芦爱说实话！”

当天晚上，赖和尚让牛寡妇准备了一席丰盛的“夜草”，请孙实根去吃。孙实根因要夜里给老母亲洗脚，剪脚趾甲，便推说自己胃不好，夜里不宜吃东西。赖和尚几个拉不动孙实根，就把孙实根的司机拉去吃。不过“夜草”准备半天，没请到正主儿，只请过来一个司机，赖和尚等人心里都有些不满。过去斗你你来，现在请你吃“夜草”，你倒架子大了？“夜草”上菜是好菜，有鸡有蛤蟆，还有兔肉；但酒不行，是红薯干酒，一喝就上头，“轰轰”的。几个人便轮流用酒灌司机，你灌一杯，我灌一杯，把对孙实根的怨气都撒到他身上，把个司机灌得钻到了桌底下。等到第二天早上，司机酒还没醒过来，昏头昏脑的。开上车与孙实根上路，到了半路，酒又发作，差一点将车撞到一根电线杆上，把孙实根吓出一头汗。孙实根只好叫他把车停下来醒酒。等酒彻底醒过来，已是下午。到了邻县县城，已是晚上。孙实根老婆见孙实根这么晚才回来，脾气大发：

“你不是说今天一早就能赶回来，怎么一直拖到晚上？在你家待了那么长时间，还是与你娘有感情！”

孙实根在路上等司机醒酒等了大半天，身子已十分疲惫，这时也懒得向老婆解释司机酒醉的原因，只是叹口气说：

“看来这村子是回不得了！”

从此，孙实根很少回来，你很少回来，村子还照样发展。长时间不回来，还引起赖和尚等村干部的不满，认为他长时间不回来，是怕回来见面多了，沾了他的光。赖和尚骂道：

“有名在外边当县委书记，不就六〇年运回来两马车红薯干？别的谁沾过他的光？这不跟村里没出县委书记一样？”

停了两年孙实根在邻县又一次被打倒，赖和尚等人就不客气，派人送过来一捆大字报。大字报上着重揭发了他的地主家庭。邻县得到孙实根家乡提供的炮弹，斗争起孙实根来更有了劲头，好找历史原因。孙实根受别人斗争不怎么在乎，见家乡这样对待他，看着那一张张大字报上面写着他爹他爷爷的事，与自己扯在一起，心里感到冰凉。受过斗争回家，家里老婆又跟他闹起来。左思右想没有活路，也不知当初参加革命、现在又在这县里当个头目是为了什么，于是就在一天晚上，怀揣着老母亲的照片，从他所住的家属楼上跳了下来。家属楼有六层高，本来应该摔死，可他首先落到了一个自行车棚子上，在车棚子上砸了一个洞，又落到地上，所以没有摔死，只摔断了双腿。从此孙实根成了个瘫子。但造反派并没有饶过他，说这地主分子想自绝于革命，从此用大箩筐抬着他四处斗争。这年四月，他的老母亲在家乡悄然去世，终年七十六岁。当时孙实根正在外边坐着箩筐四处挨斗，并不知道。村里赖和尚等人也没让人去通知他，只是派了几个民兵草草将她埋进了乱坟岗。

孙家老太太死后三个月，村里又发生一次大的动荡。这次动荡来自上边。本来一切都大局已定，但突然事情又发生变化。赖和尚在公社一直依靠的是甲派，被打倒的赵刺猬依靠的是乙派。一开始乙派占上风，后来兴起夺权，甲派夺权胜了利。赖和尚也就是在这时候夺了赵刺猬的权，成了大队支书。本来大局已定，甲派在人事上都已安排妥当。但突然有这么一天，有一个大人物到这县上来，说了一句话，又改变了甲派乙派的命运。大人物坐车在街上走，看到街里墙上有乙派残存势力贴的一条标语："大局已定，乙派必胜"。当时也不知他是怎么想的，也许是天意，也许是巧合，当车子开到那里，他念了一遍那条标语，点了点头。大人物吃了一顿饭，下午就回去了。但他上午点的那一下头，却留给县里一场不大不小的风波。乙派要东山再起，向甲派再夺权，说甲派夺权夺错了；甲派说大人物读的是"大局已定，甲派必胜"，大人物吃饭就是由甲派头目陪同的，要集结力量镇压乙派的反扑。这风波波及到村里，本来该赵刺猬东山再起，向赖和尚再夺权；赖和尚应该镇压赵刺猬。但由于上次赵刺猬的"锷未残战斗队"败得太惨了，赵刺猬离开村子住到了闺女家，赵刺猬的副手冯麻子、金宝都被装进了监狱，"锷未残"的队员也被赖和尚收编了，树倒猢狲散，难以成什么气候。赖和尚得知这一消息后，还赶快做出一个规定：不准赵刺猬从闺女家回村。本来考虑他在台上时，肯定贪污过村里一些钱财，带到了闺女家，准备调查追究，现在又做出规定：只要他不回村，不破坏村里的安定，可以暂时不追究。这规定做出以后，赵刺猬真是三个月没回村。赖和尚有些放心。但这时他领导班子内部，又发生严重分歧，令他头疼。革委会主任李葫芦自当了革委会主任，倒很老实听话；但革委会副主任卫东卫彪，似乎不满足他们的位置，背后常有些活动。卫东本来有野心，赖和尚知道；卫彪对他不满意，他也知道。但赖和尚知道他们两个之间也有矛盾，所以安排在自己手下很放心，没想到他们两个有一天会重新联合起来，背后搞名堂。卫东卫彪之间，过去因为路喜儿是闹过很大矛盾，但上次路喜儿在战斗中已经死亡，两人又都已成家娶了老婆；虽然当初卫东曾独霸过一段路喜儿，但也只是摸摸索索，没得到什么实质性的便宜，也令卫彪放心。所以两人关系有所缓和。现在两人又都对赖和尚有意见，便开始重新团结起来，共同对付赖和尚。两人对赖和尚的意见是：一、上次在职务安排上，把革委会主任安排给李葫芦，没有安排给他们，处事不公；二、通过一年多共事，发现赖和尚和赵刺猬没有什么区别，不应再做支书，也应打倒，支书索性应由他们来做。赖和尚觉察后，觉得最好的解决办法是将他们撤掉，但卫东卫彪两个长期掌握着“偏向虎山行”和“捍卫马列主义、毛泽东思想”两个战斗队，手下已弄起一帮人，一时也不敢动他们。卫东卫彪也觉得现在不比以前，以前势力都在人家手里，自己只是一个小雏；现在羽毛丰满，何不借这再夺权的风试巴试巴？只是如何才能把赖和尚赶下台，自己的势力如何用，两人还缺乏经验。为此两人曾背着赖和尚、李葫芦单独吃过几次“夜草”。商量的结果，都觉得赖和尚不好打，和风细雨他不会下台，应将两个战斗队中自己的人公开拉出去。但在团结不团结、保留不保留李葫芦的问题上，两人又有分歧。卫东主张全部打倒；卫彪说将赖和尚一个人孤立起来，更利于打倒。同时两个人又觉得自己名声都太小，不足以扛起重新拉队伍的大旗，卫东主张将已经倒台的赵刺猬请回来，挑赵刺猬做大旗；打倒赖和尚以后，咱们做正的，让赵刺猬做副的。卫彪说这样固然可以，但怕赵刺猬不同意。所以他们还想与住在闺女庄上的赵刺猬进行一次秘密接触，看他同意不同意。卫东卫彪商量的结果，没几天被赖和尚知道了。赖和尚一夜没有睡着。第二天，他撇开卫东和卫彪，召集一些战斗队的小组长，也开了一次秘密会议。

阴历五月初，两派开始正式分化。

之后

一年之后，村里死五人，伤一百零三人，赖和尚下台，卫东卫彪上台。卫东任支书，卫彪任革委会主任。李葫芦任革委会副主任，但不准经常吃“夜草”。

两年之后，卫东和卫彪闹矛盾。

一年之后，卫东下台。卫彪上台，任支书兼革委会主任。李葫芦任副主任。

“文化大革命”结束，卫彪、李葫芦下台，作为“造反派”抓起来，被公安局老贾关进监狱。被抓那天，李葫芦痛哭流涕，说：“早知这样，还不如听俺爹的话，老老实实卖油了！”一个叫秦正文的人上台。

五年之后，群众闹事，死二人，伤五十五人，秦正文下台，赵互助（赵刺猬的儿子）上台。

…… ……

1990年于北京十里堡

图书在版编目（CIP）数据

故乡天下黄花：典藏版 / 刘震云著．—武汉：长江文艺出版社，2016.8（2018.4 重印）

ISBN 978-7-5354-6940-3

Ⅰ．①故…　Ⅱ．①刘…　Ⅲ．①长篇小说－中国－当代

Ⅳ．①I247.5

中国版本图书馆 CIP 数据核字（2013）第 218130 号

故乡天下黄花：典藏版

刘震云　著

选题产品策划生产机构｜北京长江新世纪文化传媒有限公司

选题策划｜金丽红　黎　波　安波舜

责任编辑｜张　维　　装帧设计｜郭　璐　　媒体运营｜刘　峥

内文制作｜姜　华　　责任印制｜张志杰　王会利

总 发 行｜北京长江新世纪文化传媒有限公司

电　　话｜010-58678881　　传　　真｜010-58677346

地　　址｜北京市朝阳区曙光西里甲 6 号时间国际大厦 A 座 1905 室

邮　　编｜100028

出　　版｜长江出版传媒｜长江文艺出版社

地　　址｜湖北省武汉市雄楚大街 268 号湖北出版文化城 B 座 9-11 楼

邮　　编｜430070

印　　刷｜三河市兴博印务有限公司

开　　本｜880 毫米×1230 毫米　1/32　　印　　张｜8.875

版　　次｜2016 年 8 月第 1 版　　典藏版印次｜2018 年 4 月第 2 次印刷

字　　数｜267 千字　　累 计 印 数｜530000 册

定　　价｜42.00 元